Das kleine und große Liebesglück der

Familie Silberstein

Tatjana Zanot

Impressum

1. Auflage 2017
Copyright: © Tatjana Zanot
www.tatjana-zanot.de
ISBN: 9783743172494
Herstellung und Verlag: BoD – Books on Demand, Norderstedt

Alle Rechte vorbehalten.

Bibliografische Information der Nationalbibliothek:
Die Deutsche Nationalbibliothek verzeichnet diese Publikation in der Deutschen Nationalbibliothek; detaillierte bibliografische Daten sind im Internet über http//dnp.dnb.de abrufbar.

Die Geschichte ist frei erfunden. Ähnlichkeiten zu real existierenden Personen sind rein zufällig. Nennung tatsächlich existierender Persönlichkeiten dienen nur zur historischen Einordnung der jeweiligen Geschichte.

Covergestaltung: Vanessa Streng
Foto: pixabay.com

Für meine Mutter.

Es war nicht immer einfach, aber es war es immer wert.

Für meine Tanten, Irmtraud Paulsen und Bärbel Lehr, und für Henni.

Um zu einer selbstsicheren und einigermaßen starken Frau heranzuwachsen, muss ein kleines Mädchen umgeben sein von selbstsicheren und starken Frauen.

Was Träume versprechen

„Elsa, kannst du bitte Mehl besorgen?", sagte meine Mutter.

Sie formulierte ihre Befehle immer wie Fragen. Nie hatte ich mich getraut, einmal mit *Nein* zu antworten; Elisabeth Silberstein war eine gnadenlose und strenge Frau.

Hastig stand ich vom Stuhl auf, legte meine Stricksachen in einen Korb zurück, den ich unter die Bank schob, und wischte meine Hände an dem taubenblauen Stoff meines Kleides ab. „Natürlich, Mutter."

„Und wenn du wiederkommst, kannst du im Hühnerstall nach Eiern suchen."

„Ja, Mutter."

Ich zog mir meine Lederstiefel an, nahm mir einen anderen Korb und verließ die Wirtschaft.

Vor dem Ausbruch des Krieges war das Gasthaus meiner Eltern immer voll gewesen. Ich konnte mich an keinen einzigen Tag erinnern, an dem keine Gäste durch unsere Flure stapften, unten im Essensraum plauderten oder hinter ihren verschlossenen Türen schnarchten.

Heute verirrte sich kaum noch jemand zu uns.

Mein Vater glaubte, das läge an der misslichen Lage unserer Stadt. Colmar, eine deutsche Stadt, befand sich an der Grenze zu Frankreich. Die weinliebhabenden Franzosen blieben aus Angst vor unseren Soldaten fern, und kaum ein Deutscher wollte einen schönen Urlaub so nah an einer Grenze verbringen.

Dennoch verlangte mein Vater von meiner Mutter und mir, einmal in der Woche die Bettwäsche zu wechseln. Jeden Tag musste ich fegen und wischen, während meine Mutter Essen kochte.

Nur in der Küche sparten wir. Nur hier ließ mein Vater den Gedanken zu, keine Gäste zu beherbergen. Wozu auch? Es reichte kaum für uns Drei.

Während ich mich zum Marktplatz aufmachte, dachte ich an jene Zeit zurück, die ich so sehr vermisste. Ich dachte an die vielen interessanten Gestalten, die in unser Gasthaus hereinschneiten; an die zahlreichen Geschichten, die sie mir vor dem brennenden Kamin erzählt hatten.

Heute blieb der Kamin im großen Essensraum aus. Unsere Küche wurde zu unserem Aufenthaltsraum. Dort spielte sich ein Großteil meiner Freizeit ab.

Ich entdeckte die Frau des Bauern am Rand des Marktplatzes. Mit den Jahren war sie alt geworden; ihre Falten tiefer, ihr Haar grauer. Der Schatten über ihren Augen verriet mir, dass sie schon lange nicht mehr gut sehen konnte.

Dennoch erkannte sie mich jedes Mal.

„Hallo Elsa", begrüßte sie mich, und wie jedes Mal fragte ich mich, ob es der Klang meiner Schritte war, der mich verriet. Oder ob sie so etwas wie eine Hexe war und vorhersehen konnte.

Vielleicht unterschätzte ich ihr Augenlicht auch einfach.

„Guten Tag, Frau Marchand", antwortete ich.

„Ach, du liebreizendes Ding", sinnierte Frau Marchand und ich hatte das Gefühl, der Schleier über ihren Augen würde ein wenig lichter werden. „Pass bloß auf dein strahlendes Lächeln auf."

Zur Antwort lächelte ich ein wenig mehr.

Sie nickte abwesend. „Braves Kind ... Was kann ich für dich tun?"

Erst jetzt wagte ich es, einen Blick auf ihren Tisch zu werfen.

Viel hatte sie nicht mehr.

„Hast du noch ein bisschen Mehl?", fragte ich mit bangem Blick auf den schlaffen Sack, in dem sie sonst immer das Mehl lagerte. Hoffnungsvoll nahm ich aus meinem Korb einen Behälter und reichte ihn ihr.

Sie nahm ihn entgegen, stellte ihn auf den Tisch ab und füllte ein knappes, halbes Kilo Mehl hinein. Anschließend war ihr Sack leer.

„Mehr habe ich leider nicht, Kindchen. Tut mir Leid."

„Das braucht es nicht", entgegnete ich und reichte ihr das Geld. Ich wollte gerade meinen Behälter zurücknehmen, als ich laute Rufe hörte.

Neugierig drehte ich mich zum Ursprung des Lärms.

Es gab eine Kneipe schräg gegenüber von uns, die oft von Einheimischen besucht wurde. Aus deren Tür stapften zwei Männer, die zwischen ihnen einen Dritten hielten.

Ich kannte die Männer. Als wir jünger waren, hatten wir hin und wieder zusammen Verstecken gespielt. Heute waren sie auf Heimaturlaub zurückgekehrt. Ihre Wangen waren ganz rot vom Alkohol.

„Du hältst uns wohl für dumm!", rief einer von ihnen und sie warfen den Dritten unsanft auf die gepflasterte Straße, mitsamt dem Sack seiner Habseligkeiten, den er über einer Schulter trug.

Der Andere trat ihm in den Bauch, woraufhin sich der Fremde vor Schmerzen krümmte. „Gesindel!", schimpfte er und spuckte ihm vor die Füße.

Meine Mutter war zwar streng, aber eine Sache hatte sie mich gelehrt: Im Grunde unseres Herzens waren wir Menschen alle gleich.

„Ich bin gleich wieder da", sagte ich zu Frau Marchand und eilte mit meinem Korb zu den Männern. Den Behälter mit Mehl ließ ich zurück.

Der Zweite, und viel Kräftigere, wie mir beim Näherkommen auffiel, holte zu einem weiteren Tritt aus, als ich ihm meinen Korb entgegenwarf.

Die Ablenkung funktionierte. Verwirrt nahm er ihn entgegen, blickte um sich, und als er mich entdeckte, reichte er ihn mir.

„Ich glaube, Sie haben etwas verloren, Fräulein."

Es war offensichtlich, dass er mich nicht wiedererkannte.

„Ganz recht", sagte ich, trat direkt neben den Fremden, der sich seinen schmerzenden Bauch hielt, und holte mir meinen Korb zurück. „Was genau geht hier vor?"

„Das da unten ist ein Verräter!", lallte der Erste. Ich war ihnen so nah, dass ich den Alkoholgeruch wahrnahm, der von ihnen ausging.

Angewidert blickte ich mit gerümpfter Nase zu dem Fremden hinunter.

Er hatte kurzes, blondes Haar. Er musste ein Soldat sein. Irgendeiner der anderen beiden musste ihm schon ein Veilchen verpasst haben, zumindest zeichneten sich um sein linkes Auge leichte Flecken ab, die in den nächsten Stunden dunkler werden würden.

Er war schön; da lag etwas in seinem Gesicht, verborgen zwischen seinen markanten Wangenknochen, dass mich sofort in seinen Bann zog. Es fühlte sich an, als würde sich die Welt um mich herum drehen und verbiegen, aber solange ich ihn ansehen konnte, hatten meine Füße einen festen Stand.

Er erwiderte meinen Blick. Sein Mund öffnete sich, aber es kam nur ein Keuchen heraus.

„Ihr irrt euch", sagte ich und wandte mich an die anderen Männer. Ob ich wusste, was ich gerade tat?

Nein. Es war, als hätte mein Verstand ausgesetzt. Einzig und allein mein Herz sprach.

Der Größere von ihnen sah mit hochgezogener Augenbraue zu mir herab. „Was weißt du schon?", entgegnete er schroff.

Ich kannte Männer wie ihn. Es waren genug von ihnen in unserem Gasthaus gewesen.

Männer, die auf Frauen herunterschauten als wären wir bloß Fleisch. Als wären wir nicht wichtig genug, um eine eigene Meinung zu haben.

Mein Vater höchstselbst hatte mich stets vor solchen Männern gewarnt. Er sagte, es wäre ihm egal, wem ich mein Herz schenkte, solange es jemand war, der mich ehrte. Nicht nur als seine Köchin oder die Mutter seiner Kinder, sondern als seine Frau.

Vielleicht war mein Vater ein Visionär oder gar ein Narr, aber er hatte mir beigebracht, dass ich vor Männern keine Angst zu haben brauchte. Ich war ihnen ebenbürtig.

Also streckte ich trotzig mein Kinn hervor und sagte: „Das ist mein Cousin. Er wohnt nicht hier, wollte uns aber besuchen." Ich legte eine Künstlerpause ein und wartete ab, wie die Männer reagierten. Beide runzelten die Stirn, wirkten verunsichert. „Ihr seid Soldaten. Ihr solltet wissen, wie wichtig diese Besuche sind. Vielleicht ist es das letzte Mal."

Der Kleinere von ihnen knickte ein. „Es tut mir sehr leid", sagte er und reichte dem Fremden die Hand.

Es hätte so ein schönes Bild sein können; der deutsche Soldat, der einem Fremden die Hand reichte.

Leider wusste er nicht, wie ehrenvoll seine Tat war.

Er half ihm auf die Beine. Der Fremde ächzte, schaffte es aber sein Gleichgewicht auszubalancieren. Noch immer hielt er sich den Bauch, obwohl er versuchte, mit seinen breiten Schultern einen möglichst standhaften Eindruck zu schinden.

„Nun denn", sagte der Größere abwartend. Er schaute dem Fremden direkt in die Augen, was gar nicht so einfach war, da jenes Linke mit jeder Sekunde mehr anschwoll. „Ich behalte dich im Auge."

Und mit diesen Worten drehte er sich von uns ab und torkelte mit seinem Kumpanen zurück in die Wirtschaft.

Ich wartete, bis die Tür zufiel. Und noch länger. Plötzlich fühlte ich mich gar nicht mehr so mutig und mir fehlten die Worte.

Als der Fremde die Stille durchbrach, zuckte ich unwillkürlich zusammen. „Danke."

Oh, diese Stimme! Diese süße, tiefe Stimme, die mich an den Ahornsirup erinnerte, den mir ein Gast vor vielen Jahren einmal geschenkt hatte!

Wir standen voreinander, sahen uns an. Sein heiles Auge hatte die Farbe vom Meer. Nicht von dem stürmischen Meer, von dem mir viele Gäste schon erzählt hatten; sondern die Farbe der ruhigen See. Die Farbe der Sicherheit.

„Mademoiselle Silberstein!", rief auf einmal Frau Marchand. Obwohl unsere Stadt schon lange zu Deutschland gehörte, weigerte sie sich gänzlich auf die Sprache ihrer Familie zu verzichten.

„Ich muss mein Mehl holen", sagte ich zu dem Fremden und eilte zu Frau Marchand zurück. Ich nahm meinen Behälter und platzierte ihn in meinen Korb. Als ich mich wieder umdrehte, um zu ihm zurück zu laufen, stellte ich fest, dass er mir gefolgt war.

Er hatte Schwierigkeiten unter dem Gewicht seines Sacks geradezustehen, aber er gab sich viel Mühe, nicht umzufallen.

„Hübscher Mann", stellte Frau Marchand fest, und ohne recht zu wissen wieso, stieg mir die Schamröte ins Gesicht.

„Das Vergnügen ist ganz meinerseits", erwiderte

der Fremde, wobei er mir einen Blick zuwarf, der meine Wangen noch heißer werden ließ.

Es war der erste, längere Satz, den er zu mir sprach. Vorher war es mir nicht aufgefallen, aber ich konnte einen zarten Akzent heraushören, der ihn in der Kneipe verraten haben musste.

Als könnte er meine Gedanken lesen, streckte er mir seine Hand entgegen. Verhalten schlug ich ein.

Als sich unsere Hände berührten, hatte ich das Gefühl, dass die Welt, die sich eben noch rasend schnell um mich gedreht hatte, mit einem Mal stehenblieb. Mir wurde ganz schwindelig von diesem Wechselbad.

„Ich heiße Jonathan McDonald."

Meine Augen wurden groß. Obgleich ich wusste, dass ich ihm meine Hand entziehen sollte, tat ich es nicht. „Ein Brite?"

„Oh ihr zwei Hübschen, ihr solltet fortgehen", warf Frau Marchand mit einem unheilvollen Unterton ein.

Sie hatte Recht. Wenn die Falschen seinen Namen hörten, würde man ihn sofort in Gewahrsam nehmen.

„Meine Eltern haben ein Gasthaus", hörte ich mich hastig sagen. Wieder war es mein dummes Herz, das da sprach.

Der Fremde – Jonathan McDonald – nickte. „Ich habe Geld zum Bezahlen."

„Gut. Das wird meinen Vater freuen."

Mein Vater war nicht ganz so angetan von der Idee, einen britischen Soldaten aufzunehmen, aber nachdem Jonathan ihm eine Tafel Schokolade und genug Münzen gegeben hatte, um vier Köpfe für die nächsten Wochen durchzufüttern, willigte er ein.

„Hallo Neffe", witzelte er noch, ehe er uns im Essenssaal zurückließ. Mit dem Krieg war er geizig geworden. Sobald er etwas Geld einnahm, verschloss er es oben in seinem Büro.

Jonathan setzte sich an einen Tisch, während ich ihm einen Teller mit Suppe holte. Es war Frühling, weshalb es nicht so bitterkalt in dem Raum war wie im Winter.

Gerade als ich zurück in die Küche verschwinden wollte, um ihn in Ruhe zu lassen, sagte er: „Sie haben mir noch gar nicht Ihren Namen verraten."

„Elsa", antwortete ich piepsig. Ich räusperte mich, um den Frosch aus meinem Hals loszuwerden, und wiederholte: „Elsa Elisabeth Silberstein."

Er sah mich an und lächelte.

Er hatte ein schönes Lächeln, dieser Fremde, der in mein Leben geworfen worden war. Es war schelmisch, irgendwie schief, und obwohl sein krankes Auge inzwischen blau und dunkelviolett angelaufen war, glitzerte jedes Mal sein heiles Auge wie die Sonnenstrahlen auf dem Meereswasser.

„Nun gut, Elsa Elisabeth Silberstein", sagte er und deutete auf den freien Stuhl vor ihm. „Würden Sie mir beim Abendessen Gesellschaft leisten?"

„Oh!", gab ich wie ein dümmliches Kleinkind von mir. Es verstrichen quälend lange drei Sekunden, ehe ich mich durchringen konnte, den Stuhl zurückzuschieben.

„Wollen Sie sich nicht vorher auch eine Suppe holen?", sagte Jonathan sanft, und zum zweiten Mal an diesem Tag im April lief ich in seiner Gegenwart rot an.

Peinlich berührt eilte ich zurück in die Küche, um mir eine Suppe zu holen. Ich spielte mit dem Gedanken, einfach hier zu bleiben. Sonst aß ich auch immer mit meiner Mutter zusammen in der Küche.

„Möchtest du dich nicht zu unserem Gast setzen?", fragte meine Mutter und fiel mir so in den Rücken.

Ich ließ mein dunkelbraunes Haar nach vorne fallen und kehrte mit meinem Teller Suppe zu Jonathan zurück.

Allerdings schwieg ich. Ehrlich gesagt, fühlte sich mein Kopf leer an. Jetzt, wo ich ihm gegenüber saß, konzentrierte ich mich ganz besonders darauf, eine gute Figur beim Essen zu machen.

Ich verstand nicht einmal, warum es mir so wichtig war, aber in mir drin brannte dieser sehnsüchtige Wunsch, er möge in mir eine schöne Frau sehen. Eine, die man nicht mehr vergaß.

Die man gar nicht vergessen *konnte*, selbst wenn man es versuchte.

„Es war sehr mutig von Ihnen mir zu helfen", brach er schließlich das unangenehme Schweigen zwischen uns.

Ich schaute auf. Unsere Blicke trafen sich. „Erzählen Sie mir, wie ein britischer Soldat in eine deutsche Stadt kommt?", fragte ich, und biss mir sogleich auf die Zunge. „Entschuldigen Sie bitte, falls diese Frage zu direkt war."

„Keinesfalls!", lachte er, und bei diesem Klang bekam ich eine Gänsehaut. „Und ich wünschte, ich könnte Ihnen eine spannendere Geschichte als die Wahrheit erzählen, aber ich bin bloß ein dummer, kleiner Abenteurer, der sich während seines Urlaubs dachte, er müsse sich Colmar anschauen."

Ich bekam große Augen. „Das ist kein Abenteuer, das ist Selbstmord! Sie hätten gefangen genommen werden können!"

„Ja, das wusste ich." Er schlürfte ungeniert von seinem Löffel, ehe er sich entschuldigte: „Verzeihen Sie, ich bin die Gesellschaft einer Dame nicht mehr gewohnt." Sein nächster Bissen war manierlicher. „Mir war das Risiko mehr als bewusst. Genau deshalb habe ich es getan. Meine Großmutter stammt aus Deutschland und hat mir als kleiner

Junge immer Geschichten erzählt, so lernte ich die Sprache. Die Wahrheit ist doch: Keiner weiß, wie lange dieser Krieg noch andauert, und ich wollte immer die Heimat meiner Großmutter kennenlernen. Gut, ich gebe zu, Colmar ist vermutlich ganz anders als Hannover, aber das war mir dabei nicht so wichtig. Ich wollte bloß ..." Er suchte nach den richtigen Worten.

„Sie wollten Ihre Wurzeln verstehen", schlug ich vor.

Er nickte. „Ja, das passt. Überall heißt es *die schlimmen Deutschen*, aber meine Großmutter war einer der herzlichsten, gütigsten Menschen, denen ich je begegnet war. Ich habe an der Front Menschen sterben sehen. Ich habe den Angehörigen meiner Kameraden Briefe geschickt um ihnen zu sagen, dass ihr Sohn oder Vater oder Ehemann gefallen war. Dies hier könnte mein letzter Urlaub überhaupt sein, meine letzte Möglichkeit herauszufinden, ob Menschen an sich schlecht sind oder die Deutschen. Ich musste das Wagnis eingehen. Ob ich hier in Kriegsgefangenschaft gerate oder an der Front; im Endeffekt würde es auf dasselbe hinauslaufen."

Ich konnte nichts anderes tun als ihn zu bewundern. Jonathan McDonald sprach von all diesen schrecklichen Dingen mit einer Leichtigkeit, die mich vergessen ließ, dass diese Dinge wirklich schrecklich waren. Ich brauchte ihn nicht mein Leben lang zu kennen um zu wissen, dass sein gesamtes Sein voller Hoffnung und Zuversicht war.

Es gab viel zu wenig Menschen wie ihn. Menschen, die Licht sogar in die dunkelsten Kammern bringen konnten.

Er hob sein Gesicht und sah mich an. „Was ist mit Ihnen, Elsa? Was ist Ihre Geschichte?"

Ich runzelte meine Stirn. „Ich verstehe Ihre Frage nicht."

„Oh, gewiss tun Sie das", erwiderte er keck. „Wovon träumen Sie?"

Unwillkürlich musste ich lächeln. Meine Eltern liebten mich, aber sie fragten nicht nach meinen Träumen. Für sie zählte das Hier und Jetzt. Sie lebten in diesem Augenblick und nicht morgen oder gestern. Der Krieg hatte ihnen dabei einen kleinen Strich durch die Rechnung gemacht. Wir mussten sparen, gut haushalten. *In den Tag hineinleben* war nicht mehr möglich.

Aber natürlich hatte ich Träume. Ich war nicht wie meine Eltern. Ich brauchte meine Träume wie die Luft zum Atmen; meine Visionen um morgens aufzustehen.

„Sie sehen sehr schön aus, wenn sie in Ihrer eigenen Welt sind", sagte Jonathan leise, doch dieses Mal lief ich nicht rot an. Ich spürte, dass dieses Etwas, das zwischen uns heranwuchs, ehrlich und wundervoll war, und vielleicht hatten meine Eltern einen guten Grund, warum sie jeden Tag so nahmen, wie er kam.

Vielleicht konnte ich ein bisschen von allen sein. Von meinen Eltern und von mir selbst.

„Ich träume von Geschichten", erzählte ich ihm und blickte mich in dem Essensraum um, in dem schon so viele Menschen getanzt, gelacht und gefeiert haben. „Ich möchte Schriftstellerin werden."

Und damit offenbarte ich ihm, diesem Fremden, mein größtes Geheimnis, meinen allergrößten Traum.

Doch statt mich auszulachen oder mir zu sagen, ich wäre verrückt, legte Jonathan seinen Kopf schräg und sagte: „Ich würde gerne etwas von Ihnen lesen."

Ich atmete tief ein und aus. Alleine bei der Vorstellung, er könnte etwas von mir lesen, wurde ich ganz nervös. Meine Hände zitterten so sehr, dass ich meinen Löffel ablegen und zur Tarnung mit meiner Serviette meinen Mund abtupfen musste.

„Oben in meinem Zimmer habe ich eine kleine Sammlung meiner eigenen Texte versteckt", flüsterte ich ihm zu. „Wenn Sie wirklich etwas von mir lesen wollen, kommen Sie doch zu mir, wenn meine Eltern zu Bett gegangen sind."

Und das tat er.

Wir verbrachten im unschuldigsten Sinne die Nacht miteinander. Er las meine Geschichten und ich entschuldigte mich mehrfach dafür, dass es im Grunde genommen nicht meine eigenen Geschichten waren; ich hatte bloß das, was man mir erzählt hatte, zu Papier gebracht.

Aber Jonathan sagte, das wäre dasselbe. Und dann, als er jedes einzelne Blatt in seinen Händen gehalten und seine Inhalte gelesen hatte, sagte er: „Du bist großartig, Elsa."

Ich wehrte mich nicht gegen das *Du*. Es fühlte sich so richtig an wie mit meiner rechten Hand einen Stift zu halten. Mein Herz wurde ganz warm, als er meinen Namen nannte, und wir sahen einander in die Augen.

„Wir sollten uns um dein Auge kümmern", sagte ich, als die Sonne ihre ersten Fühler nach dem neuen Tag ausstreckte.

Ohne ganz zu begreifen, was ich tat, hob ich meine Hand und berührte sanft die Schwellung.

Er sah mich an. Wie in Zeitlupe nahm er meine Hand, hielt sie fest. „Wenn mein Auge bis jetzt nicht erblindet ist, wird es das auch nicht in den nächsten Stunden sein", sagte er, aber seine Stimme war leiser als vorher, beinahe belegt.

Ich schluckte; hielt seinem Blick stand. Mein Herz schlug so schnell, dass ich beinahe fürchtete, einen Schlaganfall zu erleiden.

Und dann berührte seine andere Hand plötzlich die weiche Haut meines Nackens; er zog mich an sich und als sich unsere Lippen trafen glaubte ich, eine Bombe würde mitten in meinem Inneren hochgehen.

Vielleicht war es meine eigene, naive Hoffnung, die mich in seine Arme trieb; der tiefgehende Wunsch, geliebt zu werden, um über die Liebe schreiben zu können.

Vielleicht war es der Krieg; das beständige Wissen, dass er vielleicht nicht überlebte, das ihn in meine Arme lockte. Der Wunsch, nicht vergessen zu werden; denn jeder wusste, dass man nie vergessen wurde, wenn man wirklich und wahrhaftig geliebt worden war.

Ich wusste nicht, ob meine Eltern etwas ahnten. Wenn ja, dann ignorierten sie es taktvoll.

Schon am nächsten Tag kristallisierte sich eine familiäre Leidenschaft zwischen meinem Vater und Jonathan heraus. Mein Vater war zwar kein Träumer, aber er liebte jede Art von Humor, und den Schwarzen aus England ganz besonders. Beim Frühstück ließ er sich von Jonathan diverse Witze erzählen, und ich könnte schwören, ihn noch nie so viel lachen gesehen und gehört zu haben.

Und Jonathan spielte mit. Er erzählte einen Witz nach dem anderen, und das mit so viel Herz und

Leidenschaft, dass sogar meine ernste Mutter hin und wieder ein Grinsen nicht unterdrücken konnte.

Immer wieder schielte ich zu Jonathan herüber. Und jedes Mal, wenn ich meinen Blick von ihm abwenden musste, damit es nicht zu offensichtlich wurde, brach es mir ein wenig das Herz.

Ich hatte nicht gewusst, wie sich Liebe anfühlte, bis sie mich in einem unbeobachteten Moment dort traf, wo sie sich unwiderruflich festkrallen konnte. Mitten in meinem Herzen.

Hin und wieder ertappte ich auch Jonathan dabei, wie er zu mir herüber sah. Wir tauschten diese gestohlenen Blicke, die für alle Anderen nichts weiter waren als das, und zwischen uns eine ganze Welt bedeuteten.

Uns wurden fünf Tage geschenkt.

Fünf Tage, die Jonathan McDonald im Gasthaus meiner Familie verbrachte. Das waren vier Nächte, in denen er sich in mein Zimmer geschlichen und mich zu einer Frau gemacht hatte.

Das waren fünf Tage und vier Nächte, die sich wie ein Traum anfühlten, obgleich sie so real waren wie die Sonne oder der Mond oder dieser grausame Krieg, der uns nun wieder trennen würde.

Er wollte zu Fuß gehen. Er sagte, das wäre sicherer. Bis zur Grenze würde er so laufen, und sich dann irgendwo umziehen, und spätestens dann sollte ich mir keine Sorgen mehr machen. Ich begleitete ihn aus Colmar heraus und noch ein Stückchen weiter; versuchte, den Abschied möglichst lange hinauszuzögern.

Wir sprachen über dies und das, über unverfängliche Themen, bis der Zeitpunkt zum Greifen nahe war, an dem ich umkehren musste.

Wir blieben stehen, sahen einander an.

„Elsa", sagte er und aus seinem Munde klang mein Name so unendlich weich.

„Glaubst du, man kann sich in so kurzer Zeit in jemanden so stark verlieben?", platzte es aus mir heraus, und mit diesen Worten fiel eine unendliche Last von meinem Herzen herab.

Er lächelte. Dieses Mal hatte sein Lächeln etwas Trauriges an sich.

Vorsichtig hob er einen Arm und strich mit seinen Fingerspitzen über meine Wangen. „Ich glaubte nicht daran, bis ich dich traf."

Ich atmete geräuschvoll aus. Plötzlich füllten sich meine Augen mit Tränen. Es war, als würde ich von innen heraus zerreißen; ich wollte schreien, aber es kam kein Laut aus mir heraus.

Jonathan ließ seinen Sack fallen, schlang seine Arme um mich und drückte mich fest an sich; so fest, dass er all die Stücke von mir, die kurz zuvor zerbrechen wollten, wieder zusammendrückte.

Nach einer kleinen Ewigkeit löste er sich von mir

und küsste mich ein letztes Mal.

Jener Kuss schmeckte salzig und bitter; nicht so süß wie unsere verborgenen Küsse an unserem ersten Morgen.

„Ich werde dir schreiben", versprach er. „Ich habe ja jetzt deine Adresse."

Ich fühlte, wie meine Beine zitterten. Noch schaffte ich es nicht, ihn los zu lassen. „Kriege ich von deinen Kameraden einen Brief, falls du stirbst?"

Meine Stimme war bloß ein Hauch.

Jonathan sah mich ernst an. Dann nickte er vorsichtig. „Wenn du das willst, ja." Er atmete aus, küsste mich auf die Stirn. „Aber ich verspreche dir, dass das nicht geschehen wird, Elsa. Und wenn dieser verdammte Krieg vorbei ist, kehre ich zu dir zurück."

Ich wusste, dass er es ernst meinte. Noch nie in meinem Leben hatte ich etwas so sicher gewusst.

Endlich konnte ich ihn loslassen.

Er nahm seinen Sack, und dann drehten wir uns voneinander weg und setzten unsere Wege fort; er zurück an die Front, ich zurück nach Hause.

Wenn ich mich nur ein einziges Mal umgedreht hätte, wäre ich ihm gefolgt, da war ich mir sicher. Ich hätte mich selbst in Gefahr gebracht, nur um noch ein bisschen mehr Zeit mit ihm zu haben.

Als ich zu Hause ankam, warteten meine Eltern auf mich.

Ich wusste nicht, wie lange sie dort gestanden hatten, aber mit all ihrer Sorge blickten sie zu mir. Keiner von ihnen sagte ein Wort, aber sie breiteten ihre Arme nach mir aus, und ich flog zu ihnen zurück wie ein Vogel, der von seinem ersten Flug zurückkehrte.

Und während ich weinte, wogen sie mich sanft hin und her, und ich hörte wie meine Mutter sagte: „Wenn die Liebe nicht so wehtäte, wäre sie fast erträglich."

Paris, 29. April 1916
Frankreich

Liebste Elsa,

wie du siehst, bin ich gut angekommen. Der Marsch war länger als gedacht und einmal musste ich mich in einem schlecht riechenden Graben verstecken, aber ich kam voran. Sobald ich Frankreich erreichte, suchte ich eine Möglichkeit, meine Uniform anzuziehen, und ich fühlte mich sofort sicherer.

Es ist nahezu absurd, wie viele Privilegien einem

diese Uniform bringt. Wenn ich wieder bei dir bin, erzähle ich dir mehr davon.

Ich hoffe, du nimmst es mir nicht Übel, dass ich am Ende einfach gegangen bin. Die ganze Zeit wollte ich mich ein letztes Mal zu dir umdrehen, aber ich wusste, ich würde dann keinen weiteren Schritt mehr gehen. Ich wäre zu einem Deserteur geworden, nur um bei dir bleiben zu können.

Erst später ist mir aufgefallen, dass ich mich nicht bei dir bedankt habe. Es tut mir Leid, dass ich dies nun mit diesem Stück Papier tun muss.

Danke, Elsa. Du hast nicht nur mein Leben gerettet, sondern mir auch einen guten Grund geliefert, diesen Krieg überstehen zu wollen. Nein, den besten Grund.

Diese fünf Tage mit dir waren so viel mehr wert als fünf Wochen mit einer vollkommen Fremden.

Und das ist doch der Witz daran, oder? Im Grunde genommen solltest du eine Fremde sein, aber ich habe das Gefühl dich schon ewig zu kennen.

Ich fürchte, so etwas passiert einem nur ein einziges Mal in seinem Leben.

Du bist mein Wunder, Elsa. Vergiss das niemals.

Dein Jonathan

Colmar, 3. Juni 1916
Deutsches Reich

Jonathan.

Ich habe diesen Brief mindestens zehnmal von vorne beginnen müssen. Meine Mutter ist schon ganz sauer, weil ich so viel Papier verschwendet habe. Ich sagte ihr, jetzt könnten wir es zum Heizen im Winter verwenden, und das hat sie etwas milder gestimmt.

Wie fängt man bloß einen solchen Brief an?

Ich muss gestehen, ich habe noch nicht viele Briefe dieser Art geschrieben und verschickt.

Liebesbriefe, meine ich.

Denn Jonathan?

Ich habe drei Tage nichts gegessen. Und auch jetzt esse ich nur, weil ich muss, und weil sich meine Eltern um mich sorgen, aber Appetit habe ich keinen. Ich vermisse dich. Ich hatte nicht erwartet, dass man einen Menschen so sehr vermissen kann. Es fühlt sich an, als hätte mir jemand die Luft zum Atmen gestohlen, aber diese Metapher ergibt natürlich keinen Sinn. Mir als Schriftstellerin sollte doch wohl etwas Besseres einfallen, oder nicht?

Ich bin froh, dass du gegangen bist. Ich wünschte, du hättest länger bleiben können, aber ich bin es nicht wert, dein Leben aufs Spiel zu setzen. Wenn du desertiert wärst, wärst du auch nicht der Mann, ~~in den ich mich verliebt~~ den ich kennengelernt habe.

Umso mehr freue ich mich auf den Moment, wenn der Krieg vorbei ist und du zu mir zurückkommen kannst.

Entschuldige die Schmiererei, meine Mutter weigert sich, meinen Perfektionismus mit noch einem weiteren Bogen Papier zu unterstützen. Von meinen Eltern soll ich dir die besten Wünsche ausrichten. Mein Vater lässt dich wissen, dass jederzeit ein Bett für dich in seinem Gasthaus frei ist.

Bis bald,
deine Elsa

P.S. Ich weiß, was du meinst. Seit du fort bist fühle ich mich nur noch halb da. Du hast die andere Hälfte meines Herzens mitgenommen, passe bitte gut darauf auf.

Frankreich 15. Juni 1916

Liebste Elsa,

ich wurde an die Front bestellt und musste einige Leute bestechen, dir diesen Brief zukommen zu lassen. Ich will ehrlich zu dir sein: Ich weiß nicht, wie oft ich dir schreiben kann. Für meine Kameraden hier bist du der Feind. Schick deine Briefe einfach an die untenstehende Adresse.
 Meine Briefe werden zensiert, ich versuche aber schon im Voraus dafür zu sorgen, dass so wenig Lücken wie möglich entstehen.
 Ich liebe dich auch, Elsa. Es zaubert mir ein Lächeln auf die Lippen zu wissen, dass eine so großartige Schriftstellerin wie du es nicht schafft, über ihre Gefühle zu sprechen.
 Wenn der Krieg vorbei ist, holen wir das nach. Ich kann es kaum erwarten, wieder bei dir zu sein, deinen Duft zu atmen und deinen Geschichten zu lauschen.

In Liebe,
Jonathan

P.S. Keine Sorge, bei mir ist die Hälfte deines Herzens gut aufgehoben. Aber versprich mir, dass du gleichwohl auf die Hälfte meines Herzens aufpasst, die ich bei dir gelassen habe.

Colmar, 22. Juni 1916
Deutsches Reich

Mein Jonathan.

Du hast Recht, es fällt mir tatsächlich schwer, über meine Gefühle zu reden.

Ich will auch ehrlich sein: Das, was ich für dich empfinde, habe ich noch nie empfunden. Ich kenne so viele Geschichten über die Liebe – ich dachte, ich würde ihn kennen, diesen ulkigen Amor, aber er hat mich tatsächlich überrascht. Ich bin ein wenig überfordert mit dem Ganzen, aber es ist eine gute Überforderung.

Als du schriebst, dass du mich liebst, bin ich fast in die Luft gesprungen. Plötzlich bin ich wieder drei Jahre alt und habe von einem Wanderer einen geschnitzten Spazierstock bekommen, den er selbst angefertigt hatte. Es ist eine wundervolle Arbeit. Ich zeige ihn dir beim nächsten Mal.

Die alte Frau Marchand ist vor ein paar Tagen gestorben. Ihr Enkel muss jetzt zum Markt und die Ware verkaufen, da hat er es mir erzählt. Ich habe sehr um sie geweint. Ohne sie kommt mir Colmar ein wenig liebloser vor.

Sie nannte mich immer *liebreizendes Ding*, weil sie mein Lächeln so schön fand. Zwei Tage vor ihrem Tod war sie das letzte Mal auf dem Markt gewesen und ich holte etwas Mehl. Da sah sie mich bedeutungsschwer an und sagte: *Nichts ist schöner als eine Frau voller Wunder.*

Ich bin ihr unendlich dankbar, dass sie dein Geheimnis für sich behielt.

Ich muss jetzt aufhören, meine Mutter möchte, dass ich ihr in der Küche helfe.

Ich liebe dich,
Elsa

P.S. Ganz egal wie weit du von mir entfernt bist, dein Herz bleibt sicher bei mir. Versprochen.

Frankreich, 30. Juni 1916

Liebste Elsa,

ich wünschte, ich könnte bei dir sein. Ich wünschte, ich wäre nie gegangen.

Die Lage hier spitzt sich zu. Ich kann dir leider nicht mehr verraten.

Dieser Krieg erscheint mir so unwichtig seit ich dich kenne … Wir Menschen sind schrecklich.

Pass auf dich auf, solange ich es nicht kann. Gleichwohl verspreche ich, auf mich aufzupassen.

Wir werden uns wiedersehen.

Dein Jonathan

Colmar, 10. Juli 1916
Deutsches Reich

Oh Jonathan!

Ich habe in der Zeitung von der Schlacht an der Somme gehört. Bitte sag mir, dass du an eine andere Front gerufen wurdest! Ich mag gar nicht daran denken, dass du an diesem Blutbad beteiligt warst.

Bitte schreibe mir, sobald du die Zeit findest. Oder schicke mir ein Telegramm. Ich sterbe beinahe vor Sorge!

Deine Elsa

Colmar, 28. Juli 2016
Deutsches Reich

Geliebter Jonathan.

Ich hoffe, meine Briefe kommen bei dir an. Ich weiß nicht, warum du mir nicht schreibst. Vielleicht will der liebe Gott da oben auch bloß ein wenig Salz in unsere süße Liebe streuen, wer weiß das schon.
Ich warte hier jeden Tag auf eine Nachricht von dir. Meine Mutter sagt schon, ich würde mich wie ein Schatten verhalten.
Du hast noch mein Herz, Jonathan. Vergiss das nicht. Ich brauche es doch noch.
Ach, was rede ich da eigentlich. Im Krieg sollte man nicht so viel Zeit mit nichtssagenden Wörtern verschwenden.
Ich brauche dich, Jonathan.

Ich brauche dich, um ich sein zu können. Um davon träumen zu können, eine großartige Schriftstellerin zu sein.

In tiefer Sorge,
Elsa

Colmar, 01. September 1916

Geliebter Jonathan.

Du hast mich zu einer Frau gemacht. Vor dir war ich noch nie einem Menschen so nahe gewesen. Ich bitte dich nur um ein Lebenszeichen. Es muss kein langer, ausführlicher Brief sein. So albern es klingt, aber eine Taube würde mir schon reichen.

Ich versuche auf dein Herz bei mir zu horchen, aber ich bin mir nicht sicher ob es noch schlägt oder ob mir mein bloßes Wunschdenken Streiche spielt.

Offensichtlich ist es mein eigener Verstand, der verrückt geworden ist.

Siehst du, was ohne dich aus mir wird?

Komm zurück, Jonathan. So wie du es mir versprochen hast.

Deine Elsa

Colmar, 30. Oktober 1916
Deutsches Reich

Geliebter Jonathan.

Meine Mutter hat mich darum gebeten, mit diesen Briefen aufzuhören.

Eine Sache musst du über meine Mutter wissen: Ihre Bitten sind bloß verkleidete Befehle. In Wahrheit war es also keine Bitte, sondern ein Befehl.

Und eine Sache musst du über mich wissen: Ich befolge die Befehle meiner Mutter. Ich habe immer getan, was sie von mir verlangt.

Nur dieses eine Mal kann ich es nicht tun. Ich halte mich an diesen Briefe fest, als wären sie mein Lebenselixier. Ich muss hoffen, dass du noch am Leben bist. Die Stimme der Zuversicht flüstert, dass deine Briefe an mich bloß nicht mehr verschickt werden.

Ach, dieser dumme Krieg! Wozu müssen wir

Menschen uns überhaupt bekriegen? Reichen uns denn unsere eigenen, persönlichen Tragödien nicht aus?

Verzeih mir meine pessimistische Stimmung. Die Gaststätte läuft nicht gut. Du warst unser letzter Besucher. Ohne Gast haben wir keine Einkünfte und unser Erspartes neigt sich allmählich dem Ende. Mein Vater hat sich vor ein paar Tagen selbst freiwillig gemeldet. Er sagte, so kann er wenigstens etwas Geld für seine Familie erwirtschaften.

Erwirtschaften … Was für ein dämliches Wort, wenn es darum geht, sein Leben zu opfern!

Meine Mutter ist außer sich gewesen. Ich habe sie noch nie so erlebt wie in den letzten Tagen.

In zwei Wochen muss mein Vater losziehen. Wir verbringen viel Zeit zusammen, als könnten wir im Voraus ein ganzes, restliches Leben leben.

Ich sehe mich schon am Fenster unserer Wirtschaft sitzen und von morgens bis abends hinausschauen. Ich werde wie all die anderen Frauen in der Stadt sein, die darauf warten, dass jemand nach Hause kommt.

Ich werde hier immer auf dich warten, Jonathan.

Deine Elsa

P.S. Eine Frau die träumt, hat auch unendlich viele Geheimnisse. Weißt du noch wie ich schrieb, die alte Frau Marchand hätte mir vor ihrem Tod gesagt, nichts wäre schöner als eine Frau voller Wunder?

Ich dachte, sie meinte meine Träume, aber das stimmte nicht.

Ich bin schwanger, Jonathan.

Du hast also gar keine andere Wahl, als nach Hause zu kommen. Zurück zu deiner Familie.

Paris, 29. November 1916
Frankreich

Sehr geehrte Miss Silberstein,

Ihre Briefe sind angekommen, allerdings muss ich mit großem Bedauern mitteilen, dass es niemanden mehr gab, der sie hätte lesen können. Ich habe sie gefunden und mir erlaubt, sie zu öffnen, um mehr als nur ein paar Zeilen antworten zu können.

Mein treuer Gefährte und Freund, Jonathan McDonald, verstarb am 1. Juli während der Schlacht an der Somme. Es tut mir aufrichtig Leid, dass ich Ihnen nicht eher schreiben konnte. Vielleicht wissen Sie es aus der Zeitung, aber es gibt kein Wort, dass diese Zeit auch nur annähernd beschreibt. Zu sagen, es war die Hölle, wäre untertrieben.

Jonathan und ich waren in einer Division. Von dieser unserer Division überlebte ich als Einziger.

Und so, wie Sie immer an ihn denken werden, werde ich mich jeden Tag schuldig fühlen.

Ich möchte Ihnen weitere Einzelheiten ersparen.

Jonathan hat mir von Ihnen erzählt. Es war ihm wichtig, dass Sie von seinem Tod erfahren, sollte dieser schlimmste Fall eintreten.

In all den Jahren, in denen ich ihn als meinen Freund schimpfen durfte, habe ich ihn noch nie so verliebt erlebt. Und obgleich es unendlich tragisch ist, macht es mich genauso glücklich zu wissen, dass ein Teil von ihm diesen Krieg überdauern wird.

Sein Herz mag nicht mehr schlagen. Aber ein Teil davon wird in ihrem gemeinsamen Kind weiterleben, und wenn mich das tröstet, so hoffe ich, dass es Ihnen auch ein wenig Trost spendet.

In ein paar Tagen kehre ich nach London zurück. Sobald ich dort bin, werde ich alles in die Wege leiten, damit Sie einen kleinen Teil seines Erbes erhalten. Jonathan hat auch dafür ein Schriftstück aufsetzen lassen.

Sie und ihre Familie waren ihm sehr wichtig. Er sagte mir einmal, in dem Gasthaus Ihres Vaters hätte er jene deutsche Seele gefunden, die er von seiner Großmutter kannte.

Mit den allerbesten Wünschen,
Henry Lee-Wright

Colmar, 29. April 1917
Deutsches Reich

Sehr geehrter Mister Lee-Wright.

Bitte verzeihen Sie mir meine späte Antwort. Die letzten Monate war ich in keiner guten Verfassung.
Ihr Brief hat nur zum Teil dazu beigetragen; im Grunde genommen haben Sie mir nur bestätigt, was ich längst wusste.
Ich danke Ihnen von tiefstem Herzen für Ihre Bemühungen. Jonathans Mutter hat mir vor ein paar Tagen einen Brief geschickt, allerdings auf Englisch, und meine Kenntnisse dieser Sprache halten sich in Grenzen. Es würde mir viel bedeuten, wenn Sie ihr schreiben könnten, dass ich ihren Brief erhalten habe und sobald antworte, wie ich jemanden gefunden habe, der ihn mir übersetzt.

Es ist nun ein Jahr her, dass ich Jonathan kennenlernen durfte. Ein Jahr her, an dem sein erster Brief bei mir eintraf. Und es vergeht kein Tag, an dem ich nicht an ihn denke.

Anbei schicke ich Ihnen eine Fotografie unserer Tochter. Ich gab ihr den Namen Luise. Irgendwann einmal möchte ich mit ihr nach England reisen, damit sie ihre Wurzeln ergründen kann; so, wie Jonathan es tat und mich fand.

Sie erhält mich am Leben. Sie ist mein einziger Grund, morgens aufzustehen und meine Arbeiten zu verrichten, statt in meinem Trübsal zu versinken.

Gäbe es einen schöneren Grund dafür?

Ich denke nicht.

Sie hat sein blondes Haar und seine schelmischen, blauen Augen geerbt. Sie hatten Recht, Mr. Lee-Wright. Ein Teil von ihm lebt in ihr weiter.

Mit besten Grüßen,

Elsa Silberstein

Was du nicht bist

Was du nicht bist ...

„Fräulein Silberstein, was haben Sie sich bloß dabei gedacht!", schimpfte Professor Kiepenhauer, der mich sonst vor allem dann mit Vorliebe anschrie, wenn ich der doofen Mathematik – seine große Leidenschaft – nicht folgen konnte. Immer, wenn er wütend war, beugte er sich vor, als würde mir die fehlende Distanz Angst machen, was absolut nicht der Fall war – ich ekelte mich nur vor den Spucketropfen, die aus seinem fürchterlich riechenden Mund hüpfen.

Trotzig lehnte ich mich auf der Bank zurück und verschränkte meine Arme vor meiner Brust. „Ich habe nur getan, was nötig war", sagte ich ganz so wie meine Oma es immer tat, wenn meine Mutter mit irgendetwas nicht einverstanden war. Nach dem Krieg gehörte Colmar wieder zu Frankreich und meine Familie hatte ihr Gasthaus verkauft. Mit dem Geld und Omas Witwenrente zogen wir nach Hannover.

Meine Mutter erzählte mir ganz oft Geschichten von ihrer Heimat Colmar, aber ich konnte mich nicht mehr an die Stadt erinnern. Sie hatte mir einmal versprochen, mit mir dorthin zu reisen, damit ich meine Wurzeln kannte oder so einen Blödsinn, aber bisher war daraus nichts geworden.

Gut so. Ich hatte hier alles, was ich zum glücklich-sein brauchte.

Links von mir saß mein bester Freund Arthur

Müller. Er tupfte mit einem Taschentuch von Professor Kiepenhauer über die blutende Wunde an seinem Kinn, und seine Knie waren ganz aufgeschürft, was seiner Mutter garantiert nicht gefallen würde.

Und rechts von mir saß Matthias Georg. Er war drei Jahre älter als wir; vor ein paar Wochen war er 13 geworden. Und seit ich denken konnte, hatte er es auf Arthur abgesehen. Arthurs Mutter sagte, das läge daran, dass die Müllers Juden waren, aber Arthurs Vater sagte, er würde ständig mit Matthias' Vater vor Gericht stehen und mehr Fälle gewinnen als er. Seiner Meinung nach war es nur irgendein Anwaltsding.

Mir war beides egal. Alles, was zählte, war doch, das Matthias ihn einfach nicht in Ruhe ließ, und ich konnte ihm das nicht mehr durchgehen lassen.

Zufrieden betrachtete ich mein Kunstwerk: Matthias hielt sich noch immer seine gebrochene Nase. Der untere Bereich seines pickligen Gesichts war blutverschmiert, genauso wie seine Hand, und er heulte noch immer.

„Ich muss Ihre Mutter davon in Kenntnis setzen, Fräulein Silberstein", sagte Professor Kiepenhauer und mein Gefühl des Triumphs verschwand.

Ich seufzte und ließ meine Schultern hängen. „Aber Herr Professor, Matthias hat angefangen!"

„Das ist mir egal", sagte er gnadenlos. „Ich habe

lediglich gesehen, wie du diesem armen Jungen die Nase gebrochen hast!"

Armer Junge, dachte ich verdrossen und wünschte ihn ganz weit weg. Vielleicht nach Berlin oder an die Nordsee, wo er vielleicht im Meer ertrank. Aus sicheren Quellen – und die beinhalteten selbstverständlich nicht den Altwarmbüchener See, eine Mutprobe und ein Mädchen, die einen viel älteren Jungen ins Wasser schubste – wusste ich, dass er nicht schwimmen konnte.

„Ich schreibe Ihrer Mutter jetzt einen Brief und erwarte, dass Sie ihn abgeben, Fräulein!", sagte Professor Kiepenhauer und spuckte mir dabei auf die Nase.

Angewidert verzog ich mein Gesicht, schaffte es aber noch, brav zu nicken, ehe der Professor vollends seine Geduld verlor.

„Georg!", bellte er und Matthias stand auf. „Mitkommen!"

Als sie außer Hörweite waren, stupste Arthur mich mit seinem Ellbogen an. „Das war ganz schön mutig!"

Ich rutschte ein wenig herunter, so dass ich auf der Bank mehr oder weniger hing, und warf ihm einen Blick zu. „Meine Mutter wird mich umbringen!"

„Ach Quatsch!" Er grinste so breit, dass ich die

Lücke sehen konnte, wo Matthias ihm letzte Woche einen dieser spitzen Vampirzähne herausgeschlagen hatte.

Und dann überkam mich diese warme Gewissheit, das Richtige getan zu haben.

Jeder wusste doch, dass man das Richtige manchmal nur mit unschönen Mitteln erreichen konnte.

Das Donnerwetter meiner Mutter fiel überraschend milde aus. Sie schimpfte zwar, dass es sich für ein Mädchen aus gutem Hause nicht schickte sich zu prügeln, aber sie akzeptierte auch meine Begründung. Sie sagte dann zwar, dass sich Arthur auch selbst verteidigen können musste, aber dann ließ sie das Thema unter den Tisch fallen.

Später am Abend, als alle dachten, ich würde schon schlafen, schlich ich mich zurück in die Küche, um mir ein Glas Wasser zu holen. Aus dem Badezimmer hörte ich leises Weinen, hielt inne, und lauschte.

„Sie ist wie er", schluchzte meine Mutter, und zu hören, wie schlecht es ihr ging, schnürte mir die Kehle zu.

„Ich weiß", antwortete meine Großmutter und durch den winzigen Spalt, den die Tür offenstand, sah ich, wie sie meine Mutter in ihren Armen hin und her wog, als wäre das alles, was sie brauchte; als wäre dass das einzige Mittel, Kummer, der so tief im Herzen verankert war, zu heilen.

Arthur hatte sechs Geschwister. Drei ältere Schwestern, dann kam er, und dann folgten seine zwei jüngeren Brüder und noch ein Mädchen. Die Jüngste war gerade mal ein halbes Jahr alt, als Arthurs Vater meine Familie und einige Freunde von ihm einlud, um seinen 50. Geburtstag zu feiern.

Es war 1928, und zum ersten Mal fragte ich mich, wie alt meine eigene Mutter eigentlich sein musste. Großmutter wollte lieber zu Hause bleiben, aber meine Mutter zog sich ihr bestes Kleid an, zwang mich, meinen schwarzen Rock und die weiße Bluse anzuziehen, und flocht mir sogar mein blondes Haar.

Ich saß vor dem Spiegel und beobachtete sie dabei, wie sie an der Seite meines Kopfes anfing, dünne Strähnen zart und sachte übereinanderzulegen.

„Mutter?", durchbrach ich die Stille mit gerunzelter Stirn. „Wie alt bist du eigentlich?"

Sie warf mir im Spiegel einen Blick zu, auf ihren vollen Lippen der Hauch eines Lächelns. „34, Schätzchen."

„34", wiederholte ich und rechnete ein bisschen. „Arthurs Mutter ist neun Jahre jünger als sein Vater, also … 41. Und sie hat sieben Kinder. Warum hast du nur mich?" Plötzlich kam mir ein weniger toller Gedanke. „Du willst doch nicht noch ganz viele Babys machen, oder?"

An dieser Stelle lachte sie auf; das tat sie so selten, dass ich jedes Mal unwillkürlich zusammenzuckte, als wäre es ein Geräusch, das etwas Schlechtes ankündigte.

„Mach dir da mal keine Sorgen, Liebes", sagte meine Mutter und schien sich – zumindest innerlich – prächtig über meine Befürchtung zu amüsieren.

Arthurs Mutter drückte uns mitsamt ihrem Baby zur Begrüßung fest an sich. Jedes Mal landete mein Gesicht dabei zwischen ihren üppigen Brüsten, und jedes Mal lief ich anschließend rot an und wollte mein Gesicht hinter meinen Haaren verstecken, was mir dank der Flechtfrisur an diesem Tag nicht gelang.

Verflucht.

„Arthur ist oben bei Anna", flötete seine Mutter, während sie meiner Mutter das Baby in den Arm drückte. „Hier, Elsa, dir macht es doch nichts aus. Ich muss mich um den Kuchen kümmern!"

Und noch ehe meine Mutter etwas erwidern konnte, hielt sie das kleine Mädchen in den Armen und Arthurs Mutter verschwand in die Küche.

Wir tauschten einen Blick, dann zuckten wir zeitgleich mit den Schultern und lächelten uns schweigend an.

Aus dem Wohnzimmer drang das Geräusch diverser Unterhaltungen zu uns, während ich die Treppe ansteuerte. „Vergiss nicht, Herrn Müller zu gratulierten", erinnerte meine Mutter mich noch. Ich hob meine Hand um zu signalisieren, dass ich sie gehört hatte, und kletterte die Treppe hoch.

Ich fand Arthur bei der Schwester, die ihm alterstechnisch am nächsten war – Anna.

Obwohl wir seit unserer Einschulung befreundet waren, wusste ich noch immer nicht, ob ich Anna wirklich mochte. Mit all seinen anderen Geschwistern kam ich wirklich gut klar, er hatte ja auch wahrlich genug, aber Anna … Sie hatte etwas Geheimnisvolles an sich, aber die Art von Geheimnissen, vor denen meine Mutter mich immer warnte.

Jetzt gerade saßen sie aneinander gedrückt in der hintersten Ecke des Zimmers und blätterten in einer Zeitschrift. Ihr beider dunkles Haar ging fast nahtlos in den schattigen Hintergrund der Wand über; bloß ihre Gesichter verrieten sie.

„Was lest ihr da?", fragte ich neugierig und setzte mich vor ihnen im Schneidersitz hin. Meine Mutter würde vermutlich ausrasten, wenn sie das sehen würde – sie sagte immer, dass es sich für ein Mädchen nicht gehörte, im Schneidersitz zu sitzen.

Während Anna mir ihren typischen Du-nervst-

Blick zuwarf, sagte Arthur mit leuchtenden Augen: „Das ist das Merz-Magazin! Wir haben es im Aktenkoffer unseres Vaters gefunden."

„Aha", machte ich.

Anna rollte ganz offensichtlich mit ihren Augen. „Sie weiß nicht, was das ist."

„Klar weiß ich das!", empörte ich mich; hauptsächlich weil ich, Luise Silberstein, bekennende Alleswisserin, tatsächlich keine Ahnung hatte.

Arthur knickte die Zeitschrift um und zeigte mir eine Collage aus Zeitungsschnipseln, die in dem Magazin abgedruckt war.

Ich nickte wissend. „Toll."

Allerdings war ich mir ziemlich sicher, dass man mir mein Desinteresse deutlich anmerkte.

„Lies ihr das Gedicht vor", verlangte Anna mit einem spöttischen Unterton. „Vielleicht hat unser Kunstbanause dafür ja mehr Verständnis."

Arthur nickte wild und las:

„Er fiel in einen Narrenstall.
Da rauscht ein zäher Wasserfall.
Da sank ein zäher Gummiball.
Er aß von seinem Widerhall.
Da gab er seinen zähen Knall.
Wer gab da seinen zähen Knall?
Der zähe Gummiwasserfall?

So endete der zähe Prall
Im allgemeinen Knall und Fall:
Von Arp und Merz in diesem Fall.
So springt ein zäher Wasserball."

„Das nennt sich übrigens Dadaismus", fügte Anna wichtigtuerisch hinzu.

Ich musste leider immer wieder feststellen, dass sie wirklich viel mehr wusste als ich. Während ich meistens eher nur so tat, als hätte ich Ahnung von einem bestimmten Thema, kannte sie sich tatsächlich damit aus. Sie war schlau und noch dazu echt schön und Arthur vergötterte sie regelrecht. Einmal hatte ich mich mit Anna gestritten, und obwohl ich diejenige war, die sich immer wieder mit Matthias Georg anlegte, um ihn zu beschützen, hatte er damals zu ihr gehalten.

Ich wollte es nicht wahrhaben, aber wie jedes Mal, wenn ich daran dachte, zuckte der hässlich schmerzende Blitz der Eifersucht durch meine Brust.

„Lass uns weiter gucken", sagte Anna und beugte sich noch näher zu ihrem Bruder rüber.

Ich unterdrückte ein Seufzen. Da erschienen mir sogar die langweiligen Themen der Erwachsenen viel spannender. Lieber hörte ich ihrem Die-Zeiten-ändern-sich-spürbar-Gerede zu, als mich noch weiter mit diesem verfluchten Merz-Ding befassen zu müssen!

Doch ehe ich aufstehen und nach unten gehen konnte, tat Arthur etwas, das ich nicht von ihm gedacht hätte: Er schlug die Zeitschrift zu, schob sie unter das nächstliegende Bett und sagte: „Lasst uns lieber etwas spielen, bei dem alle etwas sagen können."

Die schöne Anna tat zwar so, als würde sie sich nicht zurückgestoßen fühlen, aber ich erwischte den Bruchteil einer Sekunde, in dem sie ihr Gesicht nicht so perfekt im Griff hatte.

„Ich weiß etwas!", verkündete sie und hob stolz ihren gestreckten Zeigefinger. „Lasst uns Was-will-ich-werden spielen."

Das klang zwar genauso langweilig wie der Dadaismus, aber es war besser als das Magazin, also nickte ich.

„Ich fange an", entschied Anna. Keiner hatte Einwände. „Ich werde später Kunstgeschichte studieren und Kurt Schwitters heiraten!"

Arthur kicherte. „Ist der nicht ein bisschen zu alt für dich?"

„Ach quatsch, die Liebe kennt keine Grenzen!" Und dabei leuchteten ihre dunklen Augen voller Schwärmerei.

„Und wenn er schon verheiratet ist?", merkte ich an, aber auch das konnte ihrer Schwärmerei nichts anhaben.

Dies war einer jener seltenen Augenblicke, in

denen ich Anna mochte. Ihre Liebe zu dem unerreichbaren Dichter ließ sie mehr wie ein Mensch und weniger wie ein Biest wirken.

„Ich werde Jura studieren und wie mein Vater Anwalt werden", verkündete Arthur, und vor meinem inneren Auge sah ich ihn schon in einem Gerichtssaal stehen. Das passte gut zu ihm, wie ich fand. Ich war noch nie jemandem begegnet, der so voller Hingabe mit der deutschen Sprache Menschen verteidigte wie er es tat.

All seine sprachlichen Versuche hatten zwar gegen Matthias Georg keine Chance, aber darauf kam es letztendlich ja auch nicht an. Zumindest nicht in einem Gerichtssaal.

„Und später will ich in einem großen Haus mit Garten wohnen", fügte er hinzu, „und mindestens einen Raum voller Bücher haben!"

„Und an einer Wand muss ein Bild von Kurt Schwitters hängen!", pflichtete Anna ihm bei.

Er nickte. „Klar. Bis dahin bist du mit ihm verheiratet und ich kriege Rabatt."

Sie lachten, und ich lachte verhalten mit, weil ich das Gefühl hatte, einen Witz verpasst zu haben.

„Und du?", fragte mich mein bester Freund zuversichtlich, dass ich eine gute Antwort hatte.

Doch ich zuckte leidenschaftslos mit den Schultern. „Ich mag keine Bücher", sagte ich um von der Tatsache abzulenken, dass ich absolut keine

Ahnung hatte, was ich später werden wollte.

Das wusste Arthur schon, dennoch stimmte es ihn jedes Mal aufs Neue traurig. Er hatte das noch nie verstanden. Für ihn waren Bücher die Zuflucht in andere Welten.

Anna fiel die Kinnlade herunter. „Wie kann man keine Bücher mögen?", fragte sie mich auf eine Weise, als würde ihr diese Tatsache bestätigen, dass ich vollkommen verrückt sein musste.

Und vielleicht war ich das auch, wer wusste das schon so genau?

„Dir entgehen so viele Möglichkeiten, Luise!", fügte Anna hinzu und schüttelte ungläubig ihren Kopf.

An dieser Stelle runzelte ich verwirrt meine Stirn. „Was denn für Möglichkeiten?"

„Na, zu träumen! Andere Welten zu entdecken! Mal die Prinzessin sein und mal der Pirat!"

„Aber was bringen mir die Geschichten anderer Leute?", entgegnete ich allmählich genervt. „Ich will all diese Abenteuer doch selbst erleben! Ich will mir nicht nur vorstellen, auf einen Baum zu klettern, sondern es selbst tun. Mit meinen eigenen Händen und Füßen."

Anna starrte mich mit unverhohlener Abneigung an. Mädchen wie sie würden Mädchen wie mich niemals verstehen.

Meine Mutter verstand es auch nicht, aber sie

sagte immer wieder, ich würde eines Tages meine ganz eigenen Abenteuer erleben.

Meine Mutter überredete mich schließlich, meinen 13. Geburtstag zu feiern. So kam es, dass im Januar 1930 unsere Wohnung voller war als jemals zuvor. Ich lud Arthur und Anna ein, weil ich mir nicht sicher war, ob er ohne sie gekommen wäre, und noch ein paar andere Mädchen aus der Schule oder aus der Straße. All diese Mädchen mit ihren Puppen hatten unglaublichen Spaß dabei, sich in ihre schicken Ausgehkleider zu zwängen und vor sich hin zu kichern, während ich mich in meinem inzwischen geflickten, schwarzen Faltenrock allmählich der Tatsache stellen musste, dass er mir zu klein geworden war.

Anna hatte ihr seidiges, dunkles Haar mit einer roten Schleife zurückgebunden und sie trug ein dazu passendes Kleid. Ich war mir ziemlich sicher, dass sie es von ihrer älteren Schwester geklaut hatte, aber ich sagte nichts, weil ich nicht wollte, dass Arthur vielleicht sauer auf mich wurde. Er würde in vier Wochen auch 13 werden und ich glaubte, ihm missfiel die Tatsache, dass ich älter war als er. Jedes Jahr wurde er um meinen Geburtstag herum gereizter und manchmal brauchte ich nur ein falsches Wort zu sagen und schon stritten wir uns. Deswegen hatte ich mich immer geweigert, meinen

Geburtstag zu feiern.

Na ja, bis zu diesem Jahr.

Neben Anna fühlte ich mich plötzlich wie ein hässliches Entlein. Sie hatte schon Brüste bekommen und eine Taille, und alle Lehrer prophezeiten ihr eine goldige Zukunft. Mich sahen sie immer nur mit diesem aus-dir-wird-nichts-mehr-Blick an. Kein Wunder, das Arthur lieber mit ihr Zeit verbrachte, als mit mir. Ich war eben bloß ich und strahlte längst nicht so sehr wie Anna.

Direkt nachdem Anna und Arthur gekommen waren, hatte sie mir halbherzig ihr gemeinsames Geschenk in die Hand gedrückt.

„Für all deine Abenteuer", hatte Arthur mit seinem Zahnlücken-Lächeln hinzugefügt.

Es war ein in dunkles Leder gebundenes Buch mit einer goldenen Ornament-Prägung auf dem Einbund.

Ganz toll. Weil ich nicht lesen wollte, sollte ich schreiben.

Das sollte wohl ein schlechter Scherz sein.

Ich wollte mich gerade frustriert in die hinterste Ecke unserer Wohnung verkriechen, als Arthur plötzlich direkt vor mir stand.

„Wo willst du hin?", fragte er mich und ich zuckte ertappt mit den Schultern, wollte nichts mehr sagen.

Arthur nickte. „Ich verstehe", meinte er, nahm

mich plötzlich an die Hand und zog mich hinter sich her. Verbotenerweise schlichen wir uns ins Schlafzimmer meiner Großmutter und krochen in ihren Kleiderschrank; genau so, wie wir es früher immer getan hatten, wenn wir uns Geheimnisse anvertrauen wollten.

Die wohlige Wärme dieser süßen Erinnerung ließ mich kurzzeitig vergessen, dass sich im Wohnzimmer ein halbes Dutzend gackernder Hühner – äh, Mädchen – aufhielt, bis mir wieder die letzten Monate in den Sinn kamen.

„Die klingen ja alle wie Gänse!", lachte Arthur leise, als das Kichern der Mädchen kurzzeitig anschwoll.

Ich nickte, bis mir wieder einfiel, dass er das gar nicht sehen konnte, und sagte: „Ja."

„Hey", sagte er auf einmal mit einem ernsteren Unterton. Mit seinem Fuß stupste er gegen meinen, wobei ich mir nicht sicher war, ob er das wirklich gewollt hatte. „Was ist denn los mit dir?"

Ich blinzelte und versuchte mein Herz zu ignorieren, welches auf einmal ganz schwer zu werden schien. Ich spürte, wie ein Kribbeln meine Wirbelsäule hinablief, und wünschte mir nichts sehnlicher, als doch nicht mit Arthur in den Kleiderschrank geklettert zu sein.

„Weißt du noch, wie du Matthias Georg die Nase gebrochen hast?", fragte er aus dem Zusammenhang gerissen.

„Klar", antwortete ich, weil mich der plötzliche Themenwechsel viel zu sehr verwirrte, als das ich darüber nachdenken konnte, wie ich am besten schwieg.

„Ich auch", sagte Arthur, obwohl das natürlich unnötig war. Dann: „Ich wurde nach meinem Großvater benannt, wusstest du das? Ich hab ihn nie kennengelernt, aber meine Eltern sagen immer, dass er ein sehr starker Mann war. Er hat sich immer für die Schwachen eingesetzt und einmal hat er einen anderen Mann verprügelt, als er merkte, dass der eine Frau vergewaltigen wollte."

Ich verstand nicht, worauf das alles hinauslaufen sollte, und sagte nur: „Dein Großvater schien wirklich ein mutiger Mann gewesen zu sein."

„Genau. Aber du kennst mich besser als jeder andere, Luise. Ich bin nicht mutig."

„Doch, bist du", entgegnete ich inbrünstig, weil ich nie etwas anderes gedacht hatte.

„Nein", entgegnete Arthur ernst. „Und das ist in Ordnung. Als du Matthias die Nase gebrochen hast, wurde mir klar, dass ich auch gar nicht mutig sein musste. Ich hatte ja dich."

Ich spürte, wie dieses Gespräch in eine für mich unangenehme Richtung verlief. Er klang so viel ernster, als ich es gewohnt war; als ich es aushalten konnte.

Wo war die Zeit geblieben, als ich mich gerne geprügelt hatte? Als ich mit stolz Matthias' Nase gebrochen und meinen besten Freund verteidigt hatte?

Ich hatte auf einmal das Gefühl, mich in den letzten Jahren viel zu sehr verändert zu haben.

Ich zog meine Knie an mich und schlang meine Arme um sie. „Ich dachte auch, dass ich dich hätte", flüsterte ich gegen meine Knie und spürte, wie ich vor Anspannung zitterte. „Aber seit Monaten hab ich das Gefühl, dass du dich von mir entfernst."

„Ich weiß", gab Arthur überraschenderweise zu. „Aber es ist doch so, wir werden immer älter und wir sind nicht mehr die Kinder, die zusammen eingeschult wurden. Und wenn wir uns verändern, dann doch auch unsere Freundschaften. Das ist doch nur logisch."

Plötzlich füllten sich meine Augen mit Tränen. All die Ängste vor genau diesem Augenblick bewahrheiteten sich innerhalb weniger Sekunden und es fühlte sich an, als griff Arthur direkt in meine Brust, umfasste mein Herz und zerdrückte es mit seiner bloßen Faust.

„Heißt das, du willst nicht mehr mein bester Freund sein?", schluchzte ich und als ich ungeniert schniefte, hasste ich mich selbst dafür. Eine Anna würde sich niemals so hingeben. Sie würde eher über ihren Kummer hinweg tanzen.

Ich hörte, wie sich Arthur bewegte, und nachdem ich den Pelzmantel meiner Großmutter im Gesicht hatte, hockte er plötzlich so dicht neben mir, dass ich seinen Atem kalt auf der nassen Haut meiner Wange spüren konnte.

„Nein", sagte er und sein Atem stockte – auch das bekam ich hautnah mit. Ich spürte seine Hand über meinen Körper tasten, bis er meine Schulter fand und mich sanft, aber bestimmt, in seine mutmaßliche Richtung drehte. „Kann ich dieses eine Mal mutiger sein als du?", fragte er so leise, dass vermutlich nur ich ihn hätte hören können, selbst wenn wir mit den anderen im Wohnzimmer gewesen wären.

„Ja", schluchzte ich mit tränenerstickter Stimme. Das letzte bisschen Hoffnung steckte in diesem Schluchzer mit drin.

Und dann stießen unsere Köpfe plötzlich gegeneinander, und wir sagten im Einklang „Aua", und dann lachten wir ein bisschen, als seine Hand meine Wange berührte, eine Träne wegwischte und dann lagen seine Lippen auf meinen.

Es war mein erster Kuss. Ich wusste, dass es auch sein erster Kuss war.

Und von außen betrachtet war es vermutlich kein schöner erster Kuss, so wie wir zusammengequetscht im Kleiderschrank saßen, aber hier im Inneren, zwischen uns, war es das Schönste, was hätte passieren können.

Während die Weimarer Koalition zerbrach, hatte ich ganz andere, viel existenziellere Probleme: ich bekam zum ersten Mal meine Periode. Während meine Mutter mir den Umgang mit Binden beibrachte, grummelte meine Großmutter vor sich hin, warum ausgerechnet sie mit so frühreifen Weibern verwandt sein musste.

Am Ende des Tages kochte sie mir einen Tee, der meine Bauchkrämpfe linderte und versprach mir, dass es viel schlimmere Dinge gab, als Blut zu verlieren.

„Was denn?", jammerte ich und klammerte mich an den Becher.

Ihre Augen wurden traurig und sie flüsterte: „Den Mann zu verlieren, den du liebst."

Meine Großmutter, Elisabeth Silberstein, starb am 13. September 1930 an einer Grippe. Als zwei Tage später die Ergebnisse der Reichstagswahl bekanntgegeben wurden, sagte meine Mutter: „Ich bin unendlich traurig darüber, dass sie von uns gegangen ist, aber ich bin froh, dass sie das nicht mehr erleben muss."

Und dann schmiss sie die Tageszeitung mit den Ergebnissen in unseren Kamin.

Es sollte noch einige Jahre dauern, ehe ich sie

verstand.

Es war nicht so, dass Arthur und ich uns seit dem Kuss im Kleiderschrank ständig küssten. Eher im Gegenteil. Außerdem wurden die Anforderungen der Schule immer strenger; wir besuchten unterschiedliche Schulen, er ging auf ein Gymnasium für Jungen und ich auf eins speziell für Mädchen. Wir sahen uns immer seltener, aber jedes Mal, wenn wir es doch schafften, fühlte es sich auf diese unerklärliche Weise einfach wundervoll an.

Trotz der offensichtlichen Umstände, hatte ich das Gefühl, dass sich das Band zwischen uns mit jedem Tag verstärkte.

Eine Welt ohne Arthur? Schlicht unvorstellbar.

Es war Mitte Februar 1933 und draußen lag noch Schnee. Ich war ganz froh darüber, so konnte ich den neuen, dunkelblauen Mantel tragen, den mir meine Mutter zu Weihnachten geschenkt hatte.

Die Wirtschaftskrise hatte uns alle schwer getroffen, aber Oma Elisabeth hatte uns all ihre Ersparnisse hinterlassen und von irgendwem bekam meine Mutter eine monatliche Summe überwiesen. Ich sollte zwar allmählich alt genug sein, um mich für diesen Kram zu interessieren, aber ich nahm es lieber einfach hin. Wenn man Dinge hinterfragte wurde man manchmal mit Dingen konfrontiert, die das eigene Leben im Kern veränderten.

„Bist du soweit?", fragte meine Mutter mich und blieb im Türrahmen zu meinem Zimmer stehen.

Ich wickelte gerade ein grünes Band um mein in glänzendes Papier gewickeltes Geschenk zu verschönern.

Grün war Arthurs Lieblingsfarbe.

Mein langes, blondes Haar rutschte über meine Schulter. Ich strich es gedankenverloren zurück, als meine Mutter nähertrat und durch meine Mähne strich.

„Kannst du es mir flechten?", fragte ich, weil ich an diesem Tag ganz besonders hübsch aussehen wollte.

Sie nickte lächelnd und wir setzten uns wie damals vor den Spiegel. Bevor sie mit dem Flechten begann, bürstete sie noch einmal mein Haar durch, und ich beobachtete sie bei ihren graziösen Bewegungen.

„Du bewegst dich wie eine Ballerina", dachte ich laut.

„So?", grinste sie. „Das habe ich ja noch nie gehört."

„Doch, doch. Ich bin eher der Elefant im Porzellanladen." Ich hatte zwar ihre Wespentaille geerbt, wurde dafür aber mit zwei linken Füßen bestraft. Arthur würde an dieser Stelle vermutlich sagen, dass es ja auch unfair wäre, wenn jemand rundum perfekt war.

An den Schläfen ergraute allmählich ihr dunkles Haar und mir fielen die kleinen Falten um ihre Augen herum auf. Und unwillkürlich fragte ich mich, ob sie jemals von einem Mann so angesehen worden war, wie Arthur mich ansah, wenn wir alleine waren oder er mir heimliche Blicke zuwarf.

Ihre filigranen Finger nahmen meine Haarsträhne auf und wie eine Spinne ihr Netz flocht sie behutsam mein Haar.

„Trugen die Mädchen in Colmar ihr Haar immer so?", fragte ich auf einmal, und als ich das Glitzern in den Augen meiner Mutter sah tat es mir auf einmal Leid, mich vorher nie für ihre Vergangenheit, ihre Geschichte, interessiert zu haben.

Mit einem Mal wurde mir klar, dass es nie nur um die eigene Geschichte ging, sondern auch um jene, die sich lange vor unserer Zeit zugetragen hatten oder auch die, die sich weit nach uns ereignen werden.

„Früher kamen viele Franzosen zu uns in die Wirtschaft", erzählte sie. „Colmar war berühmt für seine Weine, weißt du? Und meine Mutter hat den besten Flammkuchen gebacken. Ein französisches Ehepaar verbrachte seine Flitterwochen bei uns und die Frau brachte mir das Flechten bei. Wenn du magst, kann ich es dir auch irgendwann beibringen."

„Sehr gern", sagte ich und meinte es auch so.

„Du siehst sehr hübsch aus, Liebes", sagte sie und unsere Blicke trafen sich im Spiegel.

Ich lächelte schüchtern. Inzwischen waren wir fast gleich groß und hatten eine ähnliche Statur, weshalb ich mir ein gelbes Jackenkleid von ihr ausgeliehen hatte. Darunter trug ich eine weiße Bluse und eine goldene Kette, die früher meiner Großmutter gehört hatte.

„Danke."

„Es scheint dir ausgesprochen wichtig zu sein, dass Arthur dich hübsch findet."

Erschrocken, als hätte sie mich bei etwas Verbotenem erwischt, sah ich zu ihr auf, wobei sie mir versehentlich an den Haaren zog. Ich zuckte allerdings nicht einmal mit der Wimper.

„Schon gut", sagte sie und schob mich sanft wieder in die richtige Postion. „Ehrlich gesagt, haben Eva und ich uns schon gefragt, wann es endlich passieren würde."

Eva, das war Arthurs Mutter und inzwischen eine der engsten Vertrauten meiner Mutter, trotz des Altersunterschieds. Oder gerade deshalb? Sicher war ich mir da nicht.

„Ihr redet über uns?"

Darüber musste meine Mutter herzlich lachen. „Du weißt es noch nicht, aber wenn du eines Tages selbst ein Kind hast, wirst du das verstehen." Sie nahm sich ein gelbes Band, passend zu meinem

Kleid, und befestigte damit meinen französischen Zopf.

Ein letztes Mal trafen sich unsere Blicke im Spiegel, und ich konnte zum ersten Mal einige ihrer Gesichtszüge in meinen wiedererkennen.

Auch die Müllers blieben von der Wirtschaftskrise weitestgehend verschont. Sie waren trotz der zahlreichen Kinder echte Meister im Sparen und hatten – laut Arthur – viel geerbt. Außerdem bekamen kinderreiche Familien wohl einen Zuschuss vom Staat.

Dennoch war die Stimmung im Haus der Müllers nicht so fröhlich wie sonst.

„Es ist wegen Hitler", sagte Anna, als wir zur Feier des sechzehnten Geburtstags von Arthur Kuchen aßen. Als sie den Namen erwähnte, entstand eine urplötzliche Stille am Tisch, die erst von dem Baby der ältesten Schwester unterbrochen wurde. Sie hatte vorletztes Jahr im Sommer einen deutschen Schriftsteller geheiratet und kurz vor Weihnachten war ihr erster Sohn geboren. Sie stand mitsamt dem Baby auf und verließ den Raum, um es zu beruhigen.

Anna warf ihrem Vater einen abwartenden Blick zu, aber als er sich dazu nicht äußern wollte, schnaubte sie verächtlich und sagte: „Er meint, dass dieses Schwein für unseren Untergang sorgen wird."

„Anna!", tadelte Eva sie instinktiv. „Sprich nicht so von ihm."

„Aber warum nicht? Es ist doch wahr", entgegnete Anna und in ihren Augen flammte jenes zornige Feuer auf, vor dem ich früher solche Angst gehabt hatte.

Ich sah zu Arthur, der neben mir saß und sein Knie gegen meines drückte, natürlich ganz zufällig. „Was meint sie damit?"

„Herrgott, Luise", brummte Anna und sie haute mit ihrer Faust auf den Tisch.

„Anna!", rief Eva wieder, aber das war ihr natürlich egal. Sie fixierte mich mit ihrem Blick und ich wappnete mich schon einmal für den nächsten, verbalen Hieb. „Du bist so dumm, Luise! Ernsthaft. Du sitzt hier und isst unseren Kuchen, und in all den letzten Jahren ist dir nie aufgefallen, wie wir von anderen Familien bespuckt und geschubst wurden. Wie immer mehr Leute auf uns zeigen und Hitlers Hetzreden wiederholten. Hast du dich nie gefragt, warum Arthur ständig verprügelt wurde? Er ist ein Jude, deshalb!"

Während sie das sagte, füllten sich ihre Augen mit Tränen und sie bekam rote Flecken im Dekolleté.

Und ich saß da und wollte etwas sagen, wusste aber nicht, was.

Wieder einmal hatte sie mich eiskalt erwischt.

All diese Dinge waren tatsächlich an mir vorbeigegangen. Ich meine, ich wusste natürlich, dass die Müllers Juden waren. Aber es hatte mich nie interessiert. Ich war zwar vor zwei Jahren konfirmiert worden, aber meine Religion sagte doch nichts weiter über mich aus, als das, woran *ich* glaubte. Und wenn Arthur an einen anderen Gott glaubte oder noch keinen Messias hatte, dann betraf das ihn doch viel mehr als mich.

Ich würde mich allerdings auch nicht als guten Christ bezeichnen. Meine Mutter und ich besuchten eher sporadisch die Messe.

„Dürfen wir unseren Kuchen oben aufessen?", fragte Arthur auf einmal, und die Wut in seiner Stimme war nicht nur hörbar, sondern regelrecht mit jeder Zelle spürbar.

„Ja", gestattete Eva resigniert und ehe ich mich versah, war Arthur aufgestanden und hatte sich seinen und meinen Teller geschnappt. Hastig folgte ich ihm, wobei ich beinahe meine Handtasche vergessen hätte, in dem ich sein Geschenk versteckte.

Oben im Zimmer der Jungs setzten wir uns auf sein ordentlich gemachtes Bett und aßen weiter unsere Kuchen. Seine Mutter hatte ihn selbst gebacken.

Seine Brüder waren beide sehr chaotisch, nur in den Ecken, in denen sich Arthur aufhielt – sprich sein Bett und sein Schreibtisch – herrschte Ordnung.

„Wenn wir irgendwann heiraten musst du den Haushalt machen", rutschte es aus mir heraus, und ich spürte, wie ich so rot anlief, dass man auf meinen Wangen Spiegeleier hätte braten können. „Ich meine – äh – wir müssen nicht – und natürlich – äh – ich -", stotterte ich, bis Arthur eine wegwerfende Handbewegung machte und mich vor meiner Blamage rettete. „Dann muss ich arbeiten und den Haushalt machen? Das ist irgendwie unfair."

„Aber du bist viel ordentlicher als ich", entgegnete ich und schob einen Bissen Kuchen in meinen Mund.

Diese Gelegenheit nutzte Arthur um zu sagen: „Selbst ein Warzenschwein ist ordentlicher als du, Luise."

Aus Rache pikste ich ihm mit meiner Gabel in den Oberschenkel. „Vielleicht will ich ja arbeiten gehen und das Geld verdienen."

Er lachte. „Versteh mich nicht falsch, deine Ambitionen gefallen mir, aber seit wann weißt du, was du mit deiner Zukunft anstellen willst?"

„Okay, du hast gewonnen", gab ich zu und nahm noch einen Bissen. „Vielleicht Politikwissenschaften."

„Seit wann interessierst du dich für Politik?"

„Tue ich nicht, aber etwas Besseres fiel mir auf die Schnelle gerade nicht ein."

Er lachte wieder, und dieses Mal stieg ich mit ein, und gemeinsam vergaßen wir, was eben im Esszimmer vorgefallen war. Mit ihm an meiner Seite fiel es mir so unglaublich leicht, all das Schlechte zu vergessen.

Nachdem wir unsere Kuchenstücke aufgegessen hatten, stellte er die Teller auf seinen Schreibtisch. Wir legten uns nebeneinander ins Bett und während wir uns umarmten, küssten wir uns.

Ich verlor völlig mein Zeitgefühl. Wenn es nach mir gegangen wäre, hätten wir stundenlang so weitermachen können, aber irgendwann rief sein Vater von unten, dass es an der Zeit war, mich nach Hause zu bringen.

„Dass dein Vater mich immer nach Hause bringen will", witzelte ich und verdrehte meine Augen, während wir uns aufrichteten.

Doch dieses Mal lachte Arthur nicht. „Er hat schon Recht. Es sind unsichere Zeiten. Nicht nur für uns Juden."

Um seine plötzlich düstere Stimmung etwas aufzuheitern, zog ich sein Geschenk aus meiner Tasche und reichte es ihm.

Sein Blick erhellte sich tatsächlich. „Aber ich sagte doch, du sollst mir nichts schenken."

„Seit wann höre ich auf dich?"

„Gutes Argument." Neugierig zog er die Schleife auf, ließ das Band auf seine Bettdecke fallen und riss ungeduldig das Papier ab. So viel zur Ordnung.

Als er auf einmal jenes Notizbuch in Händen hielt, welches er mir drei Jahre zuvor geschenkt hatte, runzelte er verwirrt die Stirn.

„Mach es auf!", drängte ich ihn, und als er anfing es durchzublättern, wurden seine Gesichtszüge weicher.

„Du hast es vollgeschrieben." Seine Stimme klang belegt.

Ich nickte stolz. „Als du es mir gegeben hast sagtest du, es wäre für all meine Abenteuer. Aber als ich dann anfing zu schreiben, stellte ich fest, dass in all meinen Abenteuern du auch bist."
Wir sahen einander so bedeutungsschwer an, wie es nur Verliebte tun konnten. Und dann legte er auf einmal das Buch zur Seite, rutschte von seinem Bett und ging abermals zu seinem Schreibtisch. Ich beobachtete ihn dabei, wie er ein Bündel blaue Wolle aus einer Schublade holte und zwei Fäden abschnitt. Damit kam er zu mir zurück, kniete sich vor mich hin und nahm meine Hand.

„Äh, was genau wird das hier?", fragte ich, und ich konnte sehen, wie Arthur nervös schluckte.

„Luise Silberstein", sagte er und seine Hand zitterte. „Ich weiß, dass wir viel zu jung sind, aber hey, keiner kann doch sagen, was morgen geschieht. Und deshalb ... Ich möchte klarstellen, dass das hier gerade eine ziemlich spontane Aktion ist, und dass es nicht bei diesen Bindfäden bleibt, aber – was ich sagen will, ist – Luise Silberstein, willst du mich heiraten?"

Ich brauchte mehrere Sekunden, ehe ich realisierte, was soeben geschehen war.

Und dann war es, als würde mein Herz explodieren. Ich quiekte und kreischte glücklich, breitete meine Arme aus und fiel ihm um den Hals, wobei er durch meinen Schwung den Halt verlor und wir gemeinsam umkippten. Aber das war egal, denn wir liebten uns, und das war alles, was zählte.

Er knotete mir einen der blauen Fäden um meinen Ringfinger, dann tat ich bei ihm dasselbe.

„Du kriegst noch einen echten Ring", versprach er mir, als sein Vater zum dritten Mal nach mir rief und allmählich wütend wurde. „Einen viel schöneren."

Ich streckte meine Hand aus und betrachtete den Faden, und in diesem Augenblick war ich ungelogen das glücklichste Mädchen auf diesem gesamten Planeten. „Er ist wundervoll."

Und das meinte ich genauso, wie ich es sagte.

Jeden Morgen, wenn ich zur Schule ging, kam ich an der Kanzlei von Arthurs Vater vorbei. Unseren Eltern hatten wir zwar noch nichts von unseren Heiratsplänen erzählt, aber es war nur noch eine Frage der Zeit, bis wir sie einweihten.

Als ich am Morgen des 1. Aprils wie immer an seiner Kanzlei vorbeiging, stand sein Vater ungewöhnlicherweise vor seinem Schild.

„Guten Morgen Herr Müller!", rief ich fröhlich, doch als er sich zu mir drehte, nickte er mir bloß zu.

Erst beim Näherkommen entdeckte ich die Schmiererei. Jemand musste in der Nacht das Schild der Kanzlei beschmiert haben.

Jude, stand dort, daneben ein Judenstern.

Ich legte bestürzt eine Hand über meinen Mund.

Unter dem Schild war ein Weiteres angebracht worden: *Deutsche, kauft nicht bei Juden!*

Und mein erster, naiver Gedanke war: *Seit wann sind Juden keine Deutschen?*

„Es rollt etwas Gewaltiges auf uns zu", verkündete Herr Müller unheilvoll, und dann kam sein Rechtsgehilfe mit einem Eimer Seifenwasser und Schwämmen.

Wortlos stellte ich meine Schultasche an die Seite, nahm einen Schwamm und half, zumindest die Schmiererei wegzuwischen.

Ich wollte nicht, dass Anna oder Herr Müller Recht hatten. In meiner Welt war doch gerade so viel Glück, so viel Liebe; da gab es keinen Platz für all den Hass, den die SA-Männer verbreiteten.

Am 10. Mai verbrannten sie an der Bismarcksäule unsere Bücher.

Sogar ich, die Büchern nie etwas abgewinnen konnte, litt unter dieser Aktion. Es fühlte sich wie ein Messerstich direkt in unsere Kultur an.

An jenem Abend besuchten meine Mutter und ich die Müllers. Sie und Eva kochten gemeinsam Suppe, und während des Essens später las Anna mit ihrer klaren Stimme eine Geschichte aus Bertolt Brechts Werken vor.

Selbst als wir aufgegessen hatten, wagte keiner es, sie zu unterbrechen.

Eva weinte still vor sich hin. Ihr Mann hielt ihre Hand fest, und ich wünschte, ich hätte irgendetwas sagen oder tun können, als Arthur seine Schwester mitten im Satz unterbrach: „Luise und ich werden heiraten."

Er fragte meine Mutter nicht, ob das in Ordnung sei. Er sagte auch nicht, wir *wollten* heiraten. Er setzte unsere Familien bloß davon in Kenntnis, dass es sowieso passieren würde.

Genauso, wie Anna prophezeit hatte, dass Hitler die Juden vernichten wollte.

Eva schluchzte laut auf, dann schob sie geräuschvoll ihren Stuhl zurück und kam auf uns zu. Ehe ich wusste, was geschah, umarmte sie mich, drückte ihre nasse Wange gegen meine, und küsste mich auf die Stirn. Dann erst lief sie aus dem Raum.

„Habt ihr euch das gut überlegt?", fragte Arthurs Vater mit tiefer Stimme.

„Da gab es nichts zu überlegen", entgegnete sein Sohn tapfer und griff demonstrativ nach meiner Hand. „Ich liebe sie."

Ich suchte den Blick meiner Mutter. Sie sah mich besorgt an, aber dann nickte sie, und mehr Einverständniserklärungen brauchte ich nicht. Arthur hatte Recht; wir waren wirklich noch sehr jung. Aber Liebe hatte doch nichts mit dem Alter zu tun.

Ich staunte über mich selbst, als mir wieder einfiel, wer das zuerst gesagt hatte, und ich schaute etwas ängstlich zu Anna herüber.

Sie legte das Buch vor sich hin, klappte es langsam, wie in Zeitlupe, zu. Dann sagte sie mit bitterer Stimme: „Herzlichen Glückwunsch, Luise. Auf das du uns alle rettest."

Sobald wir 18 wurden, fingen unsere Eltern an, die Hochzeit zu planen. Es sollte nur eine kleine Feier werden, ganz im Kreise der engsten Familie. Arthurs älteste Schwester würde nicht dabei sein. Sie war Anfang des Jahres 1935 mit ihrem Schriftsteller nach Norwegen ausgewandert.

Anna verhielt sich kühler zu mir als jemals zuvor. An den meisten Ideen für die Hochzeit hatte sie etwas auszusetzen.

„Sie ist nur eifersüchtig", versuchte Arthur mich zu beruhigen, aber ich glaubte, dass vielmehr dahintersteckte. Allerdings traute ich mich auch nicht, sie zu fragen. Zu groß war die Wahrscheinlichkeit, von ihr bei lebendigem Leib verspeist zu werden.

Das Standesamt gab uns einen Termin für die Eheschließung am 17. September 1935, und obwohl es noch Monate dauerte, war ich aufgeregt wie ein kleines Kind.

Nur Arthur durfte noch von den Kindern der Müllers zur Schule gehen. Seine Noten waren überdurchschnittlich gut. Vielleicht war das Annas Problem, immerhin hatte sie bis die Nationalsozialisten ihr ihren Hochschulabschluss verwehrten von einem Kunststudium geträumt.

Ich hatte sie zwar nie wirklich gemocht, aber jeder sollte die Möglichkeit haben, seine Träume zu verwirklichen. Jeder sollte die Möglichkeit haben, an ihnen zu wachsen oder zu scheitern.

Der Tag der Hochzeit rückte immer näher. Wir fanden eine kleine 2-Zimmer-Wohnung die genau zwischen der Wohnung meiner Mutter und seinem Familienhaus lag. Eigentlich gehörte die Wohnung einem früheren Klienten von Arthurs Vater, aber der überließ sie uns nahezu kostenlos, weil er noch etwas gut bei ihm hatte. Sogar die Möbel durften wir übernehmen.

„Siehst du?", lachte Arthur und tanzte mit mir

durchs Wohnzimmer. „Solange wir noch ein bisschen Glück haben, kann diese Welt gar nicht untergehen."

Und dann kam der 15. September.

Ich dachte, jetzt war es so weit, jetzt brach doch noch alles auseinander; all unsere Pläne und Hoffnungen auf eine gemeinsame Zukunft.

Das Gesetz zum Schutz des deutschen Blutes und der deutschen Ehre vernichtete alles, was wir uns ausgemalt hatten. Mit einem einzigen, schwachsinnigen Gesetz vernichteten sie dieses nächste Abenteuer, welches wir uns so sehr ersehnt hatten.

Dennoch zog ich mein Hochzeitskleid an. Ich legte mich auf mein Bett und heulte, trat um mich, schrie in mein Kissen hinein und heulte weiter.

Meine Mutter versuchte mehrfach, mich zu beruhigen, aber ich schickte sie jedes Mal aus meinem Zimmer.

Wie dumm. Jetzt hatten wir sogar eine Wohnung gehabt, und nun durften wir sie nicht einmal beziehen.

Irgendwann kam Arthur vorbei. Er setzte sich zu mir, strich mir liebevoll durchs Haar.

„Es bringt Unglück, die Braut in ihrem Kleid vor der Hochzeit zu sehen", nuschelte ich müde von der Verausgabung.

„Wir kaufen dir ein Neues", versprach Arthur, und ich traute mich nicht, ihn dabei anzusehen.

Vermutlich hatte Anna Recht. Hitler würde alle Juden vernichten.

„Na komm", sagte er plötzlich und hob mich aus dem Bett. „Zieh dir etwas anderes an und dann gehen wir."

„Wohin denn?", fragte ich halbherzig, rief aber nach meiner Mutter, damit sie mir beim Ausziehen half.

„Das wirst du dann sehen", antwortete Arthur kryptisch, ehe er uns Frauen in Ruhe ließ.

Er führte mich zu unserer Wohnung.

Im ersten Moment wollte ich nicht eintreten; zu groß war der Kummer in meinem Herzen. Aber dann nahm Arthur einfach meine Hand und zog mich hinter sich her.

Als ich das Zimmer betrat, welches unser Wohnzimmer hätte werden sollen, klappte mir der Kiefer herunter.

Er hatte hunderte Kerzen aufgestellt und Rosenblätter verteilt und auf dem Tisch standen eine Flasche Champagner und zwei Gläser.

„Das hatte ich eigentlich für unsere Hochzeitsnacht geplant, aber ich musste ja nun etwas umdisponieren."

„Es ist wunderschön!", hauchte ich und ließ mir

von ihm aus meinem Mantel helfen.

Wir setzten uns auf unser Sofa, tranken Champagner und lachten über die dummen Nationalsozialisten mit ihrem noch dümmeren Nationalstolz.

„Weißt du, was ich daran nicht verstehe?", warf Arthur etwas ernster ein. Als ich meinen Kopf schüttelte, fuhr er fort: „Ich bin hier geboren, genauso wie meine Geschwister oder meine Eltern selbst. Ich dachte immer, ich wäre Deutscher, habe mich mit diesem Land identifiziert. Ich war stolz auf meine Herkunft; stolz darauf, dass so viele Dichter und Denker aus diesem Land kommen oder kamen. Oder hoffentlich noch kommen werden. Ich habe dieses Land immer geliebt. Ich kenne seine Geschichte viel besser, als es ein Matthias Georg jemals tun wird, einfach weil ich mich ehrlich dafür interessiere. Ich trage mehr Nationalstolz in mir, als alle SA-Männer zusammen, die durch unsere Stadt marschieren, und ausgerechnet ich soll der Abschaum dieses Landes sein? Das ergibt einfach keinen Sinn."

Ich wusste nicht, was ich sagen sollte, also rückte ich näher und schlang meine Arme um ihn. „Du bist kein Abschaum", versicherte ich ihm. „Nicht für mich."

„Anna sagt, wir sollten fliehen."

Als hätte ich mich verbrannt ließ ich ihn los und

starrte ihn mit offenem Mund abwartend an.

„Wir haben heute den ganzen Tag darüber gesprochen", erklärte er. „Deshalb bin ich auch erst so spät zu dir gekommen. Wir könnten vorübergehend zu Amalie und ihrem Mann nach Norwegen, sie haben uns schon vor Monaten geschrieben und geraten, auszuwandern."

„Vor Monaten schon?", wiederholte ich schockiert.

Ich war mir ganz sicher, in den schlimmsten Albtraum meines Lebens geraten zu sein. *Bitte, lieber Gott, oder sonst wer, weck mich endlich auf! Mach, dass es vorbei ist!*

Aber niemand weckte mich. Niemand kam und sagte mir, dass ich bloß schlecht geträumt hatte.

„Es stand nie zur Debatte", sagte er. „Mein Vater hat hier seine Arbeit und es ist doch unser Zuhause. Außerdem wissen wir nicht, ob unsere Ersparnisse für alle reichen."

Ich atmete tief ein und aus, betrachtete sein Gesicht ganz genau. Versuchte mir jede einzelne Linie, jede Falte, jeden Leberfleck ganz genau einzuprägen.

„Und was denkst du, Liebster?"

Es war ihm deutlich anzusehen, wie gern er das, was er dachte, *nicht* denken wollte. „Ich fürchte … Anna hat Recht. Sie kann zwar ein ziemliches Biest sein, aber sie hat auch die Fähigkeit, ganz ohne

Glaskugel eins und eins zusammenzuzählen und in die Zukunft zu schauen. Unsere Eltern wollen so sehr, das es besser wird, dass sie die Alternative gar nicht in Betracht ziehen."

Ich wollte es nicht wahrhaben, aber insgeheim wusste ich, dass Anna Recht hatte. So einfach würde es nicht besser werden. Hitler war viel mächtiger. Am Anfang, als der Judenboykott begann, wehrten sich noch die meisten Deutschen. Aber je mehr der Hass auf die Juden zur Politik wurde, desto mehr gewöhnten wir uns daran. Es wurde zum Alltag, und immer mehr folgten Hitlers Beispiel.

Was sollte als nächstes geschehen? Wie lange würde Arthurs Vater noch arbeiten können? Und was sollte hier aus Arthur selbst werden?

Plötzlich fielen mir Großmutters Worte wieder ein. *Es war schlimmer, den Mann zu verlieren, den man liebte.*

Sie hatte nicht ganz Recht.

Viel schlimmer war es, zuzulassen, dass der Mann, den man liebte, nicht mehr leben konnte.

„Ihr könntet unsere Ersparnisse für die Hochzeit nehmen", schlug ich vor.

Arthur schüttelte seinen Kopf. „Nein, Luise. Ich werde dich nicht verlassen."

„Und ich will nicht, das du hier bleibst!"

Ich schrie beinahe. Dann waren da wieder diese dummen Tränen, die ich nicht zurückhalten konnte, und ich musste mir wohl selbst eingestehen, dass von dem taffen Schulmädchen von früher nichts mehr übrig war.

Jetzt fing auch Arthur an zu weinen, und während ich immer wieder sagte, er solle mit seiner Familie fliehen, schüttelte er nur seinen Kopf und beteuerte, wie sehr er mich liebte und dass er mich nicht verlieren wollte.

Im Grunde genommen hörten wir einander gar nicht zu.

Irgendwann übernommen schließlich unsere Körper das Sprechen. Wir standen auf, schrien einander an. Ich schlug ihn, weil er nicht auf mich hören wollte, und er küsste mich, weil er mir etwas beweisen musste.

Und dann hörten wir nicht mehr auf, uns zu küssen. Gierig zerrte ich an seinen Kleidern. Er fasste unter meinen Hintern und hob mich hoch, trug mich ins Schlafzimmer und warf mich auf das Bett.

Es war, als würden wir tanzen. Zugegeben, es war keine durchdachte Kür, und wir stießen mehrfach gegeneinander oder stockten oder standen beziehungsweise lagen schief. Das russische Ballettensemble hätte uns ausgelacht.

Aber es ging nur um uns, und uns gefiel dieser Tanz; ich genoss jede einzelne Sekunde.

So wurde aus dem tollpatschigen Elefanten doch

noch eine Tänzerin; aus dem Nasen brechenden Mädchen eine Frau.

Später lagen wir Haut an Haut aneinander geschmiegt. Mit seinem Zeigefinger zeichnete er die Knochen meines Dekolletés nach, küsste mich zwischendurch immer wieder, und ich dachte, wenn ich jetzt sterben müsste, wäre es gar nicht mal so schlimm.
„Versprichst du mir etwas?", fragte ich flüsternd in die Dunkelheit der Nacht hinein. Wir hatten die Lampen nicht eingeschaltet. Einzig der Mond, der seinen milchigen Schleier durchs Fenster warf, spendete uns etwas Licht.
„Alles, meine Göttin."
Als er das sagte, zogen sich meine Mundwinkel unwillkürlich zu einem Lächeln hoch, meiner inneren Verzweiflung zum Trotz.
„Geh mit deiner Familie fort und komm zu mir zurück, wenn all das hier vorbei ist."

Drei Monate später, kurz vor Weihnachten, war es schließlich soweit. In einer Nacht und Nebelaktion verließ Familie Müller die Stadt. Sie wollten mit dem Auto nach Hamburg fahren und dort eine Fähre nehmen.
Meine Mutter und ich kamen, um uns von ihnen zu verabschieden, und ihnen etwas Proviant

mitzugeben. Jeder von uns weinte, sogar Anna.

Sie hielt mich ungewöhnlich lange im Arm. „Ich werde dich vermissen", flüsterte sie mir ins Ohr, und ich wusste, dass sie es ehrlich so meinte.

Es war seltsam, aber ich vermisste sie schon bei dem Gedanken, die nächsten Jahre ohne sie auskommen zu müssen. In manchen Fällen war Abneigung bloß ein anderes Wort für Kameradschaft.

Als Letztes verabschiedete ich mich von Arthur. Wir hatten eigentlich beide geschworen, nicht zu weinen, aber am Ende hielt sich keiner von uns daran.

„Ich werde dich immer lieben", versprach er mir zwischen seinen salzigen Abschiedsküssen.

„Ich warte auf dich", sagte ich und ich wusste, dass ich das tun würde, ganz egal wer mich davon abhalten wollte. „Jeden Mittag auf einer Bank im Georgengarten."

Wir hielten uns an den Händen, und Arthur zupfte an dem blauen Bindfaden. „Dieser dumme Faden", lachte er, aber ich zog ihm meine Hand weg und sagte: „Ich werde nie aufhören, mich als deine Frau zu fühlen."

„Und ich als dein Ehemann", sagte er und holte aus seiner Jackentasche ein schwarzes Kästchen. „Deshalb hab ich die hier."

Er öffnete das Kästchen und unsere Eheringe

kamen zum Vorschein. „Du solltest sie doch verkaufen!", tadelte ich ihn, freute mich aber auch gleichzeitig. „Seit wann tue ich, was du mir sagst?", neckte er mich und schob einen der Ringe über meinen Finger.

„Den Faden nehme ich trotzdem nicht ab."

„Das habe ich mir gedacht", sagte er und zeigte mir seinen eigenen Bindfaden, als ich ihm seinen Ring überschob.

Dann küsste er mich ein letztes Mal. „Du bekommst noch deine Hochzeit, Luise Silberstein. Du bist das mutigste Mädchen, dem ich je begegnet bin. Die größte Abenteurerin, die ich je kennen werde. Und die Liebe meines Lebens."

Ein neuer Schwall Tränen schoss aus meinen Augen heraus und ich drückte mich an ihn. Es war so unfair. Unsere gemeinsame Geschichte fing so wunderbar an und sollte jetzt so grausam enden.

Und plötzlich wusste ich, dass dieser ganze Hass gegen Juden noch bescheuerter war, als ich überhaupt hätte annehmen können: Es gab überhaupt gar keinen Gott. Wir waren alle bloß Menschen, und dieser ganze Irrsinn musste aufhören.

„Liebes", sagte meine Mutter auf einmal und strich mir über den Rücken. „Du musst ihn loslassen."

Ich brauchte noch ein paar Minuten, ehe ich es

tatsächlich fertigbrachte.

Arthur selbst musste sich von Anna zum Wagen der Familie führen lassen, damit er nicht wieder umkehrte.

Ich beobachtete, wie sie alle einstiegen, den Motor anstellten, und dann davon brummten.

Abgesehen von dem Geräusch des laufenden Motors war es still. Es war absurd, wie leise acht Menschen mit all ihren wichtigsten Habseligkeiten aus der Stadt verschwinden konnten, die sie so sehr liebten, und die sie am Ende verraten hatte.

Ich blieb mit meiner Mutter geschützt von ein paar Bäumen vor ihrem Haus stehen und schaute dem Wagen noch hinterher, als er schon lange nicht mehr zu sehen war. Eine Weile konnte ich noch den Motor hören, aber auch das Geräusch versiegte irgendwann, bis es nur eine entfernte Einbildung war.

„Hast du es ihm gesagt?", fragte meine Mutter irgendwann.

Mit der Hand, die unsere Ringe beherbergte, strich ich über die Stelle, an der sich unter meinem Mantel wohl mein größtes Abenteuer von allen verbarg.

„Nein", krächzte ich. Mein Hals war ganz trocken von all den Tränen. „Wenn ich es ihm gesagt hätte, wäre er geblieben."

Jeden Tag setzte ich mich gegen Mittag auf eine Bank im Georgengarten. Am Anfang war es töricht zu glauben, das Arthur nach nur ein paar Tagen zurückkehren würde, aber es wurde zu einem festen Bestandteil meiner täglichen Routine. Wenn ich sie dabeihaben wollte, begleitete mich meine Mutter.

Hier, auf jener Bank, erzählte sie mir zum ersten Mal von meinem Vater, und auch von meiner Großmutter, die ihr jeden Monat Geld schickte.

Und ich lauschte ihren Erzählungen und ein Teil von mir wünschte sich, ich hätte viel eher nachgefragt, dann hätte ich mich vielleicht gar nicht in Arthur verliebt. Aber der andere, weitaus größere Teil von mir wusste, dass das natürlich Quatsch war. Und war es wirklich besser, nicht zu lieben, bloß weil ich jetzt gerade unglücklich war?

Diese Frage musste ich verneinen.

Irgendwann würde Arthur zurückkehren, und dann würde er seinen Sohn kennenlernen. Er würde mit ihm Fußball spielen und Chanukka feiern, bevor ich mit ihm Weihnachten feierte. Und eines Tages würden wir ihm von jener dunklen Zeit erzählen, in der die Menschen vergessen hatten, wie Menschlichkeit funktionierte, und zu Dritt würden wir darüber lachen und wissen, dass unsere Brüder und Schwestern in der Zukunft es besser machten.

Ich gab ihm den Namen Jürgen Arthur, und er

trug meinen Nachnamen, was Arthur mir hoffentlich verzieh. Meine Mutter drängte mich dazu, ihn taufen zu lassen, nur damit er wirklich sicher war, und ich ließ es zu.

Der Krieg brach aus. Als 1941 die Ghettoisierung der restlichen Juden in Hannover begann, dankte ich Gott dafür, obwohl ich nicht an ihn glaubte, dass Arthur und seine Familie noch rechtzeitig fliehen konnten. Ich hatte zwar auf Post von ihm gehofft, aber nachdem der Krieg ausbrach war mir klar gewesen, dass ich so bald nichts mehr von ihm hören würde.

Der Krieg dauerte viele Jahre. Meine Mutter half mir, wo sie nur konnte. Es hatte durchaus Vorteile, dass sie schon einen Krieg durchgemacht hatte; sie wusste, wie man mit den wenigsten Mitteln überleben konnte.
Jürgen war ein gutes Kind. Er hatte das dunkle Haar und meine blauen Augen geerbt, und dazu zwar meine Tollpatschigkeit, aber auch Arthurs Wissbegierde. Wie jedes deutsche Kind durfte er in die Schule gehen und lernen und trotz der schlimmen Dinge, die er in jener Zeit erleben musste, war er ein fröhliches, aufgewecktes Kind.
Ich entdeckte so vieles von Arthur in ihm wieder …

Noch immer ging ich jeden Tag zur Mittagszeit in den Georgengarten und setzte mich auf meine Bank. Ich lernte die unterschiedlichsten Menschen kennen und immer wieder, in seltenen Augenblicken, erfuhr ich, dass es doch noch ein wenig Menschlichkeit gab, und das gab mir Hoffnung.

Es war ein Wunder, dass wir die Luftangriffe auf Hannover überlebten, und nachdem der Krieg endlich vorbei war, halfen meine Mutter und ich tatkräftig beim Wiederaufbau unserer Stadt. Ich gründete Anfang 1946 von meinen Ersparnissen eine Organisation, die sich um verwitwete Frauen kümmern sollte. Und obwohl meine Organisation viel Zeit in Anspruch nahm schaffte ich es noch immer, jeden Tag in den Georgengarten zu gehen.

Im Sommer 1946, es war einen Tag vor Jürgens Geburtstag, nahm ich meinen Sohn und meine Mutter an die Hand und wollte mit ihnen gemeinsam auf Arthur warten. Wir Frauen setzten uns auf die Bank und sahen Jürgen dabei zu, wie er mit einem Jungen, den er erst vor fünf Minuten kennengelernt hatte, spielte.

„Wie hast du das bloß ausgehalten?", fragte ich meine Mutter. „Keine Antwort von Jonathan zu bekommen?"

„Ich weiß es nicht", antwortete sie ehrlich. „Ich war mit dir schwanger, also hätte ich mich gar nicht aufgeben können, selbst wenn ich gewollt hätte. Ich war todunglücklich, das weiß ich noch; aber du kanntest ja deine Großmutter. Sie konnte sehr gebieterisch sein. Und wenn sie dir befohlen hat, oder eher dich gebeten hat, mit deinem Leben weiterzumachen, dann hast du es einfach getan."

An dieser Stelle lachten wir beide.

Eine Weile beobachteten wir Jürgen schweigend. Dann fragte ich: „Sind zehn Jahre Warten zu viel?"

Sie nahm meine Hand und drückte sie fest. „Frag ihn doch selbst."

Ich grunzte und zog ihr wütend meine Hand weg, wollte ihr am liebsten etwas Gemeines an den Kopf werfen, als ich feststellte, dass sie gar nicht mich ansah.

Sie sah nach rechts, also auch nicht zu Jürgen, und in ihren Augen las ich etwas, das ich nicht deuten konnte.

Ich folgte ihrem Blick.

Dort, auf dem Weg, den ich all die Jahre entlang gegangen war, noch etwa zwanzig Meter von mir entfernt, kam ein Mann auf mich zu.

Ein großgewachsener Kerl mit schmalen Schultern. Sein Haar war dunkel, und er hatte inzwischen einen Bart, und er war viel dünner als ich ihn in Erinnerung hatte, aber ich erkannte ihn trotzdem.

Ich würde ihn auch noch in hundert Jahren und unter tausend anderen wiedererkennen.

Arthur Müller war vieles nicht.

Ein Kämpfer mit den Fäusten. Ein Arier. Ein Christ.

Aber dafür war er so vieles mehr: der Vater meines Sohnes. Meine einzige Liebe. Der mutigste Mann, dem ich je begegnet war.

Und er hielt sein Versprechen.

Mit jedem Wiedersehen

Hat nicht jeder von uns diesen einen, ganz besonderen besten Freund, den man auf den Tod nicht ausstehen konnte, ohne den man aber auch gleichzeitig nicht leben wollte? Diesen einen Freund, der einem lächelnd das Messer direkt in den Bauch rammen konnte und dann sagte: „Mensch, ich hab dir doch gesagt, du sollst aufpassen!"

Ich für meinen Teil hatte einen solchen Freund – Hans Schluckebier.

Meine Mutter schüttelte immer ihren Kopf, wenn ich von ihm sprach, und nachdem ich ihn vor ein paar Jahren zu Weihnachten zu mir nach Hause eingeladen hatte, weil Hans als Waise aufgewachsen war und dementsprechend keine Familie hatte, hatte sogar mein Vater gesagt: „Wer den als Freund hat, braucht wahrlich keine Feinde mehr."

Aber ganz egal, was meine Eltern von ihm hielten – oder eben nicht hielten – ich mochte ihn. Er war mein bester Freund, mein engster Vertrauter, und in mancherlei Hinsicht tat er mir Leid. Ganz besonders wegen der Waisengeschichte.

Ich glaubte, er konnte sich seine feindseligen Kommentare deshalb nicht verkneifen, weil ich, im Gegensatz zu ihm, unglaubliches Glück hatte.

Meine Eltern hatten überlebt. Meine Mutter führte noch immer ihre Organisation mit dem einfallsreichen Namen *Frauenhilfe*, die sie nach dem Krieg gegründet hatte, um verwitweten Frauen mit ihren Kindern zu helfen, wobei sie inzwischen jede Frau unter ihre Fittiche nahm, die in irgendeiner Weise Witwe war, und mein Vater kehrte lebendig aus einem Konzentrationslager zurück, während Hans' Eltern, beide Mitglieder der NSDAP, Hitler treu bis zu ihrem Lebensende, beim Bombenanschlag auf Hannover ums Leben gekommen waren.

In den Augen meiner Eltern war das ein Zeichen der Gerechtigkeit – was sie netterweise nie vor Hans sagen würden – doch in seinen Augen war es unfair.

Ich lernte Hans kennen, als ich auf das Wilhelm-Raabe-Gymnasium wechselte. Er kam auch neu in die Klasse, und als wäre es ein ungeschriebenes Gesetz nahmen wir nebeneinander Platz und waren fortan unzertrennlich. Es hatte niemanden überrascht, eher betrübt, als wir vor drei Jahren entschieden, gemeinsam an der Leibniz Universität zu studieren. Ich Architektur, und mein guter Freund Allgemeinwissenschaften.

Heute Abend wollten wir in einer Kneipe meine gestern entstandene Volljährigkeit feiern. Ich war wie immer spät dran und hetzte dementsprechend durch die Straßen, aber bei dem Gedanken, den Abend mit Hans zu verbringen und endlich wieder Männergespräche zu führen, musste ich unwillkürlich grinsen. Es war einige Wochen her, seit wir uns das letzte Mal gesehen hatten, was sich auf seine neue weibliche Eroberung zurückführen ließ.

Ich hatte zwar keine Ahnung, wie er es anstellte, aber die Mädchen flogen ihm reihenweise hinterher. Ich stellte mich da eher ungeschickt an, war bisher nur ein einziges Mal ausgegangen, und das hatte in einem regelrechten Desaster geendet.

Das *Zum Eck* befand sich – Überraschung! - an der Ecke eines großen Hauses, dessen Neuaufbau erst vor ein paar Jahren abgeschlossen worden war. Mein Vater hatte es mir gezeigt. In seinen Augen sollte ein Heranwachsender früh genug den Geschmack von Bier kennenlernen, damit er gleich wusste, was nicht schmeckte.

Kurz bevor ich ankam, hörte ich hinter mir ein schweres Donnergrollen. Just in diesem Moment schwang die Tür auf und drei Männer in ihren modischen Trenchcoats traten heraus. „Das sieht nach einem Gewitter aus", sagte der eine.

„Wir sollten uns beeilen, Männer", sagte ein anderer.

„Wir sind doch nicht aus Zucker!", sagte der Dritte. „Im Krieg hat man uns auch nicht so jammern gehört!"

Kopfschüttelnd schlich ich mit hochgezogenen Schultern an ihnen vorbei und betrat die urige Wirtschaft.

Ich hielt nicht viel von diesem

testosterongesteuerten Geschwätz. Die wenigsten sprachen wirklich über den Krieg. Die allermeisten gingen den Erinnerungen aus dem Weg – eben gerade weil jeder Einzelne von uns eben doch gejammert hat. Wir alle hatten Angst. Wir alle haben um unser Leben gefürchtet.

Instinktiv musste ich an die Geschichten denken, die mir Oma Elsa immer erzählt hatte, wenn ich nicht schlafen konnte und sie sich heimlich zu mir ins Bett geschlichen hatte. Es brauchte nicht viel, nur jene Erinnerung, und ich fühlte mich direkt wie Zuhause.

Es waren schöne Geschichten aus ihrer Heimat Colmar, einer Stadt, die inzwischen zu Frankreich gehörte.

„Jürgen, du Träumer!", rief da eine vertraute Stimme.

Meine Mundwinkel zogen sich wie von selbst hoch und mit einem breiten Grinsen drehte ich mich zu meinem besten Freund um, der etwa zehn Meter hinter mir in einer Nische am Fenster saß – als der Blitz in mich einschlug.

Ein metaphorischer Blitz, ich war nicht mehr draußen; aber es hätte sich nicht schlimmer und berauschender anfühlen können.

Jemand rempelte mich von hinten an. „Pass doch auf, Kleiner", schnauzte ein älterer Herr und holte mich so auf den Boden der Tatsachen zurück.

„Danke", nuschelte ich und meine Beine trugen mich wie von selbst zur Nische und ich schaffte es, mich wie in Trance Hans gegenüberzusetzen, meinen Mantel auszuziehen und bei einem Kellner ein Bier mit extra viel Schaum zu bestellen.

„Kann ich dir Edith vorstellen?", sagte Hans und nickte zu dem zierlichen, wundervollen Geschöpf, welches neben ihm saß.

Aha. Der Blitz hieß also Edith.

Was für ein einfacher und einfältiger Name!

Zu ihr hätte etwas gepasst wie … Madonna, denn an ihrer Heiligkeit zweifelte ich keine Minute lang.

Hans streckte einen Arm aus und legte ihn ihr um die Schultern. „Ich dachte, es ist an der Zeit, dass sie meinen besten Freund kennenlernt."

Edith kicherte, rückte aber kaum merklich ein paar Zentimeter von ihm ab, als der Kellner kam und mir mein Bier brachte. „Danke", sagte ich schon zum zweiten Mal, seit ich dieses Lokal betreten hatte.

Hans lachte gehässig. „Du musst wissen, mein Freund hier bedankt sich immer."

„Das ist doch nett", entgegnete Edith, und als ich ihr entzückendes Stimmchen hörte, hätte ich alles getan, nur um sie ein weiteres Mal zu hören.

Wirklich alles. Ich hätte auch auf dem Tisch getanzt, wenn sie das als Preis von mir verlangt hätte. Nackt.

„Mir wurde immer gesagt, man ist erst eine gute Mutter, wenn man seinem Kind Manieren beigebracht hat", fügte sie hinzu.

Und während ich glaubte, direkt von Gott erhört worden zu sein, fiel es mir wie Schuppen von den Augen. „Oh Verzeihung, ich hab mich noch gar nicht -" Ich wollte meinen Arm über den Tisch strecken, um ihr meine Hand zu reichen, als ich gegen mein Glas stieß und es umkippte – und sich sein gesamter Inhalt über die Beine von Edith ergoss.

Mit einem erschrockenen Quieken sprang sie auf, aber ihr dunkler Rock war nicht mehr zu retten. Das Bier – mein Bier – tropfte am Saum herunter und bildete eine Pfütze um sie herum.

„Ach Jürgen", seufzte Hans und verdrehte die Augen. „Du Träumer."

Nur das Letzteres bei ihm immer einen negativen Unterton hatte.

Er nahm seine Jacke, rutschte aus der Nische und wollte Edith beim Anziehen helfen, als diese abwinkte und sagte: „Das geht schon. Wir können doch noch nicht gehen."

„Hast du dich mal angeschaut?", entgegnete Hans brüsk. Er hatte es noch nie leiden können, wenn man ihm widersprochen hatte.

Schließlich schloss Edith kapitulierend ihren Mund und ließ sich von ihm in ihre Jacke helfen.

„Die Getränke gehen auf mich", sagte ich bekümmert.

„Das würde ich auch meinen", gab Hans zurück und griff nach Ediths Hand.

Doch ehe er sie fort und wieder aus meinem Leben reißen konnte, trafen sich unsere Blicke und sie sagte: „Es hat mich sehr gefreut, dich kennenzulernen, Jürgen."

Und sogar noch, als Hans sie bereits ganz sicher nach Hause gebracht hatte, schämte ich mich in Grund und Boden, dass sie ausgerechnet die zu spät kommende, tollpatschige Version von mir kennengelernt hatte – und nicht den Mann, der ich in ihrer Gegenwart viel lieber gewesen wäre.

Jede Familie hat ihre eigenen Traditionen. Irgendwo in einem von Mutters Büchern hatte ich mal gelesen, dass es ganz besonders für Kinder wichtig war, Traditionen aufrecht zu erhalten. Deswegen feierte sie in den Räumen ihrer Organisation jedes Jahr Weihnachten und Ostern. Und zu Hause Chanukka.

Hinzu kamen noch unsere eigenen Traditionen, die wir bewusst – und unbewusst – pflegten. Mein Vater las jeden Morgen seine Zeitung und dazu trank er eine Tasse frisch aufgebrühten Tee. Meine Mutter strich sich jeden Morgen, wenn sie fertig angezogen vor dem Spiegel im Flur stand, gedankenverloren über den Stoff ihres Kleides/ihrer Bluse und ganz oft, wenn sie sich von A nach B bewegte, summte sie eine mir unbekannte Melodie vor sich hin.

Zugegeben, das waren vielleicht eher Rituale, aber im Endeffekt kam es doch auf dasselbe hinaus: Das nicht-mehr-da-sein dieser Traditionen oder Rituale würde in uns eine Traurigkeit auslösen, die zwar nicht ganz so tief ging, aber immer beständig blieb; wie wenn wir ein geliebtes Kuscheltier aus unserer Kindheit verloren und nie wieder fanden.

So erging es mir damals, als meine Mutter aufhörte, mit mir in den Georgengarten zu spazieren. Sicher, sie hatte keinen Grund mehr dazu, nachdem mein Vater zurückgekehrt war. Aber jahrelang war es mein Alltag gewesen. Meine Tradition.

Als ich älter wurde und endlich begriff, was mir fehlte, beschloss ich, einfach alleine in den Georgengarten zu marschieren. Jeden Tag schaffte ich es nicht, aber es wurde ein Teil meiner sonntäglichen Routine. So wie andere in die Messe gingen, spazierte ich durch den Georgengarten.

An guten Tagen nahm ich mir ein Buch mit, setzte mich auf eine Bank und las ein wenig. Wenn es regnete, verzog ich mich in der Regel in den Schutz des Leibniztempels.

Hans lachte mich immer dafür aus. Er nannte

mich einen Volltrottel, weil ich bei Wind und Wetter lieber durch einen Garten marschierte, als … Na ja, eben andere Dinge zu tun. Er verstand nicht, was es mir bedeutete, meine Zeit hier zu verbringen. In gewisser Hinsicht fühlte es sich an, als würde ich zu meinem eigenen Ursprung zurückkehren.

So spazierte ich auch an dem Sonntag nach jenem, schicksalhaften Kneipenbesuch durch meinen Georgengarten.

Ich dachte an Edith. Und ich wusste, dass ich das nicht tun sollte, weil sie Hans offensichtlich sehr wichtig war. Immerhin war sie die Erste, die er mir freiwillig vorgestellt hatte. Aber sie wollte mir einfach nicht aus dem Kopf gehen.

Ich schüttelte genervt von mir selbst den Kopf. Unsere Begegnung beschränkte sich auf knappe 5 Minuten.

Die schönsten 5 Minuten in meinem bisherigen Leben, flötete eine Amor verpestete Stimme in meinem Kopf.

Außerdem hatten wir kaum ein Wort miteinander gesprochen. Das, was wir an Floskeln ausgetauscht hatten, konnte man nicht einmal annähernd als Unterhaltung bezeichnen.

Und dennoch klang ihre weiche, klare Stimme in meinen Ohren nach, als stünde sie direkt hinter mir und rief meinen Namen.

„Ah, Schluss jetzt!" Energisch blieb ich stehen

und stampfte mit einem Fuß auf. Das war ja nicht mehr auszuhalten!

„Oh, tut mir Leid. Ich wusste nicht, dass ich dich störe."

Wie von einer Tarantel gestochen drehte ich mich um, wobei mir mein Buch aus dem Arm rutschte und herunterfiel.

Und nun, direkt vor mir, stand sie. Leibhaftig. Vielleicht halluzinierte ich nur, das wäre wahrscheinlicher.

Sie bückte sich, hob mein Buch auf und warf einen Blick auf den Einband. „Narnia? Ist das nicht für Kinder?" Als sie es mir reichte und ich entgegennahm, berührten sich unsere Fingerspitzen für den Bruchteil einer Sekunde. Ich glaubte, ein Stromschlag würde durch meine Adern fließen.

Das konnte keine Halluzination sein, oder?

Plötzlich schien sie verunsichert und sie trat einen halben Schritt zurück. „Oh, wie dumm von mir. Ich bin -"

„Edith", unterbrach ich sie hastig, als mir klar wurde dass sie glaubte, ich hätte sie vergessen. Oh, wie könnte ich! Unbeholfen deutete ich mit dem Zeigefinger auf ihren Kopf. „Dein Haar erinnert mich an einen Phönix."

Doch statt sich zu freuen, wirkte sie nur noch verunsicherter.

Toll gemacht, Jürgen.

„Feuervogel", platzte es aus mir heraus. „Griechische Mythologie. Ich meine – verdammt."

Ich benahm mich wie der letzte Idiot.

Es wunderte mich nicht, als sich ihre Lippen zu einem Lächeln formten und sie anfing zu lachen.

Es dauerte einen weiteren Augenblick, ehe ich begriff, dass sie mich nicht *aus*lachte, was mich überraschenderweise so sehr beruhigte, dass ich ein ehrliches Grinsen zustande brachte.

Sie deutete auf den Weg vor uns. „Wollen wir ein Stück gemeinsam gehen? Dann kannst du mir mehr von deinem Feuervogel erzählen."

Ich nickte. Jetzt, wo ich ihr nicht mehr direkt gegenüberstand, konnte ich auch viel klarer denken. Welch angenehme Abwechslung.

„Der Phönix ist ein Vogel, der am Ende seines Lebens verbrennt und aus seiner Asche neu entsteht", erklärte ich in der Hoffnung, nicht zu intelligent zu klingen. Das bemängelte Hans ständig an mir.

„Das klingt grausam", meinte Edith mitfühlend.

„Weil du an den sterbenden Phönix denkst", entgegnete ich vorsichtig. „Aber du musst es in seiner Ganzheit betrachten: Der Vogel stirbt und erwacht aus seiner eigenen Asche heraus zu neuem Leben. Er ist der Inbegriff der Wiedergeburt."

„Aber welchen Preis muss er wohl dafür zahlen? Ewiges Leben ... Dem streben wir Menschen doch schon seit Jahrhunderten nach, aber wofür? Damit wir längere, grausamere Kriege führen können?"

Unwillkürlich verdrehte ich meine Augen. „Immer dieses Kriegs-Argument. Was ist mit ... nie endender Liebe?"

„Du bist also ein Romantiker", neckte sie mich.

Wir lachten. Dann sagte ich: „Krieg und Liebe kann man nicht voneinander trennen. Hitler hat uns Juden gehasst, aber seine Eva geliebt. Aber ich gebe zu, dass die Sache mit dem ewigen Leben noch ausbaufähig ist."

„Uns?" Als ich ihr einen fragenden Blick zuwarf, fügte sie lächelnd hinzu: „Du hast *uns Juden* gesagt."

„Oh." Ich kratzte mich am Hinterkopf. Wie immer, wenn dieses Thema aufkam, wurde ich nervös.

„Ich bin evangelisch", sagte Edith, als sie mein Schweigen ganz richtig deutete. „Eigentlich. Ich glaube zwar an Gott, aber nicht an diese ganze Institution Kirche, verstehst du? Wir teilen uns auf in Christen und Juden und Muslime, und am Ende sind wir vor Gott doch alle gleich."

Überrascht blickte ich neben mich. Bis zu diesem Moment hatte ich nicht geglaubt, dass ich sie noch schöner finden könnte als sowieso schon, aber genau das war soeben passiert.

Ich merkte erst, dass ich sie anstarrte, als sich ihre Haut blassrosa färbte und sie mir einen Klapps auf den Oberarm verpasste.

„Verzeihung", sagte ich und wandte meinen Blick schnell auf den Weg vor uns. „Ich bin nur noch nie einem Menschen begegnet, der ähnlich denkt wie ich."

„Ja, die meisten sind da leider sehr festgefahren", seufzte sie.

Ein paar Sekunden lang hingen wir unseren eigenen Gedanken hinterher.

„Um auf deine Frage zurückzukommen, die eigentlich keine Frage war", durchbrach ich unser Schweigen, „mein Vater ist Jude. Ich bin zwar evangelisch getauft, aber meine Mutter hat jede religiöse Erziehung boykottiert. Weihnachten hat sie nur für ihre Schützlinge gefeiert."

„Oh, was denn für Schützlinge?", wollte Edith neugierig wissen.

Ich erzählte ihr von der *Frauenhilfe* und wie meine Mutter die Organisation in Gang hielt, und jedes Jahr aufs neue genug Spenden auftrieb, ohne dass weder mein Vater noch ich so ganz verstanden, wie sie das anstellte.

„Bewundernswert!", lobte Edith die Taten meiner Mutter. „Wenn sie jemals Hilfe braucht, dann sag ihr, sie kann sich an mich wenden, ja?"

„Mache ich gern."

„Mein vollständiger Name ist Edith Sawatzki. Nur damit du dich nicht herausreden kannst."

„Edith Sawatzki", wiederholte ich um ihr zu beweisen, dass ich ihn nicht vergessen würde.

Sie blieb stehen, und ich tat es ihr reflexartig gleich, und so katapultierten wir uns wieder in jene unangenehme Situation vom Anfang.

Allerdings fühlte es sich jetzt viel besser an. Meine Nervosität hatte sich in eine minimale Vertrautheit verwandelt.

„Ich muss jetzt leider los", sagte sie und deutete vage hinter sich. „Ich würde mich freuen, dich wiederzusehen."

Doch noch ehe wir einen Termin hätten ausmachen können, machte sie auf dem Absatz kehrt und eilte davon, und ihr rotes Haar wehte bei ihrer hastigen Bewegung durch die Luft wie lodernde Flammen.

Sie musste einfach ein Phönix sein.

Eine Woche lang aß ich kaum und schlief schlecht.

Wie um alles in der Welt sollte ich sie wiederfinden? Ich spielte mit dem Gedanken, einen Privatdetektiv anzuheuern, aber zum einen hatte ich dafür kein Geld, und zum anderen erschien mir das ein wenig zu dramatisch.

Müde und ausgelaugt, weil die Uni trotz meines Schlafmangels ihren gewohnten Gang nahm, schleppte ich mich am Sonntag in den

Georgengarten, setzte mich auf eine Bank und holte mein Buch hervor, schaffte es allerdings nicht, mich auf die Geschichte zu konzentrieren.

Immer wieder hoffte ich, ich könnte sie alleine durch die Kraft meiner Gedanken zu mir wünschen, aber Wunder geschahen offensichtlich nicht in meiner Welt. Als es anfing zu dämmern und sich ein leichter Nieselregen einstellte, gab ich auf. Ich schob mein Buch zurück in meine lederne Aktentasche, die mir meine Eltern zu Beginn meines Studiums geschenkt hatten, und machte mich wieder auf den Weg nach Hause.

Zwei weitere Sonntage vergingen. Inzwischen musste ich mich wohl damit abfinden, dass ich sie verloren hatte.

Als ich an diesem Sonntag meinen Georgengarten besuchte, konnte man schon den Hauch des Sommers spüren. Es war der erste, etwas wärmere Tag.

Ich machte es mir mit meinem Buch auf einer Bank bequem und schaffte es tatsächlich, mehrere Seiten zu lesen, ehe ich hoffnungsvoll aufblickte.

Aber wie immer war keine Edith zu sehen.

Ich empfand die Möglichkeit, sie mir doch nur eingebildet zu haben, inzwischen mehr als realistisch, weshalb es mich auch nicht mehr ganz so sehr herunterzog. Manche Dinge sollten eben nicht sein.

Mit einem innerlich weinenden Auge widmete ich mich wieder dem Buch in meinen Händen. Ich wollte endlich wissen, ob die Geschwister die Schneekönigin besiegen konnten oder nicht.

„Bist du schon bei der Stelle, wo Aslan stirbt?"

Als ich ihre zarte Stimme hörte, zuckte ich nicht einmal zusammen. Ein Teil von mir hatte insgeheim genau darauf gehofft – dass sie wie aus dem Nichts auftauchte, sobald ich es mir nicht mehr zwanghaft wünschte.

Lächelnd schaute ich neben mich.

Und da war sie – Edith Sawatzki. Sie hatte die vorderen Strähnen ihres roten Haars nach hinten gebunden und trug ein blassgelbes Kleid mit einem weißen Jäckchen. Und in ihrem Schoß lag – ich konnte es kaum glauben – eine neue Ausgabe von *Der König von Narnia*.

„So versunken wie du eben in das Buch warst, kann es zumindest kein Fehlkauf sein", amüsierte sie sich und strich mit ihren feingliedrigen Händen über den Einband.

Ohne nachzudenken, klappte ich meine Ausgabe zu, legte sie neben mich auf die Bank und tippte mit meinem Zeigefinger gegen Ediths Oberarm.

Sie löste sich nicht in Luft auf. Stattdessen starrte sie mich pikiert an und zog eine Augenbraue hoch, doch ehe sie sich beschweren konnte, sagte ich: „Ich wollte nur testen, ob du echt bist."

„Natürlich bin ich echt, du Dummkopf." Sie schüttelte ihren Kopf, dann lachte sie. „Das mit dem Dummkopf war nicht ernst gemeint. Ich glaube, ich kenne kaum einen intelligenteren Mann."

Ich machte eine wegwerfende Handbewegung. „Ich würde das keine Intelligenz nennen, sondern eher ... Intellekt."

„Aber alleine um dieses Wort zu verwenden, muss man eine gewisse Intelligenz besitzen."

Wir lachten; sie hell und klar, ich eher beschämt und peinlich berührt.

„Ich hab schon darüber nachgedacht, einen Detektiv zu engagieren, um dich wiederzufinden", rutschte es aus mir heraus, und am liebsten hätte ich mich dafür direkt selbst verprügelt.

„Du hättest auch einfach Hans fragen können."

„Oh!" Es fiel mir wie Schuppen von den Augen. Natürlich! „Darauf bin ich gar nicht gekommen."

„Offensichtlich", kicherte sie. „Vielleicht nehme ich das mit der Intelligenz zurück. Ich bin mir aber noch nicht sicher." Sie schlug damenhaft ihre Beine übereinander.

Allerdings erinnerte mich diese Geste und ganz besonders unser Gespräch an meinen besten Freund und die Tatsache, dass er Edith vor mir kennengelernt hatte.

Alleine um unsere Freundschaft zu schützen,

müsste ich mich von ihr fernhalten.

Unsere Blicke trafen sich. Ihr Lächeln bekam Brüche, und als hätte sie direkt in mich hinein geschaut, sagte sie: „Hans hat mich gefragt, ob ich mit ihm zusammen sein will."

Es fühlte sich wie ein Tritt in den Magen an. Und dennoch tat ich so, als würde es mir nichts ausmachen, spielte den taffen, jungen Mann, und sagte: „Das freut mich für euch! Ihr seid ein wirklich hübsches Paar."

Es freute sie so sehr, dass sie ihr Buch nahm und aufstand. „Ich gehe eine Runde spazieren. Du kannst dich mir gern anschließen, oder hier bleiben, mir egal."

Ich glaubte, einen feindseligen Unterton herauszuhören, musste es mir aber wohl nur eingebildet haben. Zur Antwort schob ich mein Buch in meine Tasche und folgte ihr.

Das Schweigen zwischen uns war ungewöhnlich unangenehm.

„Dein Kleid sieht übrigens sehr hübsch aus", versuchte ich, das Eis zu brechen.

„Immer ist alles hübsch", hörte ich sie leise grummeln, dann fuhr sie sich mit einer Hand durchs Haar, seufzte, und sagte etwas lauter: „Danke."

„Warum macht man sich für einen sonntäglichen Spaziergang durch den Georgengarten so hübsch?", wollte ich wissen.

„Weil man den Gottesdienst schwänzt."

Das überraschte mich dann doch. „Wie, du gehst freiwillig in die Kirche?"

„Offensichtlich nicht", konterte sie und da war es wieder, ihr keckes, verführerisches Grinsen. „Meine Eltern sind sehr gläubig. Früher sind sie jeden Sonntag in die Kirche gegangen, und meine jüngere Schwester und ich mussten jedes Mal mitgehen. Seit mein Vater einen Schlaganfall hatte und meine Mutter sich um ihn kümmert, schaffen sie es nicht mehr jeden Sonntag, verlangen aber von mir und Maria hinzugehen."

„Und weil eure Eltern euch nicht kontrollieren können, tut ihr zwar so, als würdet ihr hingehen, tut es dann aber doch nicht?"

„Ja und nein. Es gibt viele Leute die unsere Eltern kennen, deswegen wechseln wir uns immer ab. Mal geht sie hin, dann wieder ich, und so weiter. Und manchmal kommen unsere Eltern eben doch mit, deshalb war ich so lange nicht hier …"

Sie klang, als täte es ihr wirklich Leid.

„Ich bin jeden Sonntag hier", sagte ich leichthin. „Ist eine Art Familientradition. Solltest du also wieder einmal vor der Kirche fliehen … Komm einfach her. Ich werde da sein."

Wir sahen einander an, und für den Bruchteil eines Augenblickes blieb die Welt stehen, das konnte ich schwören.

Das nächste Mal dauerte es nur zwei Wochen, ehe wir uns wiedersahen. Wir spazierten durch den Georgengarten und sprachen über *Der König von Narnia*. Ihr gefiel das Ende nicht, obwohl die Geschwister den Kampf gegen die Schneekönigin gewannen. Sie fand es deprimierend, dass sie nach so vielen Jahren nach Hause zurückkehrten und es war, als hätten sie all ihre Abenteuer gar nicht erst erlebt.

„Aber das haben sie doch", entgegnete ich. „In Narnia vergeht die Zeit nun einmal anders."

„Aber ist es realistisch, dass sich ihr ganzer Körper zurückverwandelt? Ihr ganzes Immunsystem? Praktisch alles?"

„Sie gehen durch einen Wandschrank und finden eine andere Welt und du denkst darüber nach, inwiefern die Zurückverwandlung vom erwachsenen in den jüngeren Körper realistisch ist?"

Als ihr der Fauxpas selbst auffiel, musste sie so herzhaft lachen, dass ich nichts anderes tun konnte, als mitzulachen. Wir blieben stehen, als sie sich plötzlich verschluckte. Haltsuchend griff sie nach meinem Arm, und ich streckte mich, um ihr auf den Rücken zu klopfen.

„Danke", krächzte sie mit geröteten Wangen, nachdem sie sich wieder eingekriegt hatte.

„Wir können doch nicht zulassen, dass du mitten im Georgengarten ohnmächtig wirst. Dann würde ja deine ganze Tarnung auffliegen!" Ich zwinkerte ihr belustigt zu.

Wir sprachen noch ein wenig über das Buch, dann wurde es allmählich Zeit für sie zu gehen.

„Ich suche das nächste Buch aus", verkündete sie, als der Abschied nahte.

Ich zog eine Augenbraue hoch. „So? Ich wusste gar nicht, das wir jetzt ein Buchclub sind."

„Für einen Club braucht man mindestens drei Mitglieder", entgegnete sie spielerisch arrogant. „Ich entscheide mich für … Romeo und Julia."

„Das ist aber kein Buch, sondern ein Stück."

„Hast du jetzt etwa Angst, du kannst es mit deinem Intellekt nicht mehr mit meinem aufnehmen?"

„Oho, da täuschst du dich aber, meine Liebe."

Ihre Augen funkelten, und sie warf ihren Kopf in den Nacken, um ihr wunderschönes Lachen der Sonne entgegen zu bringen. Dann hob sie ihre Hand, winkte, und eilte zur Kirche, um ihre Schwester abzuholen.

Oh, sie machte mich verrückt.

Und sie hatte gar keine Ahnung, wie sehr sie mir jeglichen Sinn und Verstand raubte.

Zwei Wochen später wartete ich mit einem Regenschirm am Eingang des Gartens. Als sie endlich kam, stellte ich fest, dass sie nicht so versiert darin gewesen war, an einen Schirm zu denken, und ich achtete darauf, meinen über ihr zu halten, während wir zum Leibniztempel eilten.

„Du Dummerchen", sagte sie, als wir den Tempel erreichten. Sie sprach lauter als üblich, um gegen den tosenden Regen anzukommen. „Ich war doch schon klitschnass, und jetzt schau dich an." Sie zeigte mit dem Finger auf mich, dann brach sie in schallendes Gelächter aus. „Ehrlich, du müsstest dich ansehen!"

Ich konnte mir gut vorstellen, wie ich aussah. Zur Feier des Tages – ich sah Edith wieder – hatte ich meinem Vater ein gutes, weißes Hemd aus dem Schrank geklaut und die helle Cordhose war mit Matsch besprenkelt. Da hatte sie es in ihrem sowieso schon braunen Kleid eindeutig besser getroffen.

Und so standen wir da, sie mit ihrer durchweichten Ausgabe von *Romeo und Julia*, ich mit meinem immer noch aufgespannten Schirm und meiner Aktentasche – und wir lachten, als gäbe es kein Morgen mehr; als wären wir wieder 13 Jahre alt.

Später zog ich aus meiner Tasche eine Decke und breitete sie auf dem steinernen Boden aus. Dankbar, nicht die ganze Zeit stehen zu müssen, setzte sich Edith mit angewinkelten Beinen hin und ich nahm neben ihr Platz, wobei ich auf einen angemessenen Abstand achtete.

„Romeo und Julia", sagte Edith, als würde sie ein großes, episches Abenteuer ankündigen. Dann brach ihre Stimme allerdings und sie fügte weniger theatralisch hinzu: „In meiner Erinnerung war es romantischer."

„Wie alt warst du denn in deiner Erinnerung?"

„Sechzehn. Ich hatte es meiner Tante geklaut."

„So etwas unanständiges hätte ich dir gar nicht zugetraut."

Sie klimperte mit ihren Wimpern. „Oh, wenn du wüsstest ..."

Ein eiskalter Schauer lief mir über den Rücken. Ich versuchte, nicht an eine weniger bekleidete Edith zu denken, was mir natürlich nicht gelang, und räusperte mich ein paar Mal, um meine Verlegenheit zu überspielen.

Mir kam ein möglicher Themenwechsel in den Sinn, allerdings war ich mir nicht sicher, ob ich das jetzt schon ansprechen wollte. Ich könnte unser gesamtes Treffen damit ruinieren.

„Woran denkst du?", fragte sie auf einmal mit schiefliegendem Kopf.

„Ach, an gar nichts ..."

„Jürgen, du bist wie ein offenes Buch. Wir können also die harte Tour gehen in der wir jetzt viel Small Talk betreiben, ehe du kurz vor meinem Aufbruch damit herausplatzt, damit wir auch ja nicht genug Zeit haben, ausführlich darüber zu reden, oder du wählst die sanfte Tour, die ich bevorzugen würde, weil wir dann den Rest der Zeit sinnvoller nutzen können."

Ich war ein wenig überrascht von der Fülle ihrer Worte, und sann einige Sekunden darüber nach, ob ich ihre Stimme vielleicht in ein Marmeladenglas abfüllen könnte, ehe ich tatsächlich eine Wahl traf.

„Am Freitag traf ich mich mit Hans in der Kneipe und es hatte den Anschein, als hättest du ihm nichts von unseren Treffen erzählt."

Sie schien nicht überrascht zu sein; vielmehr hatte sie ebendieses Thema wohl erwartet. „Zu meiner Verteidigung: Das stimmt nicht ganz. Er weiß, dass ich die Gottesdienste hin und wieder schwänze, und er denkt, dass ich mich in der Zeit mit ein paar Leuten zu einem Buchclub treffe."

„Ein paar Leute?", wiederholte ich und schaute mich spielerisch um. „Echt voll hier."

Als Revanche schlug sie mir mit *Romeo und Julia* auf den Oberarm.

„Und nur damit du es weißt: Du bist keiner dieser Leute."

Ich nickte. „Das hatte ich mir gedacht." Bei der Erinnerung an Freitagabend verzog sich mein Gesicht, als hätte ich in eine Zitrone gebissen.

„Du hast es ihm doch nicht gesagt?", fragte Edith mit einem panischen Unterton.

Ich schüttelte den Kopf. „Das erste, was er direkt

nach unserer Begrüßung sagte, war: 'Schade, dass du Edith nur so kurz kennengelernt hast. Sie ist ein wahrer Goldschatz'. Und da war mir klar, dass er nichts wusste, und ich kenne ihn gut genug zu wissen, dass er damit auch nicht umgehen könnte."

Wieder legte sie ihren Kopf schief, dieses Mal besorgt. „Wie meinst du das?"

Ehe ich antwortete, atmete ich tief ein und aus. Wägte ab, ob ich nicht lieber über *Romeo und Julia* sprechen sollte.

„Jürgen", sagte sie sanft. „Wenn es irgendetwas gibt, dass ich wissen sollte ..."

„Nein, so schlimm ist es nicht", sagte ich schnell. „Hans kann nur sehr ... eifersüchtig sein. Meine Mutter hat die Theorie, dass er insgeheim der ganzen Welt für sein persönliches Unglück die Schuld gibt und deswegen so ein Idiot ist. Manchmal, nicht immer. Obwohl, doch, er ist immer ein Idiot."

An dieser Stelle lachte Edith verhalten auf. „Und er weiß alles besser", fügte sie hinzu.

„Ja, das kommt hinzu. Ich kenne kaum einen Menschen, der seine Meinung auf so wenig Ahnung aufbaut."

„Cleverer Satz, Dummerchen."

„Ich dachte, über das Dummerchen wären wir schon hinaus?"

„Ach weißt du, es gibt Traditionen, bei denen

merkt man erst später, das es Traditionen sind."

Einen Moment lang konnte ich nichts anderes tun als sie anzusehen. Ich versuchte, genau diesen Augenblick für immer in mein Hirn zu brennen, damit ich ihn niemals vergaß. Edith, wie sie dort mit angewinkelten Knien saß, und über dieselben Dinge nachdachte wie ich. Die ihre eigenen Schlüsse über ebendiese Dinge zog, die meinen so ähnlich waren.

Oh du bittersüße Liebe, wie konntest du nur so grausam über mich hereinbrechen und die Frau meiner Träume an die Hand meines besten Freundes geben?

Am Sonntag zwei Wochen später strahlte die Sonne. Edith beschloss, sich ins Gras legen zu wollen, und nur widerwillig ging sie auf meinen Vorschlag ein, sich zumindest auf die Decke zu legen, die ich wieder mitgebracht hatte.

„Du holst dir sonst Grasflecken", argumentierte ich, und sie hatte ihre Augen verdreht und etwas von „Seit wann verstehen Männer eigentlich mehr von Flecken als Frauen?" gemurmelt.

Aber immerhin legte sie sich auf die Decke, und ich mich neben sie.

Eine Weile genoss ich einfach nur den Augenblick. Die wärmenden Sonnenstrahlen auf meiner Haut, die weißen Wolken, die über uns zogen, und die Gewissheit, dass Edith ganz nah bei mir lag.

„Erzählst du mir etwas über deine Familie?", brach sie auf einmal das Schweigen.

„Du weißt doch schon alles."

„Ja, über deine Eltern. Aber da gibt es doch noch mehr. Erzähl mir von jedem Silberstein!" Sie klang aufgeregt, als erwartete sie ein Abenteuer.

Mir gefiel diese Begeisterungsfähigkeit. Sie hatte sich ihr inneres Kind bewahrt; und das war in der Nachkriegszeit mehr als schwierig.

„Da gibt es nicht viel, ehrlich", sagte ich, doch weil ich sie gleichzeitig nicht enttäuschen wollte, fügte ich hinzu: „Meine Eltern verloren sich vor dem Ausbruch des Krieges, weil mein Vater mit seiner Familie nach Norwegen flüchtete, aber er kehrte ein Jahr nach Kriegsende zurück."

„Norwegen?", wiederholte sie flüsternd. „Aber das ist doch -"

„Ja, Norwegen war eine blöde Idee. Als die Deutschen einmarschierten, nahmen sie sie in Gewahrsam und brachten sie ins nächste Konzentrationslager. Abgesehen von meinem Vater überlebte keiner."

Ediths Sprachlosigkeit war nahezu spürbar. Ich bewegte vorsichtig meine Hand, und als ich wie zufällig ihre Fingerspitzen berührte, war es, als würde sie sie extra ausstrecken.

„Es ist okay, ich kannte ja nicht einmal meinen

eigenen Vater, bis ich neun Jahre alt war."

„Aber es war deine Familie", hauchte sie, und aus dem Augenwinkel heraus nahm ich wahr, wie sie ihr Gesicht zu mir drehte.

Ich tat es ihr gleich. Mit dem Unterschied, das ich in ihren Augen viel mehr Schmerz las als ich tatsächlich empfand. „Ich kann doch nichts vermissen, was ich nicht kenne", sagte ich und lächelte aufmunternd. „Von meinem jetzigen Standpunkt aus gesehen würde ich meinen Vater natürlich vermissen. Ich möchte mir ein Leben ohne ihn auch gar nicht vorstellen. Aber wenn du den neunjährigen Jürgen damals gefragt hättest, hätte er nur mit den Schultern gezuckt und weitergespielt."

Sie richtete sich auf und sah zu mir herunter, schüttelte dabei kaum merklich ihren Kopf. „Es ist nur ... In meiner Familie halten irgendwie alle zusammen. Ich habe viele Tanten und Onkels und dementsprechend viele Cousinen und Cousins. Es ist ein großes Wirrwarr an Menschen, aber ich liebe sie alle. Und du sitzt hier und hast nur deine Eltern und es ist okay!" Ihre Augen füllten sich mit Tränen. Sie versuchte, sie zu verbergen, aber ich war natürlich schneller als sie.

Hastig erhob ich mich ebenfalls und umarmte sie unbeholfen. Sie ließ mich gewähren, schniefte ein paar Mal in mein Hemd hinein, ehe sie sich wieder wegdrückte.

„Tut mir Leid", nuschelte sie und wischte sich über ihre Wangen. „Ich bin eine dumme Gans."

„Nicht doch", erwiderte ich und rutschte ein paar Zentimeter von ihr weg. „Wenn es dich tröstet: Ich hatte eine unglaublich liebevolle Großmutter und ich vermisse sie sehr. An Weihnachten ist es ganz besonders schlimm. Denn obwohl wir Chanukka feiern, kauft meine Mutter jedes Jahr einen Adventskranz und stellt in seine Mitte eine uralte Fotografie von ihr."

„Das ist schön", sagte Edith. „Aber deine Mutter ist doch auch noch nicht so alt … War deine Großmutter krank?"

„Ihr Name war Elsa, und nein, eigentlich nicht. Aber meine Mutter hat diesbezüglich eine Theorie. Willst du sie hören?"

Sie fing wieder an zu grinsen. „Na los, erzähl mir eine von Luise Silbersteins kosmopolitischen Theorien!"

„Kosmopolitisch?", lachte ich, und Edith schlug mir gegen mein Knie und sagte: „Wechsel nicht das Thema!"

Und dann erzählte ich ihr von Elsa und Jonathan McDonald, dem britischen Soldaten, der ihr den Kopf verdreht hatte.

„Diese Liebe war ja beinahe lebensmüde!", kommentierte Edith, konnte ihre Faszination aber nicht verbergen. „Und? Kam er zu ihr zurück?"

„Er starb an der Front. Ein Freund von ihm schickte Elsa einen Brief – er heißt Harry, meine Mutter pflegt noch heute mit ihm Kontakt und er hat uns letzten Sommer besucht. Zusammen mit Jonathans Mutter."

„Dann hast du also sogar noch eine … Urgroßmutter", stellte sie fest.

„Kann man so sagen, aber sie wohnt viel zu weit weg, um ein enges Verhältnis aufzubauen. Elsa hingegen war immer da. Nachdem mein Vater floh, musste sich meine Mutter alleine um mich kümmern, und sie half ihr dabei."

„Kommst du jetzt endlich zur Theorie?"

„Ach ja, richtig. In irgendeiner Nacht im April, bevor ich Zwölf wurde, hörte Elsas Herz einfach auf zu schlagen. Während sie schlief, sie hatte also keine Schmerzen. Am morgen sah sie so friedlich aus, dass ich gar nicht glauben konnte, dass sie wirklich gestorben war. Ich erinnere mich noch daran, dass sie sogar leicht gelächelt hat. Meine Mutter sagt, dass Elsas Leben in dem Augenblick aufhörte, als Jonathan starb, aber sie hat weitergemacht, weil Aufgeben einfach nicht möglich war. Sie wusste zu dem Zeitpunkt schon, dass sie schwanger war. Und dann wurde dieses Weitermachen so zu ihrem Ding; sie bekam meine Mutter, half in der Gaststätte ihrer Eltern, bis klar wurde, dass mein Urgroßvater nicht mehr zurückkam. Und dann zogen sie nach

Hannover, und wieder war Aufgeben keine Alternative, und dann kam ich und dann der zweite Weltkrieg. Es war immer etwas, verstehst du? Sie wurde immer gebraucht. Bis mein Vater nach Hause kam. Meine Mutter hatte ihre Organisation, ich war kein kleines Kind mehr, auf das man ständig aufpassen musste, und wir hatten jemanden, der uns beschützte. Ihre Zeit war einfach vorbei, glaubt meine Mutter. Deshalb hörte ihr Herz auf zu schlagen."

„Und nun ist sie mit ihrem Jonathan zusammen", schloss Edith und der Blick, den sie gen Himmel warf, war so lieblich, respektvoll und bewundernd, dass ich mich spätestens jetzt in sie verliebt hätte.

Über diesen Gedanken stolperte ich ein wenig.

War ich denn wirklich verliebt?

Und wenn ja – was konnte ich dagegen unternehmen?

Wollte ich überhaupt etwas dagegen tun?

Die Wochen vergingen und wurden zu Monaten. Jeden Sonntag kam ich in den Georgengarten, und meistens gesellte sich Edith dazu, aber wie sie bereits angekündigt hatte schaffte sie es nicht immer. Im Herbst gab es eine lange Pause unserer Treffen. Mindestens sieben Wochen kam sie nicht in den Georgengarten.

Als sie mich dann endlich wieder mit ihrer

Anwesenheit beglückte, schenkte sie mir als Wiedergutmachung eine in rotes Leder gebundene Kladde.

„Das ist lustig", sagte ich lachend. „Meiner Familie werden dauernd Bücher zum Schreiben geschenkt."

„So?"

„Meine Mutter bekam eins von meinem Vater. Sie schenkte es ihm vollgeschrieben zurück. Er trug es immer bei sich, aber leider wurde es ihm im Konzentrationslager abgenommen."

„Dann passe gut auf das hier auf", entgegnete Edith. „Ich finde, du solltest Elsas und Jonathans Geschichte aufschreiben. Sie ist so viel besser als *Romeo und Julia!*"

Weihnachten kam und ging. Das neue Jahr brach an. Und immer war da Edith, an fast jedem Sonntag, und Hans wusste noch immer nichts von uns. Inzwischen machte es mir sogar Spaß, ihn diesbezüglich anzulügen, und immer, wenn er sie zu einem Treffen mitbrachte, taten wir so, als wäre zwischen uns nichts. All unsere versteckten Anspielungen verstand er nicht.

Ich hätte mich schlecht fühlen müssen, das wusste ich; aber die Zeit, die ich mit Edith verbrachte, war viel zu gut, um etwas Schlechtes zu sein!

Und dann kam der Tag, an dem sich das Schicksal – oder Gott persönlich – an mir rächte.

Es passierte im März 1958. Im Nachhinein wusste ich nicht mehr, wie ich in den Georgengarten gekommen war, aber im Nebel jener Trance, die man bereitwillig ertrug, um nicht vollständig zu zerbrechen, schleppte ich mich bis zum Leibniztempel.

Und dank irgendeiner göttlichen Fügung, die mir kurz zuvor den Boden unter den Füßen weggezogen hatte, tauchte Edith auf.

„Hier bist du ja!", tadelte sie mich spielerisch. „Ich hab dich schon – Jürgen! Was ist denn los?"

Sie eilte zu mir, und unter anderen Umständen hätte ich vielleicht registriert, dass sie sich voller Sorge neben mich auf den steinernen Fußboden warf.

„Bist du etwa krank?", fragte sie.

Ich schüttelte den Kopf. „Ich nicht ... Es ist mein Vater. Er ist zusammengebrochen und die Ärzte sagen, er hat Krebs."

Und damit wurde der Albtraum real.

Im Jahr 1958 gab es bisher eine Forderung von diversen wichtigen Persönlichkeiten, unter ihnen auch Albert Schweitzer, für die sofortige Einstellung diverser Atomversuche. Ägypten und Syrien schlossen sich zur Vereinigten Arabischen Republik zusammen. Und Adam Rapacki schlug eine atomfreie Sicherheitszone in Mitteleuropa vor.

Die Menschheit kam voran. Wir suchten nach Möglichkeiten des Friedens; suchten nach Fortschritt.

Und dennoch war Krebs ein Todesurteil.

Mein Vater starb am 1. Oktober im Beisein meiner Mutter und mir. Es war derselbe Tag, an dem Elvis Presley in der Bundesrepublik eintraf, um in der US-Armee seinen Wehrdienst abzuleisten.

Vom Rock 'n' Roll spürte ich in jenen Tagen nichts.

Meine Familie schrumpfte, und plötzlich verstand ich, warum Edith damals geweint hatte: Es war nicht einfach nur schrecklich, einen geliebten Menschen zu verlieren.

Es war grausam.

Es fühlte sich an, als hätte mir jemand die Möglichkeit genommen, voranzukommen.

Auf der Beerdigung sah ich Edith das letzte Mal. Sie kam zusammen mit Hans, der den ganzen Tag über schwieg, um dumme Sprüche zu vermeiden.

Ich wusste, dass ich etwas hätte empfinden müssen, als ich sah, wie er ihre Hand hielt, aber in mir war sowieso schon Schmerz. Es tat einfach alles weh, und es war mir egal. Ich brauchte diesen Schmerz. Er erinnerte mich daran, dass ich noch da war.

Immer wieder versuchte meine Mutter mich aus dem Haus zu kriegen. Ich ging zwar brav weiter zur Uni, aber ich hatte keine Ahnung von dem, was meine Professoren sagten. Ich machte mir auch keine Notizen.

Ich wusste nicht, wie meine Mutter es schaffte, morgens aufzustehen. Sie hatte doch ihre große Liebe verloren, oder nicht?

Aber ich sagte auch nichts, weil ich dann hätte reden müssen, und zu reden bedeutete, etwas zu tun, und das wollte ich vermeiden. Wenn man etwas tat lief man Gefahr, es zu mögen, und das wiederum würde den Schmerz vertreiben, der sich gerade so gut anfühlte.

Ich ging nicht mehr in den Georgengarten. Ich dachte noch oft an Edith, aber ich verspürte nicht den Wunsch, sie wiederzusehen.

Am vierten Advent klingelte es plötzlich an der Haustür.

„Erwartest du jemanden?", fragte meine Mutter, aber dann stand sie bloß kopfschüttelnd auf und ging zur Tür. Als sie zurückkam, folgte ihr ausgerechnet Edith.

Sie trug einen schwarzen Mantel, auf dem sich weiße Schneeflocken abzeichneten, und als sie ihre schwarze Mütze abnahm, kam ihr rotes Haar zum Vorschein. „Jürgen", sagte sie, und ich sagte gar nichts. Ich heftete meinen Blick auf die Kartoffeln auf meinem Teller.

„Ich lasse euch lieber alleine", verkündete meine Mutter und verließ das Wohnzimmer.

Edith kam näher. Sie streckte einen Arm nach einem Stuhl aus, um sich zu setzen, doch ich rief: „Nein! Du kannst das nicht tun."

„Jürgen, ich -"

„Nein, hörst du? Geh bitte einfach."

Ich ertrug ihre Anwesenheit nicht.

Sie gehörte einem anderen Mann. Einem Mann, den ich als meinen besten Freund bezeichnete. Sie war mein einziges Heilmittel, aber ausgerechnet sie konnte ich nicht haben.

Ich verstand inzwischen, warum Hans so einen Groll hegte. Wenn er auch nur halb so sehr unter dem Tod seiner Eltern litt wie ich, dann war es ein Wunder, dass er überhaupt morgens aufstand. Ich konnte ihm Edith nicht wegnehmen. Er hatte sie vielmehr verdient als ich.

Ohne ein weiteres Wort ging sie wieder.

Unser Ende war stiller, als ich es erwartet hatte. Es fehlte der große Knall, das Peng, das Tragische.

Sie ging und schloss hinter sich so leise die Tür, dass nicht einmal meine Mutter realisierte, dass sie fort war.

Sie ging, und plötzlich hörte der Schmerz auf.

Man konnte nicht mehr leiden, wenn es nichts mehr Gutes gab.

An meinem 23. Geburtstag schaffte es Hans aus mir unerfindlichen Gründen, mich zu einem Besuch in der Kneipe zu überreden. Ich sagte zu, allerdings mehr meiner Mutter zu Liebe, die schon laut darüber nachdachte, mich einfach vor die Tür zu setzen, damit ich wenigstens beim Betteln mit anderen Menschen außer ihr in Kontakt kam.

Hans hatte ein paar seiner Freunde und Mädchen eingeladen, die ich nicht kannte.

„Auf 23 Jahre, Bursche!", rief er, und wir stießen mit unseren Bieren an. Die Mädchen kicherten.

„Und auf ein absolviertes Studium", fügte eine von ihnen, eine Blondine, hinzu. Sie blinzelte mir ein paar Mal entgegen, und ich wollte sie schon fragen, ob sie vielleicht etwas im Auge hatte, als Hans mir zuflüsterte: „Sie heißt Lisa, und sie ist total in dich verschossen."

Aha, daher wehte der Wind. Hans glaubte, mein ganzes Leben wäre mit einer Frau schlagartig besser. Na wundervoll.

„Und ihre Freundin ist dann für dich?", raunte ich zurück, ohne meine aufkommende Wut zu unterdrücken.

„Was? Wieso?", entgegnete er und sah mich mit

erhobenen Augenbrauen an. „Ich hab doch Edith."

Und als wäre es ein Stichwort gewesen, wurde die Tür zur Kneipe ein weiteres Mal aufgestoßen, und ausgerechnet sie wehte hinein, ihr rotes Haar hochgesteckt. Sie trug ein nachtblaues Kleid mit einem schwarzen Gürtel, und als sie uns entdeckte, blieb ihr Blick einen Moment zu lang an mir haften. Ich glaubte, den Hauch eines Lächelns auf ihren Lippen zu erkennen, aber es verschwand genauso schnell wieder.

Abgehetzt schob sie sich zu den kichernden Mädchen auf die Bank. Zu meiner Überraschung schienen sie sich zu kennen, sie begrüßten sich überschwänglich mit Küsschen links und Küsschen rechts. Dieser neue Trend muss an mir vorbeigegangen sein.

„Die kennen sich?", rutschte es aus mir heraus, und ich brauchte mindestens eine Sekunde, um meinen angewiderten Ausdruck verschwinden zu lassen.

„Sie studieren gemeinsam", erklärte Hans. Er war sichtlich verwirrt über meinen plötzlichen Gefühlsausbruch.

Dass Edith studierte, wusste ich zwar, allerdings konnte ich mich nicht mehr daran erinnern, was genau. Ich versuchte es; ging in meinem Kopf all unsere Gespräche durch, aber diese winzig kleine Information wollte einfach nicht auftauchen.

Hans schlug mir seinen Ellbogen in die Rippen. „Was guckst du denn so verkniffen?"

„Ach, gar nichts", sagte ich hastig und lockerte meine Stirn.

Der Kellner kam. „Was möchte die Dame denn?", fragte er mit einem genervten Unterton.

Edith zog dennoch ihre Mundwinkel zu einem breiten Grinsen hoch. Mit einem merkwürdigen Winken sagte sie: „Ein Bier, bitte" und der Kellner drehte sich gerade wieder um, als die beiden Waschweiber plötzlich laut kreischten.

Die Blondine – Lisa – beugte sich ungeniert über den Schoß ihrer Freundin hinweg, griff nach Ediths Hand und sagte: „Der sieht ja schick aus!"

Erst da fiel es mir wie Schuppen von den Augen. Oder eher: Wie Dachziegel, die direkt auf meinen Schädel plumpsten.

Edith trug einen goldenen Verlobungsring.

„Tja, das sollte eigentlich dein Geburtstagsgeschenk werden", sagte Hans, doch ich hörte ihm kaum zu. Ich starrte Edith an, die schüchtern ihre Hand zurückholte und selbst einen weiteren, verklärten Blick auf ihren Ring warf.

„Ich will dich als meinen Trauzeugen."

„Bitte was?"

Ruckartig blickte ich zu meinem besten Freund rüber, der mich ganz ernst und schüchtern zugleich ansah, als könnte er selbst nicht fassen, wie er eine

Frau wie Edith dazu gebracht hatte, *Ja* zu ihm zu sagen.

Vielleicht war das auch bloß Wunschdenken. Ich für meinen Teil konnte es nämlich absolut nicht verstehen.

Hans räusperte sich. „Willst du mein Trauzeuge sein?"

In einer besseren Welt hätte ich nicht gezögert.

In dieser besseren Welt wäre mein Vater allerdings auch nicht gestorben und ich wäre nie so dumm gewesen, Edith fortzuschicken.

Allerdings war Hans so mit sich selbst beschäftigt, dass er mein Zögern gar nicht bemerkte. Als ich es schließlich schaffte zu nicken, atmete er erleichtert aus, klopfte mir auf die Schulter und sagte: „Das wird die beste Zeit unseres Lebens, mein Freund!"

Die Hochzeit sollte schon im kommenden Sommer stattfinden. Ausgerechnet an einem Sonntag. Ediths Vater ging es zwar besser, aber sie machte sich große Sorgen um den Gesundheitszustand ihrer Mutter, und Hans drängte auch. Er wollte endlich eine richtige Familie haben, wie er mir an einem Abend unter Männern verriet.

Ich war der beste Trauzeuge, den er sich wünschen konnte. Ich half bei den Vorbereitungen, organisierte einen Saal für die Feier, und hielt mich von Edith so gut es ging fern.

Letzteres nicht, weil Hans es so wollte, sondern meinetwegen. Ich konnte den Gedanken, sie zu verlieren, nicht ertragen; was absurd war, weil ich sie ja schon verloren hatte.

Was mir nachts den Schlaf raubte war die Tatsache, dass es meine Schuld war.

So gern ich mir auch etwas anderes einreden wollte, ich war nicht der Mann, den sie verdiente.

Vor langer Zeit hatte ich das geglaubt. Gehofft. Aber es hatte sich herausgestellt, dass ich doch bloß ein Feigling war.

Ich ging ein paar Mal mit Lisa aus, aber unsere Gespräche waren oberflächlich. Sie kicherte viel, und wenn ich versuchte, unsere Unterhaltung auf eine höhere Ebene zu bringen, sah sie mich mit großen, fragenden Welpenaugen an. Es war offensichtlich, dass sie nur studierte, weil ihre Eltern es sich leisten konnten; nicht weil sie es tatsächlich verdiente. Oder später nutzen konnte.

Am Tag der Hochzeit zog ich meinen besten Anzug an.

Ich wollte gerade das Haus verlassen, als meine Mutter rief: „Mensch Jürgen, so kannst du doch nicht gehen!"

Mitten im Flur drehte ich mich mit ausgestreckten Armen zu ihr um. „Warum nicht?"

„Auf einer Hochzeit trägt man entweder eine Krawatte oder eine Fliege."

Ich rollte mit meinen Augen, was sie wiederum zum lachen brachte. „Na komm, ich helfe dir."

Widerwillig folgte ich ihr ins Wohnzimmer, wo ein großer, alter Spiegel stand, der wohl schon meiner Urgroßmutter Elisabeth gehört hatte.

Aus der obersten Schublade ihres Sekretärs holte meine Mutter eine elegante, dunkelgrüne Krawatte. Als sie näher kam, entdeckte ich die goldene Stickerei. A. M.

„Die hat Vater gehört."

Sie nickte. Ohne ein weiteres Wort beugte ich mich herunter, und sie band mir die Krawatte um.

„Arthur konnte das auch nicht alleine. Immer musste ich ihm helfen." Sie lächelte verträumt. Als sie fertig war, strich sie vorsichtig über den dunkelgrünen Stoff, betrachtete erst sie, dann mich mit einem Blick, den ich wahrlich nicht zu deuten vermochte. „Weißt du, Jürgen ... In den meisten Dingen ähnelst du deinem Vater sehr. Du hast Bücher ganz ohne seinen Einfluss schon als Kind geliebt, du musst das also von ihm geerbt haben." Wir lachten. „Aber in einer Sache bist du leider viel zu sehr wie ich." Sie streckte ihren Arm aus, um mir mütterlich über die Wange zu streicheln. „Manchmal müssen wir mutig sein. Und ja, oft verletzen wir damit andere, aber ... es gibt Dinge, über die ein Mensch nie hinwegkommt. Und das sind immer jene Dinge, die wir aus Angst niemals versuchen."

Als guter Trauzeuge holte ich Hans in einem schicken, geliehenen Wagen ab. Wir waren die Ersten in der Kirche, und der Pfarrer ließ uns in ein Hinterzimmer gehen.

Nervös tigerte mein bester Freund hin und her, kratzte sich am Kopf, an seinem Bauch, an den Schultern.

Um mich nicht mit ihm zu beschäftigen, zog ich mein Jackett aus und hängte es über eine Stuhllehne. Die Falten waren mir egal. Dann sah ich halt scheiße aus. Es interessierte mich nicht.

„Ich werde es wirklich tun, oder?" Er blieb ruckartig stehen, fixierte mich; ich konnte seine Angst, einen Fehler zu machen, beinahe riechen.

Ich nickte langsam.

Plötzlich kam er auf mich zu und umarmte mich so plötzlich, dass ich beinahe umgekippt wäre. „Danke!", sagte er überschwänglich. „Ich weiß, ich war nicht immer der beste Freund, aber du hast nie aufgehört, an mich zu glauben." Er ließ mich los und trat einen halben Schritt zurück. Die tausend Gefühle, die gerade durch ihn hindurch fluteten, konnte man ihm im Sekundentakt im Gesicht ansehen. „Ohne dich würde ich heute nicht hier stehen, Jürgen. Ohne dich -"

„Sei lieber ruhig, sonst denken die Leute noch, du würdest mich heiraten", scherzte ich, bloß damit er die Klappe hielt.

Er lachte. „Ja, vermutlich. Oh man. Mann, Mann, Mann. Ich werde sie heiraten! Wer hätte das gedacht?"

Ich nicht, aber das sprach ich nicht laut aus.

Und dann fing er plötzlich an, von seiner ersten Begegnung mit ihr zu sprechen. Und wie schön sie doch war. Wie sicher er glaubte, er würde sie auch noch in fünfzig Jahren schön finden.

Und ich wollte schreien und sagen, dass Schönheit verging, und man darauf keine Ehe aufbauen sollte.

Ich wollte schreien und sagen, dass er sie nicht verdient hatte; dass sie mich heiraten sollte, weil ich sie viel besser kannte; weil es mir nicht nur um Schönheit ging.

Aber ich schwieg.

Das hieß, bis zu jenem Augenblick als ich entschied, frische Luft zu brauchen. „Ich bin gleich wieder da", sagte ich und verließ den Raum, ließ mein Jackett aber zurück.

Ich ging durch das Kirchenschiff. Die ersten, besonders frühen Gäste trafen bereits ein und nickten mir zu.

Höflich nickte ich zurück, blieb aber nicht

stehen.

Auch nicht vor der Kirche. Ich lief einfach weiter, bog hier und da ab, bis ich endlich verstand, wohin mich meine Beine trugen.

Als ich den Georgengarten auf der anderen Straßenseite erkannte, blieb ich endlich stehen. Ich atmete tief ein und aus, und dachte plötzlich an die Worte meiner Mutter.

Manchmal müssen wir mutig sein. Und ja, oft verletzen wir damit andere, aber ... es gibt Dinge, über die ein Mensch nie hinwegkommt. Und das sind immer jene Dinge, wie wir aus Angst niemals versuchen.

Ich war nicht mutig. Und dennoch fühlte es sich wie eine Heimkehr an, hier zu stehen.

Ein paar Minuten musste ich noch haben, also ging ich rüber und betrat meinen Georgengarten, und welche höhere Macht es auch immer sein mochte, sie wirbelte in diesem Augenblick in der Form eines Windhauchs um mich, als wollte sie mich begrüßen.

Wie einst mein Vater kehrte ich zurück, nur dass meine Geschichte weniger heldenhaft war.

Ich spazierte zum Leibniztempel. Nur ein paar Minuten, dann wollte ich wieder zurückkehren und dafür sorgen, dass mein bester Freund seine Frau bekam.

Ein letztes Mal wollte ich mich der süßen

Erinnerung hingeben.

Als *sie* plötzlich aus dem Tempel heraustrat, ihr rotes Haar kunstvoll hochgesteckt, lächelte ich. Es musste doch einen Gott geben, der mich genau im richtigen Augenblick verrückt werden ließ. Endlich hatte ich es geschafft, zu halluzinieren.

Ein paar Meter vor mir erkannte sie mich. Ruckartig blieb sie stehen und sah mich mit ihren grünen Augen an, als würde sie einen Geist sehen.

Sie öffnete ihren Mund, schloss ihn aber sofort wieder.

Ihr Anblick ließ mich all meinen Kummer vergessen. „Ich hätte dich damals nicht wegschicken dürfen", sagte ich. Es klang nicht bedauerlich; es war bloß eine Feststellung.

Ich sah, wie Edith mit sich rang. Dann nickte sie. „Für einen kurzen Moment dachte ich eben, ich würde mir dich bloß einbilden."

Ich nickte. „Geht mir ähnlich."

Plötzlich ballte sie ihre Fäuste zusammen. In ihren Augen konnte ich Tränen glitzern sehen, was mich verunsicherte. Sie sagte: „Wieso, Jürgen?" Und ich hielt ihrem Blick stand, weil das alles war, was ich tun konnte. Kaum merklich, als würde sie sich selbst nicht verstehen, schüttelte sie ihren Kopf. „Ich verstehe nicht, wieso ich glauben konnte, das zwischen uns mehr ist. Mehr als dieser dumme Buchclub, der gar kein Buchclub war."

Mir klappte der Kiefer herunter. „Aber … du warst doch mit Hans liiert", stammelte ich verwirrt.

Sie gab einen verzweifelten Laut von sich und wollte sich die Haare raufen, ließ es aber zum Glück ihrer Frisur sein. „Ich hab dir nur gesagt, dass er mich gefragt hat! Ich war mir nicht sicher, was du für mich empfindest … Wir kannten uns doch kaum! Und es schien dir egal zu sein, da dachte ich … Gott, Jürgen, was hast du getan!" Sie stapfte auf mich zu und schlug mir mitten ins Gesicht.

Erschrocken von sich selbst fasste sie sich mit beiden Händen ins Gesicht und starrte mich mit aufgerissenen Augen an.

Ich berührte die schmerzende Stelle. „Harter Schlag", lobte ich und versuchte zu grinsen, um ihr zu signalisieren, dass alles okay war.

Aber es war nicht lustig. Das wusste sie genauso gut wie ich. Und so standen wir einander gegenüber, sahen einander an, und keiner wusste weiter.

„Ich muss jetzt zu meiner Hochzeit", brach sie das Schweigen, raffte ihren Rock zusammen und ging an mir vorbei.

Wieder dachte ich an die Worte meiner Mutter. Und an meinen Vater, der alles dafür getan hatte, um dieses verdammte Konzentrationslager zu überleben, damit er nach Hause zurückkehren konnte. Zu der Frau, die er liebte. Ich dachte an Elsa und Jonathan, die nur ein paar Tage gemeinsam hatten und sich dennoch so sehr liebten, dass sie alles überwinden wollten. Sogar den Tod.

Und ich stand hier und schaffte es nicht einmal der Frau, die ich seit Jahren heimlich liebte, die Wahrheit zu sagen?

Das konnte ich nicht zulassen. Wenn ich sie jetzt gehenließ, würde ich die Ehre meiner Familie ruinieren.

„Edith!", rief ich ihr hinterher. Sie blieb stehen, drehte sich zu mir um, und als ich die Meter zwischen uns im Laufschritt überbrückte, fühlte es sich an, als würde ich fliegen.

„Ich bin nicht der mutigste Mann, und du hast Recht, ich bin auch ziemlich dumm. Und du hast tausend Gründe mich zu hassen, aber dich fortzuschicken war das dümmste, was ich jemals getan habe. Noch dümmer, als beim Fußballspielen in der Nase zu bohren.

Ich habe nicht viel. Und am Ende diesen Tages habe ich wahrscheinlich noch nicht einmal einen besten Freund mehr. Aber ich bitte dich, ihn nicht zu heiraten. Edith, heirate ihn nicht. Weil ... Ich liebe dich. Seit unserer ersten Begegnung in der Kneipe vor drei Jahren. Und wenn ich drei Wünsche frei hätte, würde ich mir wünschen, schon viel früher mutig gewesen zu sein, und ein Heilmittel gegen Krebs, und dass du *mich* heiratest statt ihn."

Endlich zeigte sie eine Regung. Ihr versteinertes

Gesicht wurde weicher, strahlender, und schließlich lachte sie ihr wundervolles, klares Edith-Lachen.

Es war noch keine Entscheidung, aber es war ein Anfang.

Die Wahrheit deines Herzens

Im Morgengrauen schlich ich mich leise wie eine Katze die Treppe herunter. Das war der Vorteil, als einziges Mädchen von insgesamt drei Kindern aufzuwachsen – ich musste mir mit niemandem ein Zimmer teilen, was das davonstehlen erheblich vereinfachte.

Unten angekommen, hielt ich einen Moment inne und horchte.

Alles war still, niemand war aufgewacht.

Flink schlüpfte ich in meine Schuhe, warf mir meine Übergangsjacke über, schulterte meinen Rucksack auf und verschwand anschließend wie ein Schatten. Mir blieben noch ungefähr zwei Stunden, ehe ich ein schlechtes Gewissen bekommen konnte – dann war es 7 Uhr und meine Mutter stand auf, um das samstägliche Familienfrühstück vorzubereiten.

Ich hatte ihr immerhin einen Zettel hinterlassen.

Um 10 Uhr sollte die Demonstration beginnen. Ich brauchte ungefähr eine Stunde zu Fuß zum Kröpcke. Wenn ich gewartet hätte, hätten meine Eltern mich allerdings niemals gehenlassen, also musste ich die lange Wartezeit in Kauf nehmen.

Eine Zwölfjährige hatte ihrer Meinung nach nichts auf einer Demo zu suchen.

Pah, was wussten die schon! Kein Junge aus meiner Klasse legte sich freiwillig mit mir an, weil ich ziemlich gut darin war, alles und jeden tot zu argumentieren – so nannte es Oma Luise zumindest. Und dann lachte sie immer und erzählte eine ihrer Geschichten. „Daggi", sagte sie immer, „du bist die perfekte Mischung aus mir und deinem Großvater."

Opa Arthur kannte ich zwar nicht, aber mein Zwillingsbruder Lothar war mit Zweitnamen nach ihm benannt.

Leider hatte ich Oma Luise nicht überreden können, mit mir zusammen zur Demo zu gehen. Auch sie war der Meinung, ich wäre zu jung.

Dabei ging uns das doch alle etwas an!

Immerhin wollte ich über meinen eigenen Körper auch selbst entscheiden.

Und wenn mich keiner begleiten wollte, musste ich das eben selbst in die Hand nehmen.

Unterwegs wurde es immer heller. Als ich den Kröpcke erreichte, setzte ich mich an die Uhr, holte aus meinem Rucksack ein Brot heraus und frühstückte erst mal. Noch vier Stunden, dann würde es losgehen.

Ich spürte den fehlenden Schlaf aufkommen; die Müdigkeit kletterte sich Schritt für Schritt meine Eingeweide hoch.

Nur ein paar Minuten die Augen zumachen, dachte ich, verstaute mein Frühstück wieder in meinem Rucksack, rutschte an die Uhr und lehnte mich gegen das kühle Eisen.

Mit einem leisen Aufschrei wachte ich wieder auf.

Um mich herum waren Leute, viele Leute; sie überragten mich alle gefühlte tausend Meter.

Hastig sprang ich auf, griff nach meinem Rucksack und hielt ihn wie ein Schutzschild vor mich. Mein Atem wurde schneller.

Die Menschenmasse bestand hauptsächlich aus Frauen. Einige hielten Schilder hoch, andere johlten.

Mein Bauch gehört mir!, hörte ich aus mehreren Richtungen.

Ich war mittendrin. Von meinem Plan, die Demonstration nur aus der Ferne zu beobachten, war offensichtlich nichts geworden.

Mein Herz raste. Ich wollte abhauen, mich an den Rand stellen, aber es gab keine Möglichkeit durch die Menge zu kommen. Ehrlich gesagt, wusste ich nicht einmal, wo der Rand sein sollte.

Ich war gefangen.

Gefangen zwischen Dutzenden Feministen.

Und es wäre der Himmel für mich gewesen, wenn es nicht so viele wären!

Mit dem Rücken drückte ich mich an die Uhr so weit es ging und versuchte, einen Überblick über die Lage zu bekommen, als sich plötzlich ein älteres Mädchen aus der Menge hindurch zu mir drückte. Sie hatte langes, dunkelbraunes Haar, und Locken, wodurch ihr Haar irgendwie unordentlich wirkte. Aber das Lächeln, mit dem sie zu mir auf den Podest trat, beruhigte mich sofort.

„Hab dich zufällig gesehen", begrüßte sie mich. „Du siehst so verloren aus."

Schüchtern nickte ich.

Sie machte eine wegwerfende Handbewegung. „Deine erste Demo?"

Wieder nickte ich.

Ihre Augen wurden ganz groß. „So jung und schon so engagiert! Wahnsinn!" Dann streckte sie mir ihre Hand entgegen, bis sie merkte, dass ich mit meinen den Rucksack festhielt, und lachte. „Ich heiße Marion. Und du?"

„Daggi", wollte ich antworten, verschluckte mich allerdings an meinem eigenen Namen. Ich räusperte mich und startete einen neuen Versuch: „Dagmar Silberstein. Aber alle nennen mich Daggi."

„Also gut, Daggi. Du kannst dich gern mir und meinen Freunden anschließen, wenn du magst."

Einen Moment lang hielt ich inne und dachte darüber nach. Meine Mutter hatte mir eingeschärft, niemals – unter absolut keinen Umständen – mit Fremden mitzugehen.

Andererseits war ich ganz alleine hier und sie würde sicher wollen, dass ich in einer so großen Menge jemanden hatte, der ein wachsames Auge über mich hatte.

Nicht dass ich das brauchte – ich kam ja auch alleine ganz gut zurecht.

Nach einem kurzen Gewissensbiss nickte ich schließlich.

„Super!", rief Marion, griff nach meiner Hand und zog mich hinter sich her durch die Menge.

Als wir eine Gruppe von fünf Leuten erreichten, setzte sich die gesamte Demonstration wieder in Bewegung, was alles ziemlich durcheinander brachte.

Es gab zwei Jungs in der Gruppe. Einer von ihnen, ein großgewachsener, schlaksiger Kerl hieß Philip, wurde aber von allen Phil genannt, und der andere hatte ganz dunkle Haut. Er stellte sich als Flocke vor. „Weil Schnee ja weiß ist und ich nicht", hatte er gesagt und gelacht.

Die Verbliebenen waren logischerweise Mädchen. Zwei von ihnen, Sandra und Nele, hatten kurz geschnittenes Haar und zerrissene Jeans und waren gänzlich ungeschminkt. Sie waren so ganz anders als die Frauen, die ich bisher kannte, und nicht so mädchenhaft wie die aus meiner Klasse, und sie kennenzulernen war, als würde ich seltenen Vögeln begegnen.

Die Dritte von ihnen hieß Olga, sprach mit einem polnischen Dialekt und hatte langes, weißblondes Haar. Sie trug immer Kleider, hatte Marion gesagt, was mich ein wenig verwirrte, weil wir uns doch von den alten Pflichten loseisen wollten.

„Feminismus heißt nicht, dass ich mich wie ein Mann kleiden muss", hatte Olga gesagt. „Es heißt, dass ich jeden Tag selbst entscheiden kann, was ich anziehe, ob ich mich schminke oder wie ich meine Haare trage. Es heißt, dass ich mich von niemandem fremdbestimmen lasse."

Marion war die Jüngste von ihnen, und sogar sie war drei Jahre älter als ich. Sandra, Nele und Flocke waren die Ältesten; sie waren schon volljährig.

Aber keinen von ihnen schien es zu stören, dass ich da war. Sie nahmen mich in ihrer Mitte auf und zum ersten Mal in meinem Leben fühlte ich mich in einer Gruppe wirklich Willkommen.

Meine Mutter war natürlich außer sich vor Wut, als ich gegen 17 Uhr zu Hause ankam. Sie bestrafte mich mit zwei Wochen Hausarrest, und ich nickte bloß, ehe ich mich stumm hoch in mein Zimmer verzog. Sie sollte mich ruhig anschreien. Ich hatte es ja auch irgendwie verdient.

Aber diesen Tag konnte sie mir so oder so nicht mehr wegnehmen. Die Erinnerung gehörte ganz alleine mir, und ich versteckte sie in meinem Herzen, wo niemand ihr schaden konnte.

Ende Juni wurde ich 13. Mein Zwillingsbruder,

Lothar, und ich, durften jedes Jahr eine Gartenparty geben, die ungefähr so aussah: Er lud seine Freunde ein und ich setzte mich schüchtern dazu, damit unsere Eltern sich keine Sorgen machen mussten. Ich hatte noch nie viele Freunde, aber mit dem Wechsel auf das Gymnasium hatte ich jegliche Anschlüsse verloren.

Ich meine, es gab schon Mädchen zu denen ich mich im Unterricht setzte oder mit denen ich meine Pausen verbrachte, aber das alleine machte uns doch nicht gleich zu Freundinnen.

Mein Vater sagte immer, Freundschaft sei ein sehr teures Gut und man müsse ganz besonders gut drauf aufpassen.

Unter dieser Voraussetzung hielt ich es für unnötig, mir so viel Mühe für Menschen zu geben, von denen ich mir nicht sicher war, ob ich sie bei meiner irgendwann-einmal-passierenden-Hochzeit dabeihaben wollte.

Lothar war da anders. Wir teilten uns zwar das rote Haar, die braunen Augen und die lästigen Sommersprossen, aber sonst waren wir so unterschiedlich wie Sonne und Mond. Er war aufgeschlossen, hatte keine Probleme auf Fremde zuzugehen, und er liebte es, im Mittelpunkt zu stehen. Während er vom Rampenlicht angelacht wurde, wurde ich geblendet.

Doch dieses Jahr war es anders.

Ich hatte meine Eltern gefragt, ob ich meine Freunde von der Demo einladen durfte. Anfangs war meine Mutter dagegen, aber dann sagte mein Vater besänftigend: „Edith, Schatz. Lerne sie doch erst einmal kennen, bevor du sie verurteilst."

Und auch wenn das nur ein halb-positiver Satz war, erlaubte sie es mir schließlich.

Im Endeffekt kamen nur Marion, Flocke und Olga (Letztere trug ein hochgeschlossenes, rotes Kleid mit einem weißen Saum, und ich fragte mich, ob sie es nur trug, um meinen Eltern zu vermitteln, dass sie nett genug war, um mit mir befreundet zu sein).

„Die anderen hatten Angst, sie könnten zu alt sein", flüsterte mir Marion bei ihrer Umarmung zur Begrüßung ins Ohr.

Ich nickte nur. Nacheinander stellten sie sich meinen Eltern vor und boten ihre Hilfe an, aber meine Mutter – eine perfekt organisierte Frau – hatte natürlich schon alles fertig. „Geht ruhig schon in den Garten", sagte sie, und mir entging der anerkennende Blick nicht, den sie meinen Freunden zuwarf.

Ich führte sie durch unser Wohnzimmer hinaus in unseren großen Garten.

„Wow!", entfuhr es Olga, die ihre Schuhe auszog, ihre Arme ausstreckte und drehend über den Rasen tanzte. „Hier sieht es aus wie im Märchen!"

Und damit hatte sie irgendwie Recht. Die Mauern waren mit Efeu bewachsen, in den Bäumen hingen bunte Luftschlangen, mein kleiner Bruder Thomas machte Seifenblasen und die Rosenhecken und Fliederbüsche blühten noch immer.

Ich beobachtete fasziniert, wie sie sich um sich selbst drehte, ihre Augen geschlossen hielt, und trotzdem ihre Balance nicht verlor. Ein Mensch wie Olga ließ einen wieder an Feen glauben.

„Hier", sagte Flocke auf einmal und drückte mir ein in grünes Papier gewickeltes Päckchen in die Hand.

„Wir waren uns nicht sicher, was dir gefallen könnte", fügte Marion beinahe entschuldigend hinzu.

„Ihr hättet mir nichts schenken brauchen", sagte ich und führte sie weiter zu einem Pavillon, den wir in einer Ecke aufgestellt hatten. Wir hatten eine Bierzeltgarnitur aufgebaut, an der sich schon mein Bruder mit seinen schlimmsten besten Freunden tummelte. Mein Vater stand bereits am Grill. Als er uns entdeckte, hob er grinsend seine Hand und winkte.

Alle – außer mir – winkten ihm zurück.

„Dein Vater sieht nett aus", sagte Olga, die sich wieder zu uns gesellte, als ein besonders unerträglicher Freund irgendetwas Schlüpfriges rief und alle Jungs lachten.

„Lasst uns hier bleiben", schlug ich vor. „Wir können uns auf den Rasen setzen."

„Ja", pflichtete Marion mir bei und setzte sich demonstrativ an Ort und Stelle.

Nachdem wir anderen ihrem Beispiel gefolgt waren, drängte Flocke mich, endlich das Geschenk auszupacken, was ich auch tat.

Zum Vorschein kam ein Buch. *Einmal ist nicht genug* von Jaqueline Susann.

„Es ist wundervoll!", sinnierte Olga, lehnte sich nach hinten, stützte sich mit ihren ausgestreckten Armen ab und ließ ihr Gesicht von der Sonne wärmen. Ihre Haut sah aus, als wäre sie mit Silber überzogen.

„January ist eine wirklich starke Frau, trotz vieler Steine, die ihr in den Weg gelegt werden", erzählte mir Marion begeistert. „Und die Welt braucht viel mehr starke Frauen!"

Im Nachhinein betrachtet, war es der beste Geburtstag meines bisherigen Lebens. Ich war froh, dass Marion, Olga und Flocke über die dummen Sprüche der *Kinder* – das kam von mir – hinwegsahen und so taten, als wäre es eine echt coole Party. Später halfen sie meiner Mutter noch beim Aufräumen, während ich mit meinem Vater den Grill säuberte. Lothar hatte sich längst mit seinen Geschenken in sein Zimmer verzogen.

„Ich mag deine neuen Freunde", sagte mein Vater unvermittelt und blickte zur Terrassentür, als stünde dort jemand. „Sie scheinen sehr nett zu sein."

„Sind sie auch!", pflichtete ich ihm mit Inbrunst bei.

Er lachte. „Dann werden wir sie jetzt also öfter sehen?"

Ohne es kontrollieren zu können fing ich an zu strahlen. „Danke, Papa!" Und obwohl es ziemlich albern und kindisch war, umarmte ich ihn.

„Ach Daggi", seufzte er fröhlich und erwiderte die Umarmung. „Aber lass dich von ihnen nicht zu irgendetwas drängen, ja?"

Ich schüttelte den Kopf. „So sind sie nicht", versprach ich.

Und ich sollte Recht behalten.

Am 25. September trafen wir uns alle an der Brücke am Maschteich. Ich hatte mein inzwischen durchgelesenes Exemplar von *Einmal ist nicht genug* dabei, und als ich bei den anderen ankam bemerkte ich, dass jeder von ihnen ein Buch von Jaqueline Susann in den Händen hielt. Keiner sah sonderlich glücklich aus, aber Olga schien am Boden zerstört zu sein. Sie hatte sich extra ein schwarzes Kleid angezogen, schwarze Handschuhe und einen schwarzen Hut aufgesetzt.

„Ist wer gestorben?", fragte ich leise.

Marion nickte. „Jaqueline Susann. Krebs." Dabei deutete sie auf das Buch in meinen Händen.

„Oh."

„Ja."

„Scheiße."

„Ja."

Olga erzählte ein paar Dinge über die Autorin, als hätte sie sie persönlich gekannt. Es war ihr deutlich anzusehen, wie sehr es sie traf; Jaqueline Susann war offensichtlich ihr großes Idol gewesen.

Wenn mich jemals jemand fragen würde, was ich unter einem Idol verstand, würde ich an genau diesen Augenblick denken, an dem Olga um eine Person trauerte, die sie alleine mit ihren Worten nicht nur berührt, sondern in höchstem Maße inspiriert hatte.

Gab es ein größeres Lob, eine größere Anerkennung an einen Autor als das?

Vermutlich nicht.

„Sie war eine so große Persönlichkeit, so stark; aber der Krebs ist am Ende stärker." Sie schniefte, strich versonnen über ihr Buch und drehte sich dann zum Geländer. „Ruhe in Frieden!", rief sie dem Himmel entgegen und warf das Buch ins Wasser.

Und dann verlangte sie von uns, es genauso zu machen, und wir taten es tatsächlich. Nicht weil wir aus Angst vor Olga unseren freien Willen vergessen hatten, und auch nicht wirklich um Jaqueline Susann zu ehren. Es war viel einfacher.

An diesem Tag schmissen wir freiwillig unsere Bücher ins Wasser, weil Olga unsere Freundin war und ganz dringend wissen musste, dass wir sie mit ihrer Trauer nicht ganz alleine ließen.

Silvester feierte ich mit meiner Familie. Es stieg zwar eine Party bei Phil, aber meine Mutter fand mich – mal wieder – zu jung für irgendetwas. Und so sehr ich sie auch anflehte, sie blieb stur, und mein Vater sah es wie sie. Damit hatte ich alle Chancen auf die geilste Party des Jahres verpasst.

„Vielleicht nächstes Jahr", sagte mein Vater sanft und durchwuschelte mir mein Haar.

Am Neujahrstag kam Oma Luise zum Kaffeetrinken und Kuchenessen vorbei. Sie trug noch ihre feine Bluse und die schwarze Hose, die ihr meine Mutter zu Weihnachten geschenkt hatte, weil sie wie jedes Jahr gerade von einem Empfang kam, um Spenden für ihre Hilfsorganisation zu sammeln.

„Und?", fragte ich neugierig, nachdem wir uns alle am Tisch versammelt hatten.

Sie setzte eine gespielt ernste Miene auf, konnte diese aber nicht lange halten. „Sehr gut!", antwortete sie und strahlte wie ein kleines Kind an Weihnachten. „Ich habe einen neuen Investor gefunden, der bereits genug gespendet hat, um die nächsten drei Jahre gut über die Runden zu kommen, und mit dem Erbe von meiner englischen Großmutter Marjorie kann ich endlich ein ganzes Haus kaufen und mehr Schlafzimmer einrichten."

„Wenn du Hilfe brauchst, sag Bescheid", sagte meine Mutter.

„Warum machst du das eigentlich?", fragte Lothar mit einem gelangweilten Unterton.

Oma Luise warf ihm ihren Das-kannst-du-doch-nicht-Ernst-meinen-Blick zu und wartete einen Augenblick, aber er revidierte seine Aussage nicht.

„Weißt du, wie viele Frauen im Jahr vergewaltigt werden? Wie viele von ihrem Ehemann misshandelt und geschlagen werden? Nein? Und da ist das Problem: Niemand weiß es so genau. Es gibt keine repräsentative Studie darüber, nur Schätzungen. Aber all diesen Frauen muss geholfen werden. Sie brauchen einen Ort, wo sie zur Ruhe kommen und gesund werden können und Hilfe bekommen; für sich selbst und ihre Kinder", erklärte sie.

„Ja, schon", sagte Lothar und runzelte seine Stirn. „Aber es sind doch bloß *Frauen*."

Schlagartig wurde es still. Sogar Thomas schluckte hastig seinen Bissen herunter und starrte dann auf seinen Teller, als würde er sich für seinen Bruder schämen.

Die Zornesröte stieg in das Gesicht meiner Oma, und dann knallte sie ihre Faust so plötzlich und scheppernd auf den Tisch, dass ich zusammenzuckte. „Bloß Frauen?", wiederholte sie. „Dann ist deine Mutter also *bloß* eine Frau? Genauso wie ich? Oder deine Schwester?

Sprich nie wieder in meiner Gegenwart so über Frauen. So abfällig, als wären wir nichts weiter wert als ein benutztes Taschentuch."

„Aber so meinte ich -"

„Still! Und geh rauf in dein Zimmer. Ich kann dich gerade nicht mehr sehen."

Hilfesuchend blickte Lothar zu unserem Vater, aber der schüttelte nur ernst seinen Kopf.

Dann schob mein Bruder geräuschvoll seinen Stuhl zurück, nahm seinen Teller und schmiss ihn mitsamt dem Inhalt auf den Boden, ehe er wutschnaubend aus dem Wohnzimmer lief.

Später am Abend, als meine Eltern dachten, alle Kinder würden schlafen, schlich ich mich ins Badezimmer, um etwas zu trinken. Allerdings hörte ich ihre besorgten Stimmen schon vorher miteinander flüstern und hielt inne.

„...weiß wirklich nicht, woher er das hat!"

„Liebling", beruhigte mein Vater meine Mutter und ich stellte mir vor, wie er sie in den Arm nahm. „Es ist nicht deine Schuld."

„Aber irgendetwas muss ich getan haben, dass er so denkt. Vielleicht hätte ich doch arbeiten gehen sollen."

„Schau dir Daggi an. Wenn du irgendetwas falsch gemacht hättest, wäre sie auch anders, und vergiss nicht die Demonstration."

Ich hörte, wie meine Mutter leise schniefte, und es brach mir ein bisschen das Herz. „Ich kann es ihr schlecht sagen, aber ich war unglaublich stolz auf sie. Wütend, weil sie sich davongeschlichen hatte obwohl wir es ihr verboten hatten, aber auch unglaublich stolz!"

„Ich auch. Und ihre neuen Freunde scheinen mir in Ordnung zu sein."

Einen Moment lang sagte keiner von ihnen etwas. Schließlich tapste ich ins Badezimmer und trank leise etwas aus dem Hahn. Ich musste auch nicht noch mehr hören.

Sie hatten alles gesagt, was ich wissen musste.

Nach dem Vorfall, der meine Familie zu spalten schien, geschahen zwei Dinge.

Erstens, Lothar zog sich immer mehr zurück; verbrachte viel Zeit in seinem Zimmer oder bei Freunden und beim gemeinsamen Abendessen sprach er kaum ein Wort.

Zweitens, meine Freunde waren jederzeit bei uns Willkommen, was sie auch schamlos ausnutzten. Am Anfang trauten sich Sandra, Nele und Phil noch nicht so wirklich, aber mit jedem Treffen wurden sie gelöster. Irgendwann wurden unsere Treffen regelmäßiger, bis sie jeden Freitagabend stattfanden, wobei Phil die erste halbe Stunde immer mit meinem Vater in der Küche einen Kaffee trank und über irgendein tagesaktuelles, politisches Thema diskutierte.

Als ich irgendwann beiläufig die Organisation meiner Großmutter erwähnte, waren alle Feuer und Flamme und wollten unbedingt einmal mit. Im Endeffekt stand ich dann doch alleine mit Marion da und ließ mich von Oma Luise durch die Wohnung führen, in der ihre Firma noch ansässig war.

Zu jedem Raum erzählte sie etwas, und die Frauen, denen wir begegneten, grüßten uns, als würden sie uns schon immer kennen.

Okay, mich kannten sie auch. Ich besuchte Oma Luise oft nach der Schule zum Mittagessen, obwohl meine Mutter jeden Tag frisch kochte.

Später begleitete ich Marion zur Bahnstation. „Du hast echt eine tolle Familie", sagte sie.

Ich zuckte mit den Schultern. „Sie sind ganz okay."

Sie kicherte, dann wurde sie plötzlich ernster, als ich sie jemals zuvor erlebt hatte. „Nein, ehrlich, Daggi. Du kannst echt froh sein."

Ich beäugte sie von der Seite. „Ist alles okay?", fragte ich vorsichtig.

Zunächst schüttelte Marion ihren Kopf, dann

nickte sie. „Klar ist alles in Ordnung!"

Und sie setzte wieder ihr Lächeln auf, das selbst einen Stein erweichen konnte, und zum ersten Mal fragte ich mich, wie viel Show darin eigentlich steckte.

Ein paar Tage später holte mich Olga ab, um mit mir zusammen shoppen zu gehen. Meine Mutter steckte mir extra noch einen Schein zu mit den verschwörerischen Worten: „Lass dich von ihren hübschen Kleidern inspirieren!"

Ich rollte mit meinen Augen, nahm das Geld aber trotzdem an. Einem geschenkten Gaul schaute man schließlich nicht ins Maul.

Wir schlenderten durch die Straßen der Stadt, und Olga war ziemlich gut darin zu quatschen. Es war einer der ersten wärmeren Tage und sie trug ein hellblaues Kleid mit tiefem Ausschnitt, der ihre üppige Oberweite betonte.

Als wir später im Holländischen Kakaostübchen saßen, nahm ich all meinen Mut zusammen und fragte: „Was ist eigentlich mit Marion los?"

Olga rührte in ihrer Tasse herum, ehe sie den Löffel nahm und ihn ableckte.

Ich blinzelte und glaubte, rot zu werden, und fing an, mir Luft zu zu fächeln. „Warm hier", fügte ich erklärend und etwas beschämt hinzu. Komisch.

Sie zuckte mit ihren Schultern. „Was Marion

betrifft: Was genau meinst du?"

„Ich weiß nicht, sie war letztens so komisch … Als ich sie zur Bahn brachte, sagte sie so etwas wie *nicht jede Familie ist so toll wie meine.*"

„Nun, das ist ein Fakt", sagte Olga und zwinkerte mir zu, was sich in meiner Brust merkwürdig anfühlte. „Hinzu kommt allerdings, dass Marions Vater Alkoholiker ist und ihre Mutter die Familie verlassen hat, als sie Zehn war."

„Oh."

„Mach dir nichts draus, die meiste Zeit geht es ihr damit ganz gut. Nur manchmal eben nicht. Das ist okay. Jeder darf sich manchmal schlecht wegen dem Leben fühlen, in das er hineingeboren wurde. Auch du, Daggi. Auch Kinder aus einer guten Familie dürfen sich aus demselben Grund manchmal schlecht fühlen. Aber eben nur manchmal. Niemals darf dieses *manchmal* überschritten werden."

Ich blinzelte und dachte über ihre Worte nach. „Das klingt ziemlich poetisch", stellte ich fest.

„Vielleicht werde ich ja mal Poetin. Oder ich erfinde eine neue Ethik." Bei diesem Gedanken lehnte sie sich verträumt etwas zurück. „Eine feministische Ethik vielleicht."

„Ich wette, das gibt es schon."

„Hm", machte sie, und mir fiel auf, wie viel hübscher sie wurde, wenn sie über etwas angestrengt nachdachte. „Vermutlich hast du

Recht."

Das Weihnachtsessen endete katastrophal. Oma Luise schenkte Lothar bloß eine Tafel Schokolade mit einer netten Karte, und mir Geld für meinen Führerschein, obwohl ich erst 14 Jahre alt war. Thomas bekam drei neue Spielzeugautos und ein neues Buch, mit dem er sich sofort auf die Couch zurückzog und las. Lothar fand das natürlich alles andere als fair und probte einen regelrechten Aufstand.

Oma Luise blieb allerdings gelassen. „Überraschend, wie viel Macht eine Frau haben kann, nicht wahr?", sagte sie bloß und ignorierte seinen Vorwurf, sie würde ihn nicht liebhaben.

Dafür wurde mein Silvesterfest besser. Dieses Jahr erlaubten mir meine Eltern endlich, mit meinen Freunden zu feiern. Ich war mir zwar nicht sicher, ob sie mich wirklich für alt genug hielten, oder die Weihnachtstragödie schlicht wieder gutmachen wollten, fragte aber auch nicht weiter nach. Es war besser, manche Dinge einfach hinzunehmen.

Die Party war bei Phil, der seit kurzem mit einem Freund zusammen in einer WG wohnte. Meinen Eltern sagte ich, ich würde bei Marion übernachten, aber eigentlich wollten wir alle gemeinsam bei Phil bleiben.

Flocke hatte Cidre besorgt, der mich ganz lustig und albern machte, aber ich fühlte mich nicht unwohl; in den letzten anderthalb Jahren hatte ich längst begriffen, dass meine Freunde mindestens genauso kindisch waren wie ich meinem Alter nach sein müsste.

Immer wieder musste ich zu Olga schauen. Sie trug ein enganliegendes, schwarzes Kleid, welches ihre Figur betonte, und eine glitzernde Kette, wegen der ich ständig in ihren Ausschnitt glotzte, was mir unendlich peinlich war. Aber es war ja ihre Schuld, immerhin musste sie ja diese blöde Kette tragen.

Irgendwann zerrten mich Marion und Phil auf meine Beine und während wir ausgelassen zu Flockes Rockmusik tanzten, knutschten Sabrina und Nele miteinander, als würde das Jahr 1975 enden, ohne das 1976 folgte.

Irgendwann schaltete Flocke seine Musik aus und einen Fernsehsender an. Eine Übertragung lief, die das neue Jahr ankündigen sollte.

„Zehn!", rief Phil laut.

„Neun!", kam es von Flocke.

„Acht!", schrie Nele zwischen zwei Küssen.

Ich lachte. Ich kreischte. Ich war betrunken, und alles war großartig.

„Vier!", rief Marion.

„Zwei!", quietschte ich.

Und dann war Olga plötzlich neben mir, ganz

nah, umfasste mit ihren filigranen Händen mein Gesicht und sah mich an. „Eins", flüsterte sie, und dann küsste sie mich.

Auf den Mund.

Und es fühlte sich genauso wie das Feuerwerk an, welches draußen gleich beginnen würde.

Scheiße.

Ich war mir ziemlich sicher, in eine sehr tiefe Depression zu verfallen.

Den Rest der Ferien verbarrikadierte ich mich in meinem Zimmer und tat so, als hätte ich eine sehr starke Erkältung, und Gott sei Dank fiel niemandem auf, dass ich eher an sehr starker Verwirrung litt.

Nach dem Kuss hatte sich Olga wortlos von mir entfernt und tanzte einfach weiter, genauso wie die anderen, als wäre nichts passiert. Als wäre eben nicht meine Welt stehengeblieben.

Um Himmels Willen, das war mein erster Kuss gewesen!

Von einem Mädchen. Ausgerechnet. Das konnte nicht wahr sein. Es musste ein Albtraum sein. Einen Tag vor dem Schulanfang klopfte es an meine Zimmertür. Meine Mutter streckte ihren Kopf herein. „Marion ist da", sagte sie, doch ehe ich sie wegschicken konnte, öffnete sie bereits ganz die Tür und ließ sie hereinkommen.

„Aber nicht lange", mahnte sie noch, dann

schloss sie hinter sich die Tür und ging.

Marion sah mich besorgt an. „Na?", fragte sie, und zur Antwort zog ich mir die Decke über den Kopf.

Ich spürte, wie sie sich neben mich auf mein Bett setzte. „Du hast gar keine Erkältung, stimmt's?"

Ich dachte darüber nach, einfach so zu tun, als wäre sie gar nicht da, entschied mich dann aber dafür, dass das auch keine gute Idee war, und schüttelte sehr ausfallend den Kopf, damit sie es unter der Decke auch bemerkte.

„Ja, das hab ich mir gedacht." Pause. „Weißt du … Für Olga ist das nicht so bedeutungsschwer wie für dich. Sie küsst gerne Leute. So wie Flocke gerne Menschen umarmt. Keine Ahnung."

Ich hielt die Luft an. Starrte meine Decke an. War froh über die schützende Dunkelheit, denn so konnte Marion nicht sehen, wie ich kurzzeitig mit den Tränen kämpfte.

Ich redete mir ein, dass es an der Tatsache lag, dass mein erster Kuss ausgerechnet von einer Person kam, die es nicht weiter kümmerte, und ignorierte jeden weiteren Gedankengang, der eine andere Möglichkeit beinhaltete.

Denn alles andere, was es sein konnte, wollte ich nicht wahrhaben.

Auf einmal zog mir Marion die Decke weg und sah mich streng an. „Du hast jetzt genug Trübsal geblasen."

„Trübsal blasen ist wie Schokolade essen. Man bekommt nie genug."

„Du bist zu jung, um so melancholisch zu sein."

„Wusstest du, das Melancholie nichts mit Depressionen zu tun hat?" Als sie skeptisch eine Augenbraue hob war klar, dass sie es nicht wusste. „Melancholie ist eher die schöne Seite der Traurigkeit. Die Inspiration. Der Klang des fallenden Regens zum Beispiel. Oder das Sterben der Pflanzen im Herbst."

„Du machst dir viel zu viele Gedanken, Daggi", seufzte Marion, stand auf, ging zu meinem Kleiderschrank und holte eine Hose und einen unscheinbaren Pullover heraus. Beides warf sie mir hin. „Zieh dich an, wir gehen raus und bauen einen Schneemann. Denn das, meine Liebe, ist die Wahrheit dieser Minute: Man kann nie genug Schneemänner bauen."

In der nächsten Zeit traf ich mich öfter mit Marion alleine. Sie fragte nicht, warum ich die Freitagstreffen abgesagt hatte, und auch nicht, wieso ich nicht über Olga sprechen wollte. Um ehrlich zu sein, wusste ich das selbst nicht genau. Es war lediglich ein unbestimmtes Gefühl in meiner Magengegend, welches mir immer wieder zuflüsterte, Olga nicht sehen zu wollen.

Im März sollte ich mit meiner Klasse auf Klassenfahrt fahren. Am Sonntag vorher kam Marion vorbei. Wir bereiteten Obst vor und aßen Schokoladenfondue oben in meinem Zimmer, obwohl meine Mutter mir das verboten hatte. Hin und wieder musste ein vierzehnjähriges Mädchen einfach etwas rebellisches tun.

„Freust du dich schon auf morgen?", fragte Marion.

Ich schüttelte meinen Kopf. „Es ist zwar cool nach Berlin zu fahren, aber ich bin eigentlich kein großer DDR Fan."

„Warum nicht?"

„Ich finde es seltsam, dass sie bei *Deutsches Reich* geblieben sind und bloß das Wort *Demokratisch* vorgesetzt haben, als würde das vergessen machen, was während des Deutschen Reichs passiert ist."

„Uff", stöhnte Marion. „Das ist doch kein Grund, Daggi. Wenn du das politische System anprangerst, okay, aber der Name? Das ist, als würdest du Äpfel mit Birnen vergleichen."

Ich zuckte mit den Schultern. „Mir doch egal."

Marion schüttelte undeutlich ihren Kopf und tunkte still ein Bananenstück in die flüssige Schokolade.

Allgemein betrachtet, wirkte sie heute ziemlich gereizt, weshalb ich nicht weiter auf meiner

Meinung beharrte. Stattdessen lenkte ich etwas kleinlaut ein: „Außerdem graut es mir davor, alleine mit meiner Klasse zu sein."

Marion nahm sich einen Apfel. Sie öffnete ihren Mund, schloss ihn dann aber wieder.

Ich runzelte die Stirn und betrachtete sie genauer. Ihre Züge waren härter als sonst, ihre ganze Haltung war irgendwie angespannt.

„Okay, was ist los?", fragte ich und sie zuckte zusammen, als hätte ich sie geschlagen. „Und sag nicht *nichts*. Ich sehe dir an, dass etwas los ist."

Sie atmete geräuschvoll aus und legte ihre Apfelspalte zurück. „Olga und Phil sind zusammen. Und ich ... Ähm, Flocke, hat mich sozusagen geküsst."

Ich versuchte, das flaue Gefühl in meiner Magengegend zur Seite zu schieben. „Sozusagen?"

„Ja. Also, gestern hatte doch sein Bruder Geburtstag und er wollte nicht alleine hin und ich habe mich breitschlagen lassen. Und irgendwie kam dann eins zum anderen und wir haben uns geküsst."

„Und?"

Ich versuchte, locker und gelassen zu klingen, aber meine Kehle fühlte sich an, als würde sie immer enger werden.

„Was und?"

„Seid ihr jetzt zusammen?"

„Nein. Keine Ahnung. Vielleicht. Na ja, schon

irgendwie, denke ich." Nervös spielte sie mit einer ihrer Locken. „Können wir das Thema wechseln?", bat sie mich.

Und weil mir nichts besseres einfiel, erzählte ich von Lothars letztem Wutausbruch, bei dem er unserer Mutter lautstark vorgeworfen hatte, auch bloß eine widerliche Feministen-Kuh zu sein.

„Dabei finde ich sie gar nicht so feministisch", schloss ich meine Erzählung.

„Vor allem ist dein Bruder viel widerlicher. Tut mir Leid."

„Schon gut", entgegnete ich achselzuckend. „Letztens waren wir mit der ganzen Familie im Kino und da waren auch zwei Männer, und er hat direkt losgestänkert, wie eklig Homos sind."

Bei diesen Worten verzog Marion ihr Gesicht. Und ich fühlte mich, als hätte er mich direkt selbst beleidigt, obwohl ich gar nichts mit Homosexuellen zu tun hatte.

Okay, das stimmte nicht. Ich war ja mit Sandra und Nele befreundet.

Darüber dachte ich einen Moment lang nach.

„Wow", stellte ich fest. „Mir ist noch nie aufgefallen, wie gut ich es habe."

Jetzt war Marion es, die verwirrt ihre Brauen hochzog. „Wie kommst du da jetzt drauf?"

„Ich habe gerade daran gedacht, was mir alles entgehen würde, wenn ich homophobisch wäre.

Wie vielen tollen Leuten ich gar nicht begegnen würde. Ich wäre ziemlich einsam."

Und dann musste Marion lachen, und etwas von ihrer Anspannung fiel ab. Ich fiel in ihr Lachen mit ein, und egal, wie seltsam dieser Tag begonnen hatte, er nahm immerhin ein gutes Ende.

Im Endeffekt war die Klassenfahrt gar nicht so Übel, wie ich befürchtet hatte.

Jenny, Claudia und Susi nahmen mich in ihr Zimmer auf und es stellte sich heraus, dass wir uns gar nicht so sehr hassten, wie wir das bisherige Schuljahr über angenommen hatten. Es war sogar ziemlich lustig mit ihnen. Am Donnerstagabend nahmen sie mich mit, als sie sich hoch ins Jungenzimmer schleichen wollten.

„Wir wissen jetzt, dass du cool bist", sagte Jenny mit Nachdruck. „Also keine Widerrede."

Irgendwie schien *Coolness* gleichbedeutend mit *Regelbrecher* zu sein, aber ich begleitete sie. Ich hatte eh nichts zu verlieren. Meine Noten waren gut und bisher war ich nicht negativ aufgefallen; selbst wenn wir erwischt werden sollten, konnte man mir nichts anhaben.

Sie gesellten sich ausgerechnet in das Zimmer der Beliebten. Das bedeutete, dass mein Bruder auch dabei war. Als er mich entdeckte, staunte er nicht schlecht, sagte aber auch nichts weiter dazu.

Überraschenderweise klopfte er sogar neben sich aufs Bett um mir zu bedeuten, dass ich Willkommen war.

Ich nahm sein Angebot gern an. Kurz darauf gesellte sich sein Kumpel Kai auch zu uns.

Er war letztes Jahr sitzengeblieben, hatte sich aber sofort mit Lothar angefreundet, was meiner Mutter immer schon ein Dorn im Auge gewesen war. Sie sagte zwar nie, warum sie dieser Auffassung war, aber ich glaubte es lag an Kais streng katholischen Eltern.

Im Grunde genommen war es ein Witz meiner Familie.

Die Silbersteins waren – von meinem Zwillingsbruder abgesehen – die tolerantesten Menschen, die ich kannte. Und ich musste es am besten wissen, ich war ja schließlich eine von ihnen. Und obwohl wir Weihnachten feierten und hin und wieder in die Kirche gingen, obwohl jeder von uns getauft war, waren Katholiken bei uns nicht hoch angesehen.

„Es liegt an ihren streng konservativen Ansichten", hatte mein Vater einmal gesagt. „Ich würde nicht behaupten, dass die Lutheraner da besser sind, aber zumindest ein bisschen. Für die Katholiken ist alles, was sie nicht verstehen oder nachvollziehen können, direkt schlecht."

Ich hatte mich bisher zu wenig damit befasst, um

mir darüber wirklich eine Meinung bilden zu können.

Während ich Kai allerdings heimlich beobachtete, musste ich eine Sache eingestehen: Dieser Katholike hier war einer der hübschen Sorte.

Er hatte braunes Haar und dunkelblaue Augen, die immer wieder blitzten, wenn er lachte. Und immer wieder ließ er seine Hand wie zufällig über mein Knie oder daran entlang streichen.

„Wie ist das eigentlich so, einen Zwilling zu haben?", fragte Jenny auf einmal und starrte meinen Bruder und mich an.

„Ziemlich nervig", antwortete Lothar grinsend. „Man muss sich nämlich alles – wirklich *alles* – teilen."

„Auch die Windeln?", rief Susi empört, was Kai zum lachen brachte.

„Wie dumm kann ein Mensch eigentlich sein?", fragte er in die Runde, und das schien irgendwie ein heimlicher Code für alle zu sein, Susi auszulachen.

Ich warf ihr einen aufmunternden Blick zu.

Kai schlug ein Spiel vor. Wahrheit oder Pflicht.

Jenny klatschte aufgeregt in die Hände, was ihr von einem Jungen namens Volker ein warnendes „Pssssssssssst!" einbrachte, und Claudia verkündete, anfangen zu wollen. Sie ließ ihren Blick durch die Runde schweifen und sah auf einmal zu meinem Bruder. „Lothar. Wahrheit oder Pflicht?"

„Wahrheit."

„Was lief da nun zwischen dir und Sabine?"

„Ach, hätte ich bloß Pflicht genommen", brummte er.

Ich starrte ihn an. „Du hattest etwas mit Sabine? Der Sabine aus unserer Klasse?"

„Wenn man den Gerüchten trauen kann, ja", johlte Jenny und bekam für ihre Lautstärke Volkers Kissen an den Kopf geworfen.

Ich starrte meinen Bruder an.

„Du musst nicht alles wissen", entgegnete er und sagte an die gesamte Gruppe: „Ich hab sie einmal geküsst. Mehr nicht."

„Aber sie ist fett!", empörte sich Andi und verzog angewidert das Gesicht.

„Deswegen blieb es ja auch nur bei einem Kuss", konterte Lothar und richtete sich etwas auf. „Hm … Volker! Wahrheit oder Pflicht?"

„Pflicht."

„Du musst einen Liebesbrief an Frau Gellert schreiben und ihn vor ihre Tür legen."

Während er noch seine Augen verdrehte, fingen die anderen schon an zu lachen. Volker krabbelte aus seinem Bett, holte einen Zettel und einen Stift und schrieb. Anschließend schlich er mit Jenny als Zeuge auf den Flur und sie kehrten nach ein paar Minuten zurück.

Sobald die Tür geschlossen war, konnte Jenny ihr

Gackern nicht mehr zurückhalten. „Ich muss unbedingt dabei sein, wenn Frau Gellert morgen aufsteht! Hahaha!"

Nachdem sie sich wieder gesetzt hatten, war Volker an der Reihe. „Kai", rief er aus, und dann sah er mich an, sodass sich meine Nackenhaare unwillkürlich aufstellten. „Wahrheit oder Pflicht?"

„Pflicht natürlich."

Die anderen Mädchen kicherten.

„Du musst Daggi küssen."

„Was?", entfuhr es mir, aber da hatte Lothar mich schon an meinen Schultern gepackt, damit ich nicht weglaufen konnte. Ich spürte, wie ich rot anlief und wäre am liebsten schreiend aus dem Zimmer gerannt, aber da beugte sich Kai schon zu mir und gab mir einen schnellen, flüchtigen Kuss auf den Mund.

Es war nicht so schrecklich, wie ich befürchtet hatte, aber es fühlte sich auch nicht annähernd so an wie Olgas Kuss.

Bei diesem Gedanken bekam ich wieder dieses unangenehme Kribbeln, als wäre jener Kuss etwas ganz besonders schlimmes gewesen, mit dem ich keine guten Gefühle verbinden durfte.

Als nächstes war Susi dran. Sie wählte Wahrheit und Kai fragte sie, ob sie schon einmal jemanden geküsst hatte.

Wir spielten noch eine ganze Weile. Nach und

nach schliefen die ersten ein, und die anderen Mädchen beschlossen irgendwann, einfach bei den Jungs zu bleiben, und weil ich nicht alleine durch die dunklen Flure schleichen wollte blieb ich ebenfalls. Lothar schnarchte schon vor sich hin, und Kai schlug vor, zusammen in seinem Bett zu schlafen.

Da ich dank diversen Familienausflügen wusste, was für ein Strampler Lothar war, wenn er schlief, blieb mir kaum eine andere Wahl.

Leise, um niemanden zu wecken, kletterten wir auf das Hochbett und legten uns hin.

Ich war unsicher, was ich tun sollte. Mir kam der Gedanke, dass es wirklich so einfach war und wir nur nebeneinander schliefen, aber da fing Kai plötzlich an, meinen Bauch zu streicheln.

Ich wartete ab.

„Gut?", fragte er flüsternd.

„Ja", antwortete ich, obwohl das nicht stimmte. Aber es war auch nicht schlecht. Es war ... okay.

Eine Weile streichelte er einfach über meinen Bauch, dann rückte er vorsichtig näher und küsste mich auf die Wange.

Mir kam der Gedanke, dass er vermutlich der schlechteste Katholik war, den es gab.

Und das bedeutete, dass ich etwas ausprobieren konnte.

Langsam drehte ich meinen Kopf zu ihm und bei

seinem nächsten Kuss berührten sich unsere Lippen.

Er hielt inne. Das war der Augenblick in dem ich begriff, das ich etwas tun musste, und ich küsste ihn zurück. Zuerst vorsichtig, aber ich bekam schnell eine gewisse Routine.

Meine Mutter würde durchdrehen, wenn sie wüsste, was gerade geschah.

Irgendwann wanderte seine Hand etwas weiter herunter und er schob sie unter den Stoff meines Pullover. Sanft streichelte er über die Haut meines Bauches.

„Darf ich?", fragte er leise.

Ich nickte und küsste ihn weiter.

Seine Hand setzte ihren Weg fort. Als er unter meinen BH fuhr, zuckte ich kurz zusammen und er hielt inne.

„Mach weiter", murmelte ich und das tat er. Mit seinen Fingern umkreiste er meine Nippel, und ich wartete ab. Ich lag da, küsste ihn und wartete auf dieses wundersame, Feuerwerk-artige Gefühl, welches ich nach Olgas Kuss verspürt hatte, aber es kam nicht.

Plötzlich zog er seine Hand zurück und drehte sich mit einem leisen Stöhnen von mir weg.

„Oh Mann, tut mir Leid. Ich – uff – das ist *extrem* peinlich."

„Was denn?", fragte ich verwirrt, und als ich zu ihm schaute bemerkte ich, wie er an seiner Hose herum fummelte. „Oh", machte ich, als mir das Problem klar wurde.

Plötzlich musste ich an meine Freunde denken. Mit einem Mal wurde mir klar, dass ich zu so etwas wie dem siebten Rad am Wagen geworden war. Sandra und Nele, Olga und Phil, Flocke und Marion ... Ich war bloß da und hatte im Grunde genommen niemanden.

Und Kai lag zumindest hier neben mir und schien nicht abgeneigt, und ich konnte endlich herausfinden, was mit mir los war. Warum ich so deprimiert nach Olgas Kuss gewesen war und so weiter.

So kam es, dass ich mich zu ihm wandte, ihn küsste und währenddessen seine Jeans öffnete.

Er grunzte und fasste sich an den Mund, ließ mich aber machen.

Während ich meine Hand in seine Unterhose schob, küssten wir uns wieder. Er hatte schon eine Erektion. Ich strich über sein Glied, was Kai dazu brachte, sich doch wieder die Hand vor den Mund zu halten, um seine Geräusche zu dämpfen, und als ich mit meiner kompletten Hand seinen Penis umfasste, zuckte er zusammen.

Ich nutzte die Gelegenheit um mir im Schein des hereinfallenden Mondlichts genauer anzusehen, was ich da eigentlich tat.

Es war nicht so, dass ich mich vor seinem *Ding*

ekelte. In gewisser Weise fand ich es sogar interessant. Auch als er kam, sich beide Hände davor hielt um seinen Samenerguss aufzuhalten, und sich netterweise dabei von mir abwandte, verspürte ich keinen Ekel. Aber eben auch keine Erregung.

Und das war im Grunde genommen die einzige Antwort, die ich brauchte.

Nach der Klassenfahrt wollte sich Kai einmal mit mir treffen.

„Sind wir jetzt eigentlich zusammen?", fragte er mich und der sonst so taffe Junge schien ziemlich schüchtern.

Es streichelte mein Ego, dass er ausgerechnet in meiner Gegenwart bescheiden wurde.

„Hm", machte ich und suchte nach den richtigen Worten. Wir spazierten durch den Georgengarten, wo sich meine Eltern vor einer sehr langen Zeit kennengelernt hatten, und setzten uns schließlich auf eine Bank.

„Ich mag dich, Daggi", fügte er hinzu. „Tut mir Leid, dass ich dich vor der Klassenfahrt ignoriert habe."

„Schon in Ordnung", sagte ich und meinte es auch so. „Ich mag dich auch, allerdings eher so als Freund, weißt du? Also, als Kumpel."

Für den Bruchteil eines Augenblicks entgleiste sein Gesicht. „Oh", gab er bedrückt von sich und atmete tief ein und aus.

„Es liegt nicht an dir", sagte ich weiter. „Das ist jetzt auch nicht nur so eine Phrase. Es liegt wirklich an mir. Ich habe nämlich etwas über mich herausgefunden. Und ehrlich gesagt bin ich dir dafür sehr dankbar. Ohne dich hätte ich das niemals herausgefunden."

„Darf ich dann wissen, was genau du mit mir herausgefunden hast?"

Ich zögerte; dann stupste er mich mit seinem Knie an. „Du kannst mir vertrauen."

„Du sagst es niemandem weiter? Ich meine, es ist nicht so, dass ich es um alles in der Welt geheim halten will, aber ich will den Zeitpunkt selbst bestimmen, wann ich es erzähle."

„Der Deal steht."

Ich atmete tief ein und aus. Und dann ließ ich mein kleines Geheimnis in die freie Welt und es fühlte sich so verdammt richtig an.

„Ich bin lesbisch."

Einen Moment lang sah Kai mich einfach nur an. Aber das Schweigen zwischen uns fühlte sich nicht falsch an. Ich konnte mir gut vorstellen, dass man eine solche Information erst einmal verdauen musste, ehe man mit ihr umgehen konnte.

Nach einer Weile lächelte er mich an, all seine Betrübnis verschwand, und in seinem Blick erkannte ich so etwas wie Anerkennung.

„Dagmar Silberstein, du bist der Wahnsinn. Und du seist zum Teufel geschickt, wenn ich nicht dein Kumpel sein darf."

Und das wurde er. Zu diesem Zeitpunkt wusste ich es zwar nicht, aber in ein paar Jahren sollte dieser katholische Junge, den meine Mutter nicht ausstehen konnte, mein allerbester Freund sein.

Nach der Klassenfahrt, die mir innerhalb meiner Klasse tatsächlich einen höheren Stand eingebracht hatte, organisierte ich wieder Freitagstreffen mit meinen tatsächlichen Freunden. Ich lud auch Olga ein, und jetzt wo ich wusste, was mit mir los war, konnte ich besser mit ihr umgehen. Es tat zwar immer noch weh, dass ihr der Kuss nichts bedeutet hatte, aber es verwirrte mich nicht mehr so wie am Anfang.

Inzwischen war mir klar geworden, dass ich vollkommen in Ordnung war.

Nachdem im Sommer 1976 die Fristenlösung endlich in Kraft trat, beschlossen wir, gemeinsam zelten zu fahren. Das Ergebnis war zwar nicht das, welches wir uns erhofft hatten, aber es war zumindest ein großer Hechtsprung in die richtige Richtung. Das nicht zu feiern hätte mehr über uns ausgesagt, als über jene, die unter allen Umständen gegen Abtreibung waren.

Wir wählten das erste Wochenende in den

Sommerferien aus. Seelisch stellte ich mich schon darauf ein, alleine in einem der vier Zelte zu schlafen, deshalb war ich mehr als überrascht, als in der ersten Nacht Marion mit ihrer Luftmatratze und ihrem Schlafsack zu mir krabbelte.

„Was machst du denn?", fragte ich. „Flocke vermisst dich sicher."

„Ach, der kann mich ja immer haben", entgegnete sie, zog hinter sich den Reißverschluss des Zeltes wieder zu und baute ihr Bettlager neben mir auf. Nachdem sie sich in ihren Schlafsack gekuschelt hatte, fügte sie hinzu: „Außerdem kenne ich dich. Du hasst es, alleine in einem Zelt zu schlafen."

Ich grunzte. „Wir waren noch nie zelten, das kannst du also überhaupt nicht beurteilen."

„Daggi, ich kenne dich seit etwas mehr als zwei Jahren. Du bist praktisch meine allerbeste Freundin. Ich muss nicht mit dir zelten um dich einschätzen zu können."

Diese Erkenntnis ließ mein Herzchen ganz warm werden. Ich sah zu Marion rüber und sagte: „Du bist auch meine allerbeste Freundin."

„Gut. Dann nimmst du es mir ja nicht übel, wenn ich dir sage, dass es echt absolut nicht in Ordnung von dir war, mit einem Klassenkameraden zu schlafen." Ihr Blick war ernst, ihre Stimme eindringlich.

Dennoch musste ich auflachen. „Ich hab doch nicht mit ihm geschlafen!"

„Du hattest deine Hand an seinem Penis und er kam zum Höhepunkt. Das ist mindestens halber Sex."

„Würdest du dann auch sagen, dass ein Mädchen, welches vergewaltigt wurde, ihr erstes Mal hatte und dementsprechend entjungfert ist?"

„Das sind doch zwei völlig unterschiedliche Dinge!"

„Ich meine ja nur. Nach dieser Logik wären Sandra und Nele auch noch Jungfrauen."

„Du vergleichst schon wieder Äpfel mit Birnen", brummte Marion, und ich konnte praktisch hören, wie sie ihre Augen verdrehte. „Man ist erst dann entjungfert, wenn man mit jemandem geschlafen hat, der zählt. Und Sex bedeutet nicht immer, dass man irgendetwas irgendwo reinstecken muss."

„Na also."

„Ja, verflucht! Und deshalb hattest du mindestens halben Sex." Ihr kam ein Gedanke. „Und wahrscheinlich hast du diesen Kai entjungfert!"

Und auch bei diesem geistigen Dünnschiss musste ich lachen.

„Das ist nicht witzig", empörte sie sich.

„Doch, ziemlich. Wenn ich es nicht besser wüsste, würde ich fast annehmen, du wärst eifersüchtig."

Stille.

Dann sagte Marion mit leiser, beinahe zerbrechlicher Stimme: „Ich hab mit Flocke geschlafen."

Wieder Stille.

„Und wie war es?", fragte ich, obwohl ich mir nicht sicher war, ob ich die Antwort hören wollte.

„Ganz ehrlich? Es war schrecklich. Es tat weh und das Beste daran war, dass er viel zu schnell gekommen ist."

Ich wusste nicht was ich dazu sagen sollte. Stattdessen rollte ich mich auf meinen Rücken, verschränkte meine Arme hinter meinem Kopf und starrte nach oben.

„Ich frage mich, wie es sich wohl anfühlt", brach ich nach einer Weile das Schweigen. „Jemandem so nahe zu sein, den man wirklich liebt, meine ich."

„Hm", machte Marion. Ich glaubte schon, sie wäre eingeschlafen, als ich plötzlich ihren Schlafsack rascheln hörte. Sie rutschte näher an mich heran, und ich spürte ihr Gesicht direkt über meinem schweben.

Ich schluckte. Mein ganzer Körper fing erwartungsvoll an zu kribbeln.

„Vielleicht so", flüsterte sie, und zum ersten Mal ließ ich es nicht drauf ankommen. Ich richtete mich etwas umständlich auf und küsste sie zuerst.

Marion erwiderte meinen Kuss.

Und da war es wieder, das Feuerwerk; nur dass es dieses Mal noch viel heller leuchtete und mit einem viel lauteren Knall in mir aufging.

Herz aus Glas

Irgendwann im Laufe meiner Schulzeit hatte ich an einem Austauschprogramm teilgenommen. Zwei Wochen lang lebte ich in England bei einem Jungen, der lustigerweise genauso wie ich Thomas hieß, nur eben anders ausgesprochen, und ein halbes Jahr später lebte er zwei Wochen lang bei mir. Obwohl wir im Grunde genommen nicht viel miteinander gesprochen hatten, wurden wir enge Freunde und hielten auch noch Jahre nach unseren Abschlüssen Kontakt. Wir waren in etwa gleich alt, aber unsere Leben waren vollkommen unterschiedlich.

Während er mit seinen 25 Jahren bereits verheiratet war und in einem kleinen, aber feinen Reihenhaus in der Londoner Vorstadt wohnte, hatte ich vor zwei Jahren einen Verlag für Kinder- und Jugendbücher gegründet. Das erste Jahr war schleppend gelaufen, aber inzwischen konnte ich den Verlag gut über Wasser halten.

Er konnte zwar nicht viel mit Literatur anfangen, aber dafür verband uns unsere Leidenschaft zur Musik. Letztes Jahr hatte er mir das Debütalbum einer mir bis dahin unbekannten Band geschickt, *Nirvana*, und seitdem lief das Album in meinem Büro auf Dauerschleife.

Mein CD-Player war das erste, was ich morgens anstellte, wenn ich das Büro betrat, und das letzte, wenn ich es abends verließ. Ich liebte den kratzenden Klang, die rauchende Stimme; ich fand mich wieder in der Melancholie des Grunge.

Ich war so vertieft in die Musik und in die Durchsicht der eingetroffenen Manuskripte, dass ich erschrocken zusammenzuckte, als mein Coverdesigner/Marketingmann Lars König in den Türrahmen trat und klopfte.

„Alles gut, Chef", grinste er, wobei sich auf seinen Wangen Grübchen bildeten. „Ich sollte Sie um Sechs dran erinnern, Feierabend zu machen."

Ich warf einen Blick an meine Wanduhr und staunte nicht schlecht. Die Zeit verflog immer rasend schnell, wenn man vor sich eine gute Geschichte liegen hatte (und dementsprechend verlangsamte sie sich, wenn die Geschichte schlecht war).

Es wäre mir beinahe lieber gewesen, wenn mich Lars vergessen und die Geschichte mich aufgesogen hätte.

„Danke", nuschelte ich und schob den Blätterhaufen vor mir zusammen.

„Was Gutes dabei?", fragte Lars neugierig.

Ich nickte. „Denke schon. Ich komme morgen vorbei und lese den Rest."

„Morgen ist die Hochzeit, Chef."

Mist.

„Die Hochzeit geht nicht den ganzen Tag." Ich schob meinen Stuhl zurück, stand auf, und streckte mich. Ich wartete auf einen Versuch von Lars, mich positiver zu stimmen, aber der kam nicht. Vermutlich arbeitete er inzwischen lange genug für mich, um es besser zu wissen.

Er war noch mitten in seinem Marketingwissenschaftsstudium, als ich meinen Verlag gründete und dringend jemanden brauchte, der mehr Ahnung von guter Werbung hatte als ich. Zu meinem Vorteil war Lars auch besonders talentiert im designen von Covern. Nach seinem Studium stellte ich ihn als meinen ersten Mitarbeiter ein und hatte es bisher nicht bereut.

Ich zog meine Jacke an und schaltete meinen CD-Player aus.

„Also dann", seufzte ich, und spielte mit dem Gedanken, den Junggesellenabschied meines Bruders abzusagen.

Allerdings fiel mir einfach keine gute Ausrede ein.

„Es wird sicher nicht so schlimm werden", versuchte Lars mich aufzumuntern.

„Nicht so schlimm bedeutet für Lothar, dass niemand umgebracht wird", sagte ich und musste einsehen, dass ich keine andere Wahl hatte.

Er war mein Bruder. Und ob wir uns nun nahestanden oder nicht, er dachte, wir täten es, und ich war zu nett, um ihn vom Gegenteil zu überzeugen.

Es gab ein paar Dinge, die man über mich wissen musste um das Verhältnis zwischen meinem Bruder und mir zu verstehen.

Zum einen waren da unsere grundverschiedenen Persönlichkeiten. Wo ich still war, war er laut; wo ich grübelte, machte er einfach weiter als wäre nichts gewesen. Ich liebte Bücher, er hatte keine Zeit zum Lesen.

Hin und wieder half ich unserer Großmutter mit ihrer Organisation, und letztes Jahr hatte ich ihr eine Komplettrenovierung des Hauses gespendet. Sie war ja auch nicht mehr die Jüngste. Ich hoffte, durch die Sanierung würde es ihr leichter fallen, einen neuen Geschäftsführer zu finden.

Lothar hingegen tat so, als würde Luise gar nicht mehr existieren. Für ihn war sie gestorben, und immer, wenn er zu tief ins Glas geschaut hatte, riss er Witze über ihr fortschreitendes Alter und sagte, er hoffte, dass sie möglichst bald ins Grad beißen würde.

Den Großteil meiner Kindheit hatte er mich ignoriert. Erst vor ein paar Jahren hatte er plötzlich beschlossen, mich als seinen kleinen Bruder wahrzunehmen, und fortan musste ich mit ihm hin und wieder um die Häuser ziehen.

Ich wusste, dass ich ihm auch einfach sagen konnte, keine Lust zu haben. Dass es mir eigentlich ganz gut gefallen hatte, von ihm ignoriert zu werden.

Aber er war doch mein Bruder. Meine Familie. Wenn meine Oma starb, meine Eltern vielleicht tragisch bei einem Autounfall ums Leben kamen und Daggi wieder auf eine ihrer Weltreisen ging, hatte ich nur noch ihn.

Okay, das war sehr pessimistisch in die Zukunft gedacht, aber ich war zu jung, um ganz alleine auf dieser Welt zu sein.

Außerdem schaffte Lothar es als Einziger, mich auch mal vor die Tür zu ziehen. Ohne ihn würde ich ein eigenbrötlerisches Dasein pflegen.

Lange hielt ich es auf seinem Junggesellenabschied allerdings nicht aus. Seine Freunde waren die Creme de la Creme der schlechten Menschen. Säufer und Trinker; Anwälte und Ärzte, denen es nur um ihren eigenen Profit ging. Der Einzige, mit dem man sich unterhalten konnte, war Kai Schubert, aber der hatte sich in den letzten Jahren immer mehr von Lothar entfernt. Er war zwar zur morgigen Hochzeit eingeladen, aber ob er wirklich auftauchte wusste niemand so genau.

Es lag an Valentina Russo, Lothars Verlobte.

Keiner konnte nachvollziehen, warum er ausgerechnet sie heiratete. Sie war arrogant, kühl und herablassend. Nach einem Gespräch mit ihr fühlte ich mich jedes mal, als könnte ich nicht einmal bis drei zählen.

Und sie hatte etwas gegen Homosexuelle. Sie und ihre gesamte Familie, und Lothar war in Gegenwart der Russos immer ambivalent. Deshalb hatte er zugelassen, dass seine eigene Zwillingsschwester nicht zur Hochzeit eingeladen worden war, was Kai ihm viel übler nahm als Daggi selbst.

Und während ich am Samstagmorgen meinen zweitbesten Anzug anzog, um der schlimmsten Hochzeit seit es Menschen gab beizuwohnen, wurde ich das Gefühl nicht los, den Rest meiner Familie zu verraten.

Ironischerweise heirateten sie kirchlich.

Ehrlich, es gab kaum ein Paar dem ich dieses ganze Unschulds- und Ja-vor-Gott-sagen-Ding weniger abnahm. Da sie vor etwa einem Jahr in eine große Wohnung nahe des Zoos gezogen sind, fand die Trauung in der St. Elisabeth Kirche statt.

„Er hätte ja wenigstens evangelisch heiraten können", brummte meine Mutter, während sie sich von mir zur vordersten Kirchenbank auf der linken Seite führen ließ. Die rechte Seite beschlagnahmte Valentinas riesige Familie. Offensichtlich vermehrten sich die Italiener wie Kaninchen.

Ich biss mir selbst auf die Zunge wegen dieser politisch inkorrekten Aussage.

Mein Vater rutschte hinter mir auf die Bank.

„Schon komisch", nuschelte er mit Blick auf die zahlreichen Russos. „Man sollte meinen, jemandem, der nur eine Handvoll Familie hat, wäre es wichtiger, *alle* bei einem so wichtigen Anlass dabeizuhaben, als einer, die sich vermutlich nicht mal an alle Namen ihrer Cousins erinnern kann."

Meine Mutter grunzte neben mir, holte aus ihrer Handtasche einen Spiegel und warf einen Blick hinein.

„Du siehst fantastisch aus, Mama", sagte ich.

Sie machte eine wegwerfende Handbewegung. „Ist gut, Schätzchen. Wenn man schon beim Untergang des eigenen Kindes zuschauen muss, kann man dabei wenigstens umwerfend aussehen."

Eins musste man Valentina Russo wirklich lassen: Sie sah gut aus. Nicht einfach nur hübsch, sondern schön. Zumindest solange, bis man länger als fünf Minuten mit ihr verbringen musste. Sie war einer jener Menschen, deren Charakter sie unsagbar hässlich machte. Außerdem konnte ich mir gut vorstellen, dass sie ihren ganzen Tag mit Make-Up und den angesagtesten Trends verbrachte, statt ein gutes Buch zu lesen.

Böse Zungen behaupteten, Lothar würde sie nur heiraten, weil sie aus einer reichen Familie kam, aber ich fürchtete, dass die Beiden sich auf dem Level der absoluten Gleichgültigkeit anderen gegenüber und absoluter Liebe zu sich selbst begegnet waren. Und das war offensichtlich ein Geheimrezept für eine funktionierende Beziehung.

Die Feier fand im Anwesen von Valentinas Eltern statt. Sie lebten etwas außerhalb von Hannover, in einem Vorort der Superreichen, in dem sogar schon die Außenmauern des Grundstückes alarmgesichert waren. Es gab sogar einen ganzen Saal, in dem die Festlichkeit stattfinden konnte, und schon beim Eintreten wurde mir klar, dass alleine in die Tischdekoration mehr Geld hineingeflossen war, als die Miete meiner Wohnung betrug.

„Oh", machte meine Mutter auf einmal mit ihrem unheilvollen Unterton. „Es gibt Platzkarten."

Ich schaute genauer hin und stellte fest, dass sie Recht hatte. Damit wich meine Hoffnung, einen Platz bei meinen Eltern in der Nähe des Brauttisches zu ergattern.

Sie nahm meine Hand und drückte sie fest.

„Schon gut", sagte ich und schenkte ihr ein Lächeln. „Es wird sicher keinen albernen Single-Tisch geben. Geht ruhig. Wir treffen und nach dem Essen."

Es gab einen albernen Single-Tisch. Ich entdeckte ihn nach ein paar Minuten peinlichem Herumstehens in einer der hinteren Ecken. Wow.

Ich stand ein wenig verloren vor meinem Platz, betrachtete das Platzkärtchen mit meinem Namen und musste wohl etwas hilflos dreinschauen, denn ich wurde von hinten mit den Worten angesprochen: „Nein, es gibt leider keinen Ausweg."

Erschrocken machte ich auf dem Absatz kehrt und stand plötzlich Kai Schubert gegenüber.

„Kai!" Ich reichte ihm förmlich, aber glücklich, doch nicht ganz allein zu sein, meine Hand.

Kai schlug lachend ein, dann drückte er mich zur Begrüßung an sich. „Nicht immer so steif", erinnerte er mich und klatschte auf meine Schulter. Dann deutete er auf den Single-Tisch. „Dann wollen wir mal sehen, welche äußerst interessanten Bekanntschaften auf uns warten."

Die Antwort war: Gar keine.

An jedem Tisch hatten ungefähr zehn Leute Platz. Irgendwie hatten Lothar und Valentina es geschafft, genug Singles für einen Tisch aufzutreiben, so dass es theoretisch genau aufging. Aber wie das bei Theorien ja immer der Fall war, ging sie nicht immer auf.

Die meiste Zeit unterhielt ich mich mit Kai.

„Wie laufen denn deine Buchverkäufe?", fragte er interessiert. „Daggi will nochmal über ihr Manuskript schauen. Zum hundertsten Mal." Er rollte spielerisch mit den Augen.

„Ich kann mich nicht beklagen", antwortete ich. „Ich kann mir dieses Jahr sogar einen Stand auf der Frankfurter Buchmesse leisten."

Kai nickte anerkennend. „Ich finde es echt super, dass du den Verlag gegründet hast."

Wie jedes Mal, wenn ein Gespräch in diese Richtung verlief, spürte ich mein Unbehagen wachsen.

Die Meisten sahen es wie Kai. Für sie war es etwas Besonderes; so wie alles besonders war, das nicht alltäglich war. Die einen sahen zu mir auf, weil ich meinen Traum verwirklicht hatte, und die anderen sahen auf mich herab, weil sie auf mein Scheitern warteten.

Und ich saß irgendwo zwischen ihnen, umgeben von meinen Papiertürmen, und wünschte, meine Berufswahl wäre genauso episch gewesen, wie alle annahmen.

In Wahrheit war es schlicht das Einzige, mit dem ich mich wohlfühlte.

Ich war weder ein Handwerker noch ein Dienstleister. Ich war ein ungeschickter Tollpatsch, der das geschriebene Wort vergötterte, aber selbst nicht genug Talent hatte, um eigene Geschichten zu schreiben.

Kai öffnete seinen Mund, um etwas hinzuzufügen, als ich plötzlich zwei Hände spürte, die sich auf meine Schultern legten. In dem Blick meines Freundes konnte ich erkennen, dass es sich nicht um jemanden handeln konnte, den ich kannte.

Augenblicklich versteifte ich mich. In der Schule war ich übrigens stets der seltsame Typ gewesen, der alleine in einer Ecke saß, an seinem Schulbrot knabberte und ein Buch las. Und das, obwohl ich durchaus von Lothars Beliebtheit hätte profitieren können. Mir war der Kontakt zu anderen Menschen schlicht unangenehm.

Ich rutschte vor, als die Person mich wieder losließ, zu meiner Sitznachbarin sagte: „Tina, geh dir etwas zu Trinken holen" und sich auf den so frei gewordenen Platz fallenließ.

Es war eine Frau.

Genauer gesagt: eine von Valentinas in goldenen Stoff gehüllten Brautjungfern.

Erst, als Kai mir gegen mein Schienbein trat, bemerkte ich, dass ich sie anstarrte.

Sie warf ihren Kopf in Nacken, kicherte und machte eine wegwerfende Handbewegung. „Mach dir nichts draus, das passiert vielen Männern, wenn sie mich sehen." Um ihre Worte zu unterstreichen, zwinkerte sie mir zu.

Ich schluckte schwer. Bildete ich mir das nur ein oder wurde es tatsächlich immer wärmer in dem Saal?

Plötzlich streckte sie mir eine ihrer filigranen Hände entgegen. „Ich bin Dzanna." Schüchtern schlug ich ein. „Und du bist Thomas, Lothars kleinerer Bruder. Valentina hat mir von dir erzählt." In ihren klaren, blauen Augen blitzte etwas auf.

Ihr perfektes Gesicht wurde von ein paar lockeren Strähnen ihres hochgesteckten, braunen Haars umrahmt.

Wenn ich ein Manuskript las und ein Autor einen Charakter bloß als „perfekt" umschrieb, strich ich das jedes Mal an und wollte mehr; aber jetzt, nachdem ich Dzanna begegnet war, verstand ich, was all jene Autoren meinten.

Für jemanden, der einfach perfekt war, gab es keine anderen Wörter, die dem gerecht wurden.

Ich musste mich unbedingt daran erinnern, wenn ich das nächste Mal ein Manuskript durchlas.

Ich öffnete meinen Mund, um etwas zu sagen, bis mir auffiel, gar nicht recht zu wissen, was ich sagen wollte, und schloss ihn wieder. Wie ein Volltrottel.

„Und du bist wohl eine Freundin von Valentina", rettete Kai das Gespräch mit der Spur eines amüsierten Grinsens auf den Lippen.

Dzanna rutschte auf dem Stuhl hin und her, um die Aufmerksamkeit auf ihre Brüste – äh, ihr Kleid – zu lenken. „Sieht man mir das nicht an?" Sie kicherte mädchenhaft, dann machte sie mit ihrer manikürten Hand eine schweifende Handbewegung. „Wir gingen zusammen zur Schule."

„Auf die St. Ursula, wie ich hörte", sprach Kai

weiter. „Meine Eltern hatten früher auch mal darüber nachgedacht, mich auf eine Privatschule zu schicken, aber sie fürchteten, ich könnte zu einem Spießer werden."

Dzanna überging den leisen Vorwurf damenhaft. Sie legte ihren Kopf schräg und blinzelte lasziv, als sie entgegnete: „Mein Vater sammelt Oldtimer und zu meinem 18. Geburtstag schenkte er mir einen echten Bentley. Wir fahren jedes Jahr mindestens zweimal in den Urlaub und ich spreche vier Sprachen fließend. Was ist daran so schlimm, ein Spießer zu sein?"

Kai war sichtlich sprachlos. Ich auch, aber eher aus Bewunderung.

Plötzlich nahm Kai sein Glas und stand auf. „Ich gehe mal rüber zu Mark. Er ist vor ein paar Wochen zum ersten Mal Vater geworden."

Und weg war er, zusammen mit meiner einzigen Möglichkeit, ein normales Gespräch mit Dzanna zu führen.

Diese gab wieder ein Kichern von sich. Sie beugte sich vor, legte eine Hand auf meine Schulter und sagte: „Das sind doch die wahren Übeltäter unserer Gesellschaft: Die Menschen, die denken, Geld würde nicht regieren. In Wahrheit ist doch Geld alles, nicht wahr?" Sie beugte sich noch weiter zu mir, sodass der Duft ihres Parfüms in meiner Nase kitzelte. „Nicht wahr, Tom?", fügte sie hinzu und

ihre Stimme klang tiefer als vorher. Ich schluckte.
„Ich darf dich doch Tom nennen, oder?"

Ich nickte steif.

„Dzanna-Schätzchen!", rief auf einmal eine sehr aufgedrehte Valentina vom anderen Ende des Saales. Nicht auszudenken, dass sie ab heute eine beinahe-echte Silberstein war.

Dzanna rückte von mir weg. Sie schenkte mir ein letztes Lächeln, bevor sie sich graziös vom Stuhl erhob. Ehe sie allerdings wieder aus meinem Leben trat, beugte sie sich zu mir herunter und flüsterte mir ins Ohr: „Vielleicht sehen wir uns ja bald wieder, Tom."

Etwa Anderthalb Jahre später, im Oktober 1991, war es dann so weit: ich sah Dzanna endlich wieder.

Es war auf der Taufparty von Lothars und Valentinas erstem Sohn. Sie hatten mich und Valentinas Bruder, Luca Russo, gefragt, ob wir gemeinsam die Patenschaft für den kleinen Maximilian Matteo Silberstein übernehmen wollten, und ich hatte mich offensichtlich breitschlagen lassen. Es war nicht so, dass ich mich nicht geehrt fühlte; ich war mir nur ziemlich sicher, dass aus dem kleinen Windelhüpfer bei den Eltern nichts Gutes werden konnte. Vermutlich hatte Valentina ihn längst auf der nächsten Privatschule angemeldet, wo er mit 7 Jahren seinen ersten Joint rauchen und dann mit 13 selbst dealen würde.

An jenem, schicksalhaften Tag, den wir in der St. Elisabeth Kirche begannen, glaubte ich beinahe, einem Engel zu begegnen.

Natürlich war es lediglich Dzanna. Sie stand nach dem Gottesdienst vor der Kanzel und unterhielt sich mit Valentina, die ihren Sohn in seinem albernen, weißen Taufkleid im Arm hielt.

Dzannas braunes Haar war von hellen Strähnen durchzogen und ihr Gesicht war so perfekt geschminkt, dass ich mich fragte, ob sich Leonardo da Vinci vielleicht höchstselbst daran zu schaffen gemacht hatte.

Meine Mutter strich mir über die Schulter. „Erinnere mich daran, dass wir dir einen neuen Anzug besorgen", hörte ich sie wie durch Watte sagen. „Der hier ist ja schon mindestens sechs Jahre alt."

„Was?", fragte ich nach, als *sie* ausgerechnet jetzt ihr Gesicht in meine Richtung wandte.

Schüchtern hob ich meine Hand ; unsicher, was als nächstes passieren würde.

Aber statt zu lächeln, hob Dzanna bloß fragend eine ihrer gezupften Augenbrauen, als wüsste sie nicht mehr, wer ich war.

Ein kleines bisschen verlor meine Welt in diesem Moment an Farbe.

„Ich sagte, wir müssen dir einen neuen Anzug

besorgen", wiederholte meine Mutter. „Wäre dein Vater heute hier und nicht – äh – auf seiner Dienstreise – würde er sich sicherlich nicht einmal mit dir fotografieren lassen wollen."

Unter anderen Umständen hätte ich ihr gesagt, dass das Schwachsinn war, aber ich hatte nur Augen für Dzanna und wie Valentina sich zu ihr lehnte, ihr etwas zuflüsterte und der Engel – mein Engel – daraufhin lachte.

Und dann passierte es: Valentina warf mir einen bedeutungsschweren Blick zu, dann entfernte sie sich, und Dzanna sah zu mir.

Jeder von uns kam einmal in seinem Leben an einem Punkt in seinem Leben an, an dem man sich entscheiden musste, in welche Richtung man gehen wollte.

Lothar war zum ersten Mal Vater geworden. Er hatte geheiratet, wohnte in einem großen, wunderschönen Haus und verdiente gut genug, um Valentina das Leben zu ermöglichen, welches sie gewohnt war.

Daggi war seit ein paar Monaten wieder mit Marion zusammen und unsere Großmutter Luise hatte ihr im Sommer ganz offiziell die Leitung der *Frauenhilfe* gegeben.

Ihre Leben gingen weiter, sie kamen voran, und ich war mir ziemlich sicher, dass meine Schwester jetzt nach der Wende einen Weg finden würde, homosexuellen Paaren eine Adoption zu ermöglichen. Sie war einer dieser Menschen, bei denen man schon in ihrer Jugend wusste, dass sie einen tiefen Abdruck in dieser Welt hinterlassen würde; genauso wie unsere Oma.

Und ich?

Ich war der 26-Jährige Verlagsinhaber, der nächsten Monat zum Unternehmer des Jahres in Niedersachsen geehrt werden sollte und schaffte es gleichzeitig noch nicht einmal, eine Frau herumzukriegen.

Meine Erfolgschancen auf eine Familie waren gering.

Aber das konnte *ich* ändern. *Ich* konnte der Schmied meines eigenen Glückes sein, wenn ich jetzt richtig abbog; oder, wie in meinem Fall, vorwärts trat.

„Bin gleich wieder da", nuschelte ich meiner Mutter zu und ehe ich es mir noch einmal anders überlegen konnte, ging ich zu Dzanna. Ich hoffte, möglichst gelassen zu wirken, fühlte mich aber wie ein Depp, der lief, als hätte er einen Stock im Hintern stecken.

Als ich näherkam, zogen sich Dzannas Mundwinkel zu einem strahlenden Lächeln empor. „Tom!"

Mir fiel ein Stein vom Herzen. Sie hatte mich also nicht vergessen. Großmutter Luise hatte

Unrecht, es musste doch einen Gott geben!

„Dzanna", sagte ich und merkte, dass ich einen Kloß im Hals hatte. Peinlich berührt räusperte ich mich und reichte ihr meine Hand: „Schön, dich wiederzusehen."

Sie schlug galant ein. „Das kann ich nur zurückgeben. Wie geht es dir? Wie läuft der Verlag?"

„Sehr gut", antwortete ich, und unter normalen Umständen hätte ich es dabei belassen, aber ich *musste* diese Chance einfach nutzen. Wenn ich sie wiedersah, war sie sonst vielleicht nicht mehr alleine.

Also tat ich etwas, von dem ich niemals gedacht hätte, es zu tun: ich prahlte ganz so, wie es auch Lothar getan hätte.

„Genau genommen läuft der Verlag so gut, dass ich im November zum Unternehmer des Jahres geehrt werde."

Ihre blauen Augen wurden ganz groß. „Nicht dein Ernst! Glückwunsch! Dann spielst du ja bald in der Liga der ganz Großen mit!"

Das glaubte ich zwar nicht, verneinte es allerdings auch nicht.

„Dzanna", rief da plötzlich Luca. „Wir wollen los. Kommst du?"

Es sollte noch ein Kaffeetrinken im Anwesen der Russos geben. Meine Mutter und ich wollten auch hinfahren. Doch obwohl ich wusste, sie gleich wiederzusehen, hatte ich das Gefühl, wenn ich jetzt nicht aus mir herauskam, würde es zu spät sein.

„Bis gleich, Tom", sagte sie und wollte sich schon von mir abwenden, als die Worte nur so aus mir heraus purzelten: „Möchtest du mich vielleicht zur Ehrung begleiten? Also, im November. Zum Unternehmer des Jahres."

Wobei sich der komplette Satz vermutlich dank meiner Nervosität wie ein einziges Wort anhörte.

Sie sah mich überrascht an. Blinzelte mit ihren langen, vollen Wimpern. Dann, nach einer quälend langen, halben Minute – ja, ich hatte die Sekunden gezählt – nickte sie. „Aber unter einer Bedingung", flötete sie.

Ich nickte stürmisch. „Alles!"

„Es ist ein offizielles Date."

Ich glaubte, noch nie in meinem Leben so glücklich gewesen zu sein.

Eigentlich hatte ich Lars als meine *Plus 1* mitnehmen wollen, aber als er am nächsten Montag hörte, dass ich mir eine echte Frau als Date eingefangen hatte, lehnte er dankbar ab.

„Meine Freundin hat mich schon ausgelacht", witzelte er. „Sie meinte, wenn das so weiterginge, könnte man fast glauben, wir wären nicht nur ein Arbeitsehepaar."

„Arbeitsehepaar?"

„Jep, Chef. Viele haben auf der Arbeit eine Arbeitsehefrau oder einen Arbeitsehemann. Das ist vollkommen platonisch und super okay, und wir sind eben ein gleichgeschlechtliches Arbeitsehepaar."

„Aha." Ich nickte, während ich über ein Exposé flog. „Das klingt plausibel."

„Ach, übrigens, ehe ich es vergesse. Mit der Ehrung winkt uns ja eine große Subvention entgegen. Wie wäre es, wenn wir dieses Jahr als Weihnachtsfeier mit unseren Mitarbeitern in den Luisenhof gehen?"

Ich schaute vom Papier auf und sah meinen langjährigen Freund und Mitarbeiter an. „Weihnachtsfeier ... Darüber habe ich noch gar nicht nachgedacht. Ich verstehe das Prinzip dieser Arbeitsehe. Deine Idee klingt gut."

„Ich weiß!", lachte er. „Ich sage gleich Frau Dück Bescheid, damit sie einen Tisch reserviert und Einladungen verteilt."

Am Abend vor der Ehrung holte ich Dzanna mit einer gemieteten Limousine ab.

Als sie in einem bodenlangen, nachtblauen Kleid aus der Tür ihres Hauses trat, stockte mir der Atem. Noch nie war ich einer schöneren Frau begegnet. Und noch nie war ich derjenige gewesen, der eine so wunderschöne Frau ausführen durfte.

Ich reichte ihr meine Hand und geleitete sie zum Wagen.

„Uh, was für ein Gentleman!"

„Man tut, was man kann", entgegnete ich und in diesem Augenblick, das schwor ich, hätte mich kein Unglück dieser Welt herunterziehen können.

Der Abend war perfekt. Die formelle Ehrung war ein Highlight meiner bisherigen Karriere, das musste ich zugeben. Fremde Leute klatschten für mich, als ich auf die Bühne kam, um ein paar Worte zu sagen. Und weil ich so nervös war und den Zettel mit meiner vorbereiteten Rede beinahe fallenließ, schaute ich nur zu Dzanna, die mit erröteten Wangen aufgeregt zu mir aufsah und so stolz wirkte, als würde sie mich schon seit Jahren zu solchen Anlässen begleiten.

Sie bewegte sich viel ruhiger zwischen all diesen wichtigen Menschen als ich. Einige von ihnen begrüßten sie sogar und unterhielten sich mit ihr. Ihr Vater, ebenfalls ein erfolgreicher Unternehmer, hatte vor seinem tödlichen Schlaganfall viel Eindruck gemacht.

Sie war mein Ruhepool an diesem Ort mit all den Menschen, deren Sprache ich nicht immer zu verstehen schien.

Später, nachdem der offizielle Teil beendet war, tanzten wir. Voneinander entfernt bei den schnelleren Stücken, nah beieinander bei den langsamen. Und irgendwann, als sich der Saal beinahe vollständig geleert hatte und wir die Letzten auf der Tanzfläche waren, küssten wir uns.

„Mir fehlen Märchen in meinem Verlagsprogramm", nuschelte ich, als sich unsere Lippen wieder voneinander verabschiedeten.

„Was?", lachte sie verständnislos.

„Märchen", wiederholte ich. „Ich muss unbedingt moderne Märchen verkaufen."

Daggi und ich hatten eine Tradition. Jedes Jahr am 1. Advent gingen wir gemeinsam essen. Nur wir beide. Bevor er Valentina kennengelernt hatte, war Lothar immer dabei gewesen, aber dann … Na ja, den Rest konnte man sich vermutlich denken.

„Mein Jahreshighlight sind immer noch die 47 Frauen von Riad", sinnierte Daggi, während sie ihre Pizza aß.

Ich lachte auf. „Und ich dachte, es wäre die Tatsache, dass du wieder mit deiner Jugendliebe zusammen bist."

Bei dem Gedanken an Marion leuchteten ihre Augen unwillkürlich auf. „Ach, im Grunde genommen war das doch klar. Wir haben uns letztes Jahr nicht getrennt, weil wir uns nicht mehr liebten, sondern weil sie ja unbedingt nach Kuwait musste."

Obwohl sie so tat, als würde es ihr nicht viel bedeuten, war ihr deutlich anzusehen, wie sehr es sie doch immer noch verletzte.

Ich konnte mich noch gut an den Abend erinnern. Daggi hatte unangekündigt bei mir geklingelt, hatte sich in mein Bett geschmissen und mit Blick an die Decke verkündet, dass Marion vorhatte, den Zivilisten zu helfen, die vom zweiten Golfkrieg betroffen waren.

„Ehrlich gesagt hat es mich überrascht, dass du sie nicht begleitet hast."

Sie schob ein Stückchen Pizza über ihren Teller, ehe sie antwortete. „Sie hat mich gefragt, ob ich mitkomme, und ich habe auch kurz darüber nachgedacht, aber dann … Mir ist klar geworden, dass wir keine Superhelden sind. Wir können niemanden retten, der nicht gerettet werden will, und schon gar nicht die ganze Welt."

„Wer bist du und was hast du mit meiner Schwester angestellt?", witzelte ich, obwohl mir die Ernsthaftigkeit schmerzhaft bewusst war.

Zur Antwort streckte sie mir ihre Zunge entgegen. „Aber nun sag selbst. Mama hat gesagt, du warst mit einem Date bei dieser Unternehmer-Ehrung? Ich hab 50€ an Kai verloren, weil ich gewettet habe, dass du mit Lars hingehen würdest."

Ich sagte ihr besser nicht, dass sie damit fast

richtig gelegen hätte. „Ähm – ja, ich war mit einer Frau da."

Sie machte große Augen. „Mit einer Echten?"

„Nee, mit einer Gummipuppe." Ich rollte gespielt genervt mit den Augen. „Sie heißt Dzanna und wir sind sozusagen zusammen."

Den letzten Satz verschluckte ich beinahe.

„Wahnsinn!", quiekte Daggi aufgeregt. „Mein kleiner Bruder wird endlich erwachsen! Woher kennst du sie?"

„Von der Hochzeit", antwortete ich ein wenig kleinlaut. „Sie war eine von Valentinas Brautjungfern."

Sie versuchte zwar, es sich nicht anmerken zu lassen, aber bei der Erwähnung der Hochzeit bekam Daggis Gesicht ein paar Risse. Sie zeigte nur ungern ihre verletzliche Seite. Und die Tatsache, dass ihr eigener Zwillingsbruder sie mehr und mehr verstoß, bloß weil sie Frauen liebte, setzte ihr mehr zu, als sie jemals zugeben würde.

„So so", meinte sie, und dann wechselte sie gekonnt das Thema. Sie erzählte von Oma Luise, die es nicht lassen konnte, jeden Tag bei der *Frauenhilfe* nach dem Rechten zu sehen, und das sie darüber nachdachte, Kai als zweiten Geschäftsführer einzustellen. „Er ist sowieso immer da", sagte sie. „Ich würde seine Arbeit damit nur so ehren, wie er es verdient hat."

Dzanna flog am 18. Dezember mit ihrer Familie auf die Malediven, weshalb wir uns einen Tag vorher das letzte Mal sahen. Zugegeben, ich hatte gehofft, wir würden endlich miteinander schlafen, immerhin würden wir uns erst nächstes Jahr wiedersehen, aber ich wollte sie auch zu nichts drängen.

Sie schenkte mir eine teure Krawatte in verschiedenen Grautönen. „Ich habe ein Kleid, das perfekt zu der Krawatte passt", sagte sie und zwinkerte mir verführerisch zu. „Für die nächste Ehrung."

Ich schenkte ihr eine Kette mit einem Herz-Anhänger, der in der Mitte einen echten Diamanten beherbergte.

„Das ist viel zu großzügig, Tom!", sagte sie und wollte mir die nachtblaue Schatulle mit der Kette zurückgeben.

„Nein", entgegnete ich energisch und schob sie zurück. „Ich möchte, dass du eines weißt: Ganz egal, wo du hinfliegst, ein Teil meines Herzens kommt mit dir mit."

„Oh Tom", seufzte sie. „Du bist wirklich ein guter Mann."

Unsere Blicke trafen sich. Für den Bruchteil einer Sekunde glaubte ich, einen Schatten über ihren sonst so strahlenden Augen zu erkennen, aber er war so schnell wieder verschwunden, dass ich ihn mir vermutlich nur eingebildet hatte.

Ich hielt nicht viel von Aussagen wie „Das wird mein Jahr!" am 1. Januar. Man sollte den Tag doch nicht vor dem Abend loben, warum bildete man sich dann ein, man könnte das mit einem ganzen Jahr machen? Vielmehr sollten wir uns am Neujahrstag auf die nächsten 365 Tage gefasst machen. Dann zogen uns die Niederschläge vielleicht auch gar nicht so sehr herunter, weil man ja nicht „das Beste" erwartet hatte.

Mitte Dezember erlaubte ich mir dann doch zu sagen, dass es *mein* Jahr gewesen war.

Mein Verlag wurde größer. Ich konnte mir mehrere Mitarbeiter leisten. Eine Weihnachtsfeier für sie organisieren. Ich konnte der *Frauenhilfe* einen großen Scheck ausstellen.

Und ich hatte Dzanna. Sie war zwar nicht meine erste feste Freundin; aber die Erste, die zählte. Ich wollte sie nächstes Jahr unbedingt meiner Familie vorstellen.

Am ersten Weihnachtsfeiertag veranstalteten meine Eltern ein Familienessen. Lothar kam mit Max, aber Valentina weigerte sich wie immer, mit Daggi und Marion an einem Tisch zu sitzen. Was mich sehr überraschte, war die Tatsache, dass sich mein Bruder ganz bewusst neben Oma Luise setzte und ihr seinen Sohn sogar anvertraute.

Er würde sich niemals bei ihr entschuldigen. Und sie sich auch nicht bei ihm. Aber das der kleine Max auf dem Schoß seiner Urgroßmutter sitzen durfte, war mindestens ein genauso großes Weihnachtswunder wie die Geburt Jesu vor fast 2000 Jahren.

Mein Vater saß wie immer am Kopfende des Tisches und meine Mutter ihm gegenüber auf der anderen Seite. Er sah abgekämpft aus, mager, aber in dieser Zeit des Jahres waren wir doch alle krank. Ich wunderte mich mehr über die Tatsache, dass es dieses Jahr bloß Raclette gab.

Versteht mich nicht falsch, ich war dankbar für jede Mahlzeit, aber sonst zauberte meiner Mutter an Weihnachten immer mindestens ein 5-Gänge-Menü.

Während Marion meiner Mutter von ihrer Zeit in Kuwait berichtete, Daggi Lothar mit seinen ersten grauen Haaren aufzog und mein Vater über Max lachte, der wie ein winziger Charmeur Luise um seinen winzigen Finger wickelte, dachte ich darüber nach, wie viel Glück ich hatte.

Und dann zog dieser Augenblick an mir vorbei, glitt aus meinen Händen, und die plötzliche Stille wurde von meiner Mutter unterbrochen, die mit einem besorgten Blick zu ihrem Ehemann sagte: „Wir müssen euch etwas sagen."

Die ausgelassene Stimmung verflog. Noch nicht einmal Max brabbelte noch fröhlich vor sich hin.

Mein Vater räusperte sich. Er lächelte, aber es erreichte seine Augen nicht ganz. Aber ich erkannte in ihnen die Liebe wieder, die er für meine Mutter empfand, als er nickte.

„Die Ärzte haben bei mir Krebs festgestellt. Denselben, den auch mein Vater hatte."

„An dem er gestorben ist?", rief Daggi, ihre Stimme unnatürlich hoch. Ich sah, wie Marion neben ihr eine Hand nach ihr ausstreckte und auf ihren Schoß legte.

Lothar nahm Luise das Kind ab, die daraufhin aufstand, ihren Sohn an sich drückte, und anschließend das Esszimmer verließ.

Mein Vater nickte. „Ja. Aber die Ärzte sind guter Hoffnungen. Damals war Krebs zwar noch ein Todesurteil, aber die Forschung ist fortgeschrittener."

„Deswegen war er nicht bei der Tauffeier", fügte meine Mutter entschuldigend hinzu und sah Lothar an. „Er war nicht auf einer Dienstreise, sondern hatte seine erste Chemotherapie."

Dieser nickte; hielt sich an Max fest, als wäre der Kleine eine Art Rettungsring.

Erst jetzt realisierte ich, was er überhaupt gesagt hatte.

Mein Vater hatte Krebs.

Der Mann, der mir Fahrradfahren beigebracht hatte. Der graue Haare bei dem Versuch bekommen hatte, mir Polynomdivisionen beizubringen. Der mir nie sagte „Ein Indianer kennt keinen Schmerz" sondern immer fragte: „Tut es so sehr weh, dass du nicht einmal mehr ein Eis essen willst?"

Nur einmal hatte ich diese Frage mit Ja beantwortet, nach einem Fahrradunfall. Da war er direkt mit mir ins Krankenhaus gefahren und es hatte sich herausgestellt, dass ich mir einen Splitterbruch im linken Arm zugezogen hatte.

Und ausgerechnet dieser Mann, der mir immer so stark wie ein Fels vorgekommen war, hatte Krebs.

Und da begriff ich: Nur weil ein Jahr 11 Monate und 3 Wochen gut lief, musste es nicht das Beste Jahr überhaupt werden.

Ich hatte mich zu früh gefreut.

Das nächste Jahr fing dementsprechend bescheiden an. Meine Mutter hielt zwar an ihren ehelichen Pflichten fest, aber wir Kinder beschlossen, sie ein wenig zu unterstützen und begleiteten unseren Vater abwechselnd zur Chemo. Sogar Lothar machte es so oft es eben ging möglich.

Wenn ich mit meinem Vater alleine war, wollte er immer wissen, wie es mit Dzanna lief. Er sagte, ich sollte unbedingt einmal mit ihr in den Georgengarten gehen; der Ort hätte unserer Familie schon oft genug Glück gebracht.

Eines Abends, als Dzanna mich Anfang Februar besuchte und für mich in meiner Küche kochte, sagte sie: „Du siehst sehr gestresst aus. Weißt du, was dir helfen würde? Eine Auszeit."
„Ich kann mir keine Auszeit nehmen."
„Ach Quatsch. Ich rede ja nicht von einem halben Jahr, sondern nur von ein paar Tagen. Wir könnten übers Wochenende nach Amsterdam fahren."
Überrascht schaute ich auf. „Wir?"
Sie lächelte schüchtern, während sie die Sauce umrührte. „Ich dachte nur, dass es doch ganz nett wäre ..."
Ich stand auf, stellte mich hinter sie, und schlang meine Arme um sie. Ich atmete ihren Duft ein, vermischt mit der Tomatensauce, und als ich meine Augen kurzzeitig schloss, konnte ich es bildhaft vor mir sehen. Dzanna und ich, in ein paar Jahren, wie wir in einer modernen Küche standen, während sie das Essen für unsere Familie kochte. Denn wir würden ganz sicher Kinder haben. Mindestens zwei.
Und meine Eltern würden uns besuchen kommen, und mein Verlag wäre noch größer, und alles war genau so, wie es sein musste.
„Amsterdam sagst du? Das klingt perfekt."

Es war noch viel besser als *perfekt*. Amsterdam war schön, aber nichts im Vergleich zu Dzanna, aber das konnte man vermutlich nicht vergleichen ... Wie auch immer. Im Hotel hielt man uns für ein junges Ehepaar, und keiner von uns wollte das Personal verbessern, also lachten wir bloß darüber und bezogen das Zimmer.

Ich würde gern behaupten, dass ich viel von der Stadt gesehen hatte, aber das stimmte nicht. Dzanna und ich besuchten am Tag unserer Anreise das Anne-Frank-Haus, was mich irgendwie traurig stimmte.

„Was hast du?", fragte sie flötend und harkte sich bei mir unter.

Ich betrachtete die alten Fotografien. „Mein Großvater war auch ein Jude."

„Oh! Wirklich? Das hast du mir noch gar nicht erzählt."

„Es hat mich auch ehrlich gesagt nicht sonderlich interessiert. Daggi hat früher mal einen Judenstern getragen, aber sie hat sich immer schon mehr mit der Geschichte unserer Familie identifiziert als ich." Ich stolperte ein wenig über meine Worte. „Ich meine, ich identifiziere mich auch und ich bin ein stolzer Silberstein, bla bla, aber ich hab nie darüber nachgedacht, was es bedeutet haben musste, ein Jude zu sein." Unwillkürlich dachte ich an meine Großmutter. „Oder was es bedeutete, einen Juden zu lieben."

Dzanna zuckte unbekümmert mit ihren Schultern. „Vielleicht kannte dein Großvater ja Anne Frank. Das wäre echt interessant, findest du nicht? Schade, dass wir ihn nicht mehr fragen können."

Erst in diesem Moment wurde mir klar, dass ich nicht einmal wusste, in welchem Konzentrationslager mein Großvater überhaupt gewesen war.

Anschließend gingen wir in einem noblen Restaurant essen. Wir bestellten Hummer – Dzanna lachte mich aus, weil ich so etwas noch nie gegessen hatte – und bestellten einen Wein, von dem der Kellner geschwärmt hatte – okay, eigentlich bestellte Dzanna ihn, weil sie den exotischen Namen aussprechen konnte.

Danach spazierten wir Händchen haltend durch die Stadt. Sie erzählte mir von ihrer Kindheit und wie sie in dem großen Familienhaus immer alleine gespielt hatte. Ich fand das irgendwie traurig, traute mich aber auch nicht, das zu sagen, weil sie selbst bei der Erinnerung nicht traurig wirkte. Stattdessen erzählte ich ihr von meiner Kindheit und wie Lothar, Daggi und ich uns immer auf Kissen gesetzt hatten und die Treppe herunter gerutscht waren.

Als wir unser Hotelzimmer erreichten, war ich

mir sicher, dass wir uns das große Bett zwar teilen würden, aber mehr auch nicht. Sie verschwand ins Bad und ich kuschelte mich schon unter die Decke, nahm mein Buch und las weiter. Ich hatte gerade die Stelle erreicht, als die Ermittler eine brandheiße Spur entdeckten, als die Tür wieder aufging und Dzanna im Rahmen stand.

Die perfekte Dzanna, die nur noch ein schwarzes Negligee und den schwarzen Hauch einer Unterhose trug.

Mir fiel das Buch aus der Hand.

Und den Rest des Wochenendes kam ich auch nicht mehr dazu, es aufzuheben.

Im März ging es mit meinem Vater allmählich wieder aufwärts. Die Chemotherapie schlug an und die Ärzte prophezeiten ihm eine baldige Genesung. Endlich besuchte auch Oma Luise ihn wieder. Es hatte sich herausgestellt, dass meine sonst so taffe und selbstsichere Großmutter den Gedanken nicht ertragen konnte, ihren Sohn zu verlieren. Ich glaubte, das ging allen Müttern so (außer vielleicht Valentina, aber ich stellte auch noch immer in Frage, ob sie überhaupt ein echter Mensch war).

Am selben Tag, als Hans-Dietrich Genscher nach 18 Jahren aus Altersgründen aus seinem Amt zurücktrat, gab es im Haus der *Frauenhilfe* etwas zu feiern. Daggi hatte Kai offiziell als ihren zweiten

Geschäftspartner eingeführt. Es gab ein großes Kinderfest, das viele Sponsoren anlockte, und ich hatte Luise noch nie zuvor so stolz erlebt wie in diesem Moment. Sogar mein Vater schaffte es, für ein paar Stunden vorbeizuschauen. Nur Lothar ließ sich nicht blicken.

Nun, man konnte bekanntlich nicht alles haben.

Außerdem gab es noch etwas zu Feiern: ich hatte Dzanna dazu überredet, mich zur Party zu begleiten. Sie trug ein hellblaues Sommerkleid, eine weiße Strickjacke und einen weißen Sommerhut, und obwohl sie versuchte, nicht aufzufallen, wirkte sie wie ein Flamingo zwischen weißen Schafen.

Es war allerdings auch gut möglich, dass ich mit dieser Einschätzung alleine dastand.

Sie unterhielt sich gerade mit einer jungen Mutter, die hier Schutz vor ihrem gewalttätigen Mann suchte, als sich Daggi neben mich auf eine Bank setzte.

„Du hast mir gar nicht gesagt, dass sie die Tochter von diesem Attila Varga ist", platzte sie heraus.

Ich schluckte. Es war klar, dass sie es früher oder später herausfinden würde. Ich hatte nur auf *sehr viel später* gehofft.

„Du weißt doch noch, wie viel Stress Oma Luise mit diesem Immobilienhai hatte, weil er alles hier abreißen wollte", erinnerte sie mich mit einem scharfen Unterton.

„Das ist doch schon Jahre her", entgegnete ich matt. „Außerdem war er ganz offensichtlich nicht sehr erfolgreich. Und woher weißt du das überhaupt?"

„Marion hat gedacht, sie will etwas spenden, und hat nach ihrem Nachnamen gefragt."

Ich stöhnte. Mit so etwas hätte ich wohl rechnen müssen.

„Weißt du, vielleicht irre ich mich, aber ich traue ihr nicht."

Ich stellte mich dumm. „Wem? Marion? Wieso bist du dann mit ihr zusammen?"

Zur Antwort schlug mir meine Schwester gegen mein Bein. „Ich rede von Dzanna! Der Apfel fällt nicht weit vom Stamm und ihr Vater war ein hinterlistiges Arschloch."

„So? Wenn der Apfel nicht weit vom Stamm fällt, wo ist dann Lothar?"

„Nun, Ausnahmen bestätigen die Regel -"

„Dann kann Dzanna ja auch die Ausnahme sein." Ich stand auf und wollte zu meiner Freundin gehe, drehte mich vorher aber ein letztes Mal zu Daggi um. „Hör mal, ich hab dich lieb", sagte ich, „aber ich liebe sie und ich bitte dich, das zu akzeptieren."

Später am Abend, als wir in meiner Wohnung waren, erzählte ich Dzanna davon.

„Ach, die blöde Kuh", rutschte es aus ihr heraus,

und sogleich warf sie mir einen entschuldigenden Blick zu. „Verzeihung, aber sie kann es sich nun wirklich nicht leisten, noch einen Bruder zu vergraulen."

An dieser Stelle hob ich verwirrt eine Augenbraue. „Was meinst du?"

„Hast du dich nie gefragt, warum sich Valentina weigert, in Dagmars Nähe zu sein?"

„Ich dachte, das wäre ... weil ... wegen -"

„Also, Valentina hat es wirklich versucht, aber bei einem gemeinsamen Abendessen, als Lothar kurz auf Toilette war, sagte Dagmar ihr, wie wenig sie von so super reichen Zicken hielt, die sich ihre Freunde auch bloß erkauften."

Ich zögerte einen Moment lang. Daggi war nie genauer auf dieses Thema eingegangen. Sie hatte es einfach so akzeptiert, wie es war, und gesagt, dass man eben nicht jeden leiden konnte. Aber ich musste auch zugeben, dass das, was Dzanna da erzählte, durchaus zu meiner Schwester passte.

Dzanna rutschte näher an mich heran und legte ihren Kopf auf meine Schulter. „Tut mir Leid, Schatz. Ich dachte, du wüsstest das."

Schatz. Schatz. Schatz.

Das Wort hallte in meinem Kopf nach.

Sie hatte mich wirklich Schatz genannt!

Gedankenverloren griff ich nach ihrer Hand und drückte sie fest. „Schon gut", sagte ich. „Ich bin froh, dass ich nun endlich die Wahrheit kenne."

Zwei Monate später flatterte eine Postkarte in meinen Briefkasten. Auf der Vorderseite war ein Storch abgebildet, der in seinem Schnabel ein Bündel hielt, aus dem ein kleiner Babyfuß hervorlugte.

Stirnrunzelnd drehte ich die Karte um und entdeckte die ordentliche, leicht schräge Handschrift von Valentina.

Lieber Thomas,
Sicher hast du eine Karte aus unserem Italien-Urlaub erwartet, aber Lothar und ich müssen Dir sagen, dass wir die Reise leider frühzeitig abbrechen mussten. Max bekommt eine kleine Schwester!
Viele liebe Grüße, auch an Dzanna,

Lothar und Valentina mit Max und der kleinen Meerjungfrau

Lächelnd hing ich die Postkarte mit einem Magneten an meinen Kühlschrank. Das war noch so etwas, was meine Beziehung zu Dzanna mit sich gebracht hatte: Valentina war viel netter zu mir. Es hatte sich sogar herausgestellt, dass sie – hauptsächlich in Briefen – nicht so kaltherzig war, wie ich immer angenommen hatte.

Das wiederum bedeutete, dass Dzanna Recht hatte, was Daggi betraf, was mich in eine kleine Zwickmühle brachte. Solange es noch ging, hielt ich mich einfach an die Devise, dass ich mit meiner Schwester nicht darüber reden musste, solange sie nicht selbst nachfragte.

Ein paar Tage später legte mir Lars eine Karte auf den Tisch. Hellblauer Umschlag, auf dem mit schwarzen Lettern *Save The Date* stand.

„Oh!", machte ich, griff nach der Karte und blickte zu meinem Freund auf, der ganz rot im Gesicht vor Nervosität geworden war.

„Die Hochzeit ist am 5. Dezember. Mary wollte unbedingt eine Winterhochzeit."

„Das ist ... toll!" Ich ließ die Karte fallen, stand auf, ging um meinen Schreibtisch herum und umarmte ihn. „Ich werde ganz bestimmt da sein. Versprochen!"

„Wir könnten zusammenziehen", fragte ich Dzanna eines Abends.

Wir saßen auf dem Sofa, trotz der sommerlichen Temperaturen draußen unter eine Decke gekuschelt, und schauten einen Film.

Sie bewegte sich ein wenig, um mich anzusehen. „Du und ich?"

„Ja, natürlich."

„Hm. Ist das nicht noch ein bisschen früh?"

Ihr Einschub fühlte sich an, als hätte sie mir nicht nur einen Korb gegeben, sondern als hätte sie den metaphorischen Korb direkt über meinen Kopf gestülpt und mich nach hinten geschubst.

„Warum sollten wir noch warten?", entgegnete ich schwach. „Ich meine, es wird doch eh darauf hinauslaufen." Ein erschreckender Gedanke kam mir. „Oder?"

Die Welt um uns herum schien still zu stehen, während ich auf eine Reaktion wartete. Mein Herz schlug schneller. Ich war mir ziemlich sicher, zu schwitzen, und verfluchte diese Decke allmählich.

Dzanna richtete sich auf. Fuhr sich durch ihr Haar, um Zeit zu schinden.

Dann sagte sie mit ihrer ruhigen, melodischen Stimme: „Ich liebe meine Freiheit, Tom."

„Ich weiß!", sagte ich hastig. „Ich meine doch nur – Ich – Ich liebe dich, Dzanna. Und ich möchte mit dir zusammen sein. Ich möchte mit dir den nächsten Schritt wagen!"

Sie sah mich mit einem Blick an, den ich nicht deuten konnte.

„Okay", sagte sie plötzlich. „Lass uns zusammenziehen."

Voller Freude sprang ich auf, griff nach ihren Händen und zog sie zu mir. Ich tanzte mit ihr durch das Wohnzimmer, sang eine Melodie, die mir meine

Mutter immer vor gesummt hatte, und irgendwann stimmte Dzanna in mein Gelächter mit ein.

Erst im Nachhinein wurde mir klar, dass Dzanna meinem Vorschlag mit einer unbestimmten Traurigkeit zugestimmt hatte.

Aber ich war zu verliebt und zu glücklich, um länger auf diesem Gedanken herumzukauen. Sie war sicher nur nervös vor diesem nächsten, großen Schritt. Ihr Unbehagen würde sich schon wieder legen.

In den nächsten Wochen beobachtete ich, wie sich jedes Mitglied meiner Familie genauso verhielt, wie ich es erwartet hatte – außer Daggi.

Lothar begleitete mich zu den Wohnungsbesichtigungen, feilschte hier und da mit den Maklern, und ergaunerte mir so ein kleines Penthouse ohne Provision. Mein Vater fuhr mich von Baumarkt zu Baumarkt und fachsimpelte mit den richtigen Leuten über die Wirkung der verschiedenen Tapeten. Meine Mutter half mir bei der Inneneinrichtung.

„Es ist wichtig, dass deine Möbel zu dir passen", sagte sie mit erhobenem Finger.

„Zu uns", verbesserte ich sie müde vom ewigen Gerenne.

„Natürlich. Aber Dzanna scheint mir eher ein ... schwarze-Ledercouch-mit-Tierfell-auf-dem-Boden-

Typ zu sein."

Ich runzelte die Stirn. „Und was bin ich dann für ein Typ?"

Sie schenkte mir ein strahlendes Lächeln – eines der Sorte, die ich während der letzten Monate viel zu selten an ihr gesehen hatte – und stolzierte zu einer großen, gemütlichen Couch aus einem hellgrauen, gemütlichen Stoff. Das Sofa lud zum sofortigen drauf-fallen ein. Ich konnte mich und meine Freunde schon bei einem gemeinsamen Filmabend mit Bier sehen.

„Wow! Du bist echt verdammt gut, Mama!"

Sie lachte und machte einen mädchenhaften Knicks. „Du darfst dich nachher mit einem Essen bei mir bedanken, Liebling."

Meine Großmutter versorgte mich mit Futter. Und sie suchte meine neue Küche aus. „Ihr jungen Leute denkt immer nur ans Aussehen", sagte sie dabei mit einem tadelnden Unterton. „Ihr habt keine Ahnung, dass es auf die Funktionen ankommt!"

Am Ende waren wir beide glücklich mit der Auswahl.

Nur Daggi hielt sich zurück. Als ich ihr am Wochenende vor dem eigentlichen Umzug die neue Wohnung zeigte, begutachtete sie die Räumlichkeiten mit einem leisen Argwohn.

„Krass, du hast sogar einen Whirlpool."

Ich machte eine wegwerfende Handbewegung. „Ach, es ist ein kleines Penthouse ..."

„Klein?", wiederholte sie verächtlich und machte auf dem Absatz kehrt, sodass ihr langes, rotes Haar um sie wehte, als würde ihr Kopf in Flammen stehen. „Was ist bloß los mit dir?"

Sie fixierte mich mit ihrem Blick, und ich fühlte mich auf merkwürdige Weise in die Enge getrieben. Unwillkürlich trat ich einen Schritt zurück, als müsste ich mich vor meiner eigenen Schwester verstecken.

Sie machte eine merkwürdige Armbewegung, als wäre sie ein Vogel, der versuchte, zu fliegen. „Du trägst teure Hemden, sogar deine Sonnenbrille ist von einer namhaften Marke, und du hast dir ein Penthouse gekauft -"

„- Gemietet -"

„Drei Bäder? Eins davon mit einem Whirlpool? Drei Schlafzimmer? Eine Bibliothek? Du hast einen verdammten Kamin in deinem Wohnzimmer!"

Wie immer, wenn sie sich aufregte, zeichneten sich rote Flecken in ihrem Dekolleté.

Früher; die Version von mir, die Dzanna noch nicht kannte, hätte an dieser Stelle den Kopf eingezogen. Ach, was redete ich da. Mein früheres Ich wäre nie in diese Situation geraten.

Aber es gab auch kein Zurück mehr. Ich wollte auch längst nicht mehr der schwache, kleine Bruder sein, den meine Schwester offensichtlich noch in mir sah.

„Das bist nicht du, Thomas!", setzte Daggi hinterher, die mein Schweigen offenbar falsch deutete.

Es war, als würde sich plötzlich ein Schalter in mir umlegen.

„Doch, Daggi", hörte ich mich sagen. War das wirklich noch ich, der da sprach? Dem diese Worte entglitten? Scheinbar ja, aber ich konnte mich auch nicht zurückhalten. „Ich führe einen überdurchschnittlich erfolgreichen Verlag. Ich kann mir dieses Penthouse leisten, genauso wie die teuren Hemden, die Markenbrillen oder – wenn ich wollte – ein neues Auto. Willst du, das ich mich dafür schäme?"

Jetzt war es Daggi, die einen Schritt zurückwich, allerdings vor Überraschung. Sie hatte nicht mit einer Zurückweisung gerechnet.

Kaum merklich schüttelte sie ihren Kopf. „Natürlich nicht, ich – Thomas, ich kenne dich."

„Tja, weißt du, ich denke, du glaubst nur, mich zu kennen. Aber du warst wohl zu beschäftigt, zu bemerken, dass ich mich verändert hab."

Ich konnte die Erkenntnis in ihren Augen sehen; den Moment, in dem sie realisierte, dass ich nicht mehr der kleine Thomas war, auf den sie aufpassen musste.

Ich hatte gedacht, dieser Moment würde sich besser anfühlen; würde unsere Beziehung in eine Ebene heben, auf der wir vielleicht mehr als Geschwister sein konnten.

Stattdessen fühlte es sich an, als würden wir uns mit Lichtgeschwindigkeit voneinander entfernen.

Und während ich so dastand, sie nickte und sagte „Das hab ich wohl tatsächlich nicht bemerkt", ehe sie an mir vorbei marschierte und das Penthouse verließ, wusste ich nicht, wer von uns beiden höher gehoben worden war – oder am Fallen war.

Für den Umzug hatte ich mir eine Woche Urlaub genommen. Während sich Lars um den Verlag kümmerte, kümmerte ich mich um all die Habseligkeiten, die sich in den letzten Jahren meines Lebens angesammelt hatten.

Während meines Studiums hatte ich in einer WG gewohnt. Erst mit meinem Master in der Tasche und der Möglichkeit, den Verlag zu gründen, hatte ich mir meine kuschelige 2-Zimmer-Wohnung genommen, die ungefähr so geräumig war wie ein Mäuseloch. Aber sie war mein Zuhause gewesen, und ich hatte mich hier immer wohlgefühlt.

Dzanna hatte immer gewitzelt, man müsste hier Platzangst haben. Vielleicht hatte ich sie deshalb gebeten, mich die Woche über alleine zu lassen. Ich wollte in Ruhe meinen Kram durchgehen.

Ich fand alte Kinderfotos von mir und meinen Geschwistern. Bilder von Geburtstagspartys und Familienfeiern, die so lange zurücklagen, dass ich mich nicht mehr an sie erinnern konnte. Aber es war alles passiert; mein 5. Geburtstag, an dem Lothar mir versehentlich eine metallene Schaufel an den Kopf geknallt hatte, genauso wie der Strandurlaub, an dem mein Vater genau den Augenblick mit seiner Kamera eingefangen hatte, als Daggi in Tränen ausgebrochen war, nachdem ich ihre mühevoll gebaute Sandburg zerstört hatte.

Geschwisterliebe.

Wie hatte ich bloß annehmen können, dass das nicht genug war? Dass das nicht gleichwertig mit jeder anderen Art der Liebe war?

Plötzlich fühlte ich mich unendlich schlecht, weil ich Daggi zurückgewiesen hatte. Ich spielte mit dem Gedanken, sie anzurufen und mich bei ihr zu entschuldigen, aber es war mitten in der Nacht und Oma Luise hatte mir beiläufig erzählt, dass jetzt im Sommer viele Sponsorenveranstaltungen stattfanden. Ich würde sie also in jeder Hinsicht mehr stören, als etwas wieder gut zu machen.

Stattdessen blieb ich zwischen meinem Chaos sitzen.

Ich griff nach einem Karton, der ganz unten in meiner Schranktür lag. Als ich den Deckel abnahm, fand ich die alten Briefe von meinem englischen

Austauschschüler wieder. Thomas.

Wie lange hatte ich ihm nicht mehr geschrieben? Ich musste mich unbedingt wieder bei ihm melden. Nach dem Umzug. Nach dem Umzug würde noch genug Zeit sein.

Zwischen den Briefen fand ich überraschenderweise das Nirvana-Album wieder, welches er mir damals geschenkt hatte.

Ein Grinsen huschte über meine Lippen. Das Lächeln der Erinnerung.

Vor meinem inneren Auge sah ich mich selbst durch meine Wohnung wirbeln, wie ich Anfang des Jahres alles versteckt hatte, was Dzanna nicht sehen sollte. Sie hatte nicht glauben sollen, ich wäre einer dieser melancholischen Kerle, die lieber ihre Nasen in Bücher steckten, als nach draußen zu gehen und zu leben.

Sprich, sie sollte nicht wissen, wer ich gewesen war, bevor ich sie kannte.

Aber war ich heute wirklich so viel anders?

Ich verstand mich selbst nicht mehr so ganz.

Getrieben von meinem schlechten Gewissen und dem Abschiedsschmerz, legte ich die CD in die Anlage ein und ließ Kurt Cobain ein letztes Mal meine trauten vier Wände mit seiner rauchigen, knarzenden Stimme füllen.

Da waren die neuen Möbel.

Und meine Sachen, die nicht einmal annähernd die neuen Möbel füllten. Wo es in meiner alten Wohnung zu voll, zu chaotisch, gewirkt hatte, war es im Penthouse zu leer, zu steril. Als meine Mutter abends nach dem Umzug mit chinesischem Essen, einem Strauß bunter Blumen und – als Einweihungsgeschenk – gerahmten Fotos unserer Familie vorbeikam, wäre ich am Liebsten in Tränen ausgebrochen.

„Wann zieht denn Dzanna ein?", wollte meine Mutter wissen. Wir saßen auf dem neuen Sofa, das sie ausgesucht hatte, und ich hätte schwören können, dass es das erste Mal war, dass ich sie mit Plastikbesteck aus einem Karton essen sah.

„Wir haben noch keinen Termin ausgemacht", antwortete ich schlicht. „Wir wollten erst einmal, dass alle Möbel stehen und ich meine Sachen eingeräumt habe. Sozusagen nach dem Motto: Zu viele Köche verderben den Brei."

„Ja, das ist eine wirklich gute Idee. Daran hätten Jürgen und ich uns damals auch halten sollen." Sie kicherte, als sie daran dachte. „Wir wollten direkt zusammenwohnen. Ach, nachdem er mir endlich seine Liebe gestanden hatte, gab es eigentlich keinen Tag mehr, den wir *nicht* mehr miteinander verbringen wollten!"

Ich beobachtete meine Mutter und musste unwillkürlich lächeln. Sie sah so wunderschön aus, wie sie dasaß und an früher dachte.

„Luise hat uns damals sehr zum Leidwesen meiner Eltern ein Zimmer in der *Frauenhilfe* gegeben", erzählte sie weiter. „Das war weniger nett gemeint als purer Eigennutz. Sie hielt unser Süßholzraspeln lediglich nicht mehr aus." Sie zwinkerte mir verschwörerisch zu.

Ich stocherte ein wenig in meinen Nudeln herum, ehe ich mich traute, meine Frage zu stellen. „Mama, hast du es jemals bereut, meinen Vater geheiratet zu haben?"

Sie sah mich lange an, ehe sie ihren Kopf schüttelte. „Nein, bereut habe ich es nie. Ganz egal, wie sehr wir uns mal gestritten haben, ich habe zu keinem Zeitpunkt darüber nachgedacht, ohne ihn zu leben. Ohne ihn leben zu wollen."

Plötzlich füllten sich ihre Augen mit Tränen.

Ich schluckte nervös; ich war noch nie ein guter Tröster gewesen. Hilfesuchend blickte ich um mich herum, aber da waren nur Möbel und Kartons und Chaos. „Ähm, ich hab leider kein Taschentuch -"

„Ach, das brauche ich auch nicht", winkte sie ab, stellte ihre Nudelbox auf ihren Schoß und strich sich mit beiden Händen über die Wangen. „Die letzten Monate waren einfach nur sehr hart. Lass uns über etwas anderes reden, ja?"

Ich nickte. „Klar."

„Erzähl mir von deinen Neuerscheinungen!", bat

sie mich, und ich war vielleicht der Typ, der nur so tat, als passte er in ein Penthouse, aber meiner Mutter konnte ich dennoch keine Bitte abschlagen. Also berichtete ich ihr von meinen letzten Manuskripten, von meinen neugewonnen Autoren, und von all den Geschichten, die ich im nächsten Halbjahr noch unter meinem Logo veröffentlichen durfte.

Und sie hörte mir zu, voll von jenem, überdurchschnittlichem Stolz, zu dem nur Mütter fähig waren.

Dzannas Besuche hielten sich in Grenzen. Die ersten Wochen nach dem Umzug blieb ich noch ruhig; ich redete mir ein, dass sie schon ihre Gründe hatte. Vermutlich brauchte sie schlicht mehr Zeit, sich an die neuen Entwicklungen zu gewöhnen.

Als sie doch endlich einmal vorbeikam und das eingerichtete Penthouse in Augenschein nahm, wirkte sie abwesend und kühl; fast so, als wäre sie überall lieber, nur nicht bei mir. Meiner Frage, wann sie denn endlich einziehen wolle, ging sie gekonnt aus dem Weg.

Aber auch das entschuldigte ich. Irgendwie schaffte ich es immer wieder, sie zu entschuldigen, selbst als sie sechs Wochen lang auf keine meiner Nachrichten reagiert hatte.

Das war es doch, was Liebe ausmachte, oder

nicht? Dass man dem anderen Raum gab, um sich zu sammeln, damit er wieder zu einem zurückkehrte.

Aber Dzanna kam nicht zurück. Stattdessen stand an einem regnerischen Tag Ende Oktober Daggi plötzlich vor meiner Tür.

Ich hatte mich seit Tagen nicht rasiert. Meine Stimmung war auch nicht viel besser. Ich fühlte mich wie ein Hund, den man auf offener Straße aus dem Auto geworfen hatte. Und wie jeder Hund würde ich trotz dessen meinem geliebten Menschen verzeihen, wenn sie doch nur zurückkäme.

„Was willst du denn hier?", brummte ich, ließ sie aber eintreten.

Zur Antwort hob sie einen Pizzakarton hoch. „Ich hab was zu essen!"

„Du hast seit knapp fünf Monaten nicht mit mir gesprochen und kommst jetzt mit Pizza vorbei?" Ich blieb im Flur stehen, sah sie abschätzig an.

Und sie begriff, dass sie mir nichts vormachen konnte. „Also schön, Mama hat sich Sorgen gemacht. Sie sagt, du isst kaum noch. Und wenn ich mich hier so umschaue, räumst du auch nicht mehr auf."

„Tja, du hast wohl gedacht, dein spießiger kleiner Bruder hätte eine Putzfrau." Genervt von ihr und hauptsächlich von mir selbst ließ ich mich ächzend auf das Sofa fallen.

„Zugegeben, ja; allerdings nicht weil ich dich für einen Spießer halte, sondern die Wohnung für zu groß. Sogar ich würde mir hier eine Putzfrau holen." Sie stellte die Pizza zwischen uns auf den Couchtisch und setzte sich mir gegenüber. Keine Ahnung, wann sie ihre Jacke ausgezogen hatte.

Sie nahm sich ein Pizzastück und aß. Während ich ihre Schmatzgeräusche hörte, überkam mich plötzlich doch der Hunger, und ich nahm mir ebenfalls ein Stück, was sie mit einem triumphalen Grinsen quittierte.

„Kai macht sich echt gut", plapperte sie drauf los. „Er war ja immer schon sehr charmant, aber durch seinen Pfarrer-Vater kriegt er sogar die Gläubigen zum Spenden. Marion hält zwar nichts davon, aber beim Weihnachtsgottesdienst sammelt die Kirche sogar extra für uns Spenden. Das ist echt gut! Wenn das so weitergeht, können wir nächstes Jahr endlich einen neuen Psychologen einstellen, damit Dr. Moll ein bisschen entlastet wird. Ehrlich, ich hab schon Angst, dass er -"

„Pastor."

„Was?"

„Kai ist Lutheraner. Sein Vater ist Pastor, nicht Pfarrer."

Sie machte eine wegwerfende Handbewegung. „Ach, wen interessiert das!"

„Wenn du darüber tratschen willst, sollte es *dich*

interessieren."

Sie warf mir einen merkwürdigen Blick zu; weder überrascht noch verletzt, sondern irgendetwas dazwischen.

Wir aßen schweigend weiter, was besonders meiner Schwester schwerfallen musste. Sie war ein Plappermaul. Keine Ahnung, wie oft sie zu Hause beim Abendessen von unseren Eltern ermahnt wurde, im Unterricht weniger zu quatschen, nachdem sich wieder einmal ein Lehrer beschwert hatte.

„Also?", brach ich irgendwann gelangweilt das Schweigen. „Warum bist du hier?"

„Brauche ich denn einen besonderen Grund, um meinen Lieblingsbruder mit Pizza zu überraschen? Und du weißt, dass du mein Lieblingsbruder bist."

Sie versuchte witzig zu sein, aber ich hatte keinen Nerv für dieses Spiel. Im Grunde genommen wollte ich nur, dass sie wieder aus meiner Wohnung verschwand, damit ich mich wieder meinem Selbstmitleid widmen konnte.

„Daggi", stöhnte ich. „Komm auf den Punkt, verdammt!"

Sie zuckte zusammen; überrascht von meinen harschen Worten. Um sich zu beruhigen, legte sie ihre Hände in ihrem Schoß übereinander.

„Na schön", gab sie endlich klein bei und ich konnte mir ein erleichtertes Ausatmen nicht verkneifen. Nach einem kurzen, inneren Ringen mit sich selbst, hob sie ihr Kinn und sah mich direkt an. „Ich will mich bei dir entschuldigen."

Ich hob meine Augenbrauen. „Wow. Das ist mir neu. Du wolltest dich nicht einmal bei mir entschuldigen, als du damals meiner Abschlussballpartnerin ein Bein gestellt hattest, wodurch sie sich den Knöchel gebrochen hatte und ich alleine zum besagten Abschlussball gehen musste."

„Zu meiner Verteidigung: Rebecca hat es wirklich verdient!"

Obwohl mir nicht danach war, musste ich halbherzig lachen. „Du hast mir nie erzählt, warum du es getan hast."

Sie zuckte mit den Schultern. „Ich kannte Rebeccas Bruder. So hab ich erfahren, dass sich ihr Freund von ihr getrennt hatte und sie nur mit dir zum Ball gehen wollte, um ihn eifersüchtig zu machen."

„Weißt du, was lustig daran ist: Ich wusste davon."

„Wieso wolltest du dann trotzdem mit ihr zum Ball gehen?" Sie schien ehrlich erschüttert.

„Sie hat mich gefragt, ob ich mit ihr zusammen hingehen will, um ihn eifersüchtig zu machen. Und seien wir ehrlich: Das war meine einzige Chance, überhaupt mit einem Date zum Ball zu gehen."

„Ach, was redest du denn da. Du hättest jede kriegen können, wenn du gefragt hättest."

„Daggi, ich war noch nie ein Frauenheld", erinnerte ich sie, ohne dabei nachtragend zu klingen. Das war ich auch nicht. Ich hatte mich schon ziemlich früh mit meinem Schicksal abgefunden. „Ich war ein pickliger Einsiedler, der Tolkiens Werke in und auswendig kannte. In alphabetischer Reihenfolge *und* nach Erscheinungsdatum."

Darüber mussten wir beide lachen.

„Okay, du hast gewonnen. Tut mir Leid, dass ich dir dein Date versaut hab."

„Du hast es ja nur gut gemeint."

Ihr Grinsen verschwand. Sie nickte, wirkte dabei allerdings niedergeschlagen. „Wir waren mal mit Oma Luise im Zoo. Du warst noch klein, hast noch im Kinderwagen gelegen, und unsere Eltern wollten einfach mal wieder einen Nachmittag für sich haben."

„Warum erzählst du mir das?", fragte ich, als sie eine kurze Pause einlegte.

„Weil es zu meiner Entschuldigung gehört", antwortete sie schlicht. „Lothar wollte unbedingt ein Eis, aber Oma Luise wollte erst zu Mittag essen, und du kennst ihn ja, wenn er etwas nicht bekommt. Er ist einfach verschwunden. Da hat Oma Luise deinen Kinderwagen an eine Seite des Löwenkäfigs geschoben und zu mir gesagt, ich muss mit dir ganz genau dort bleiben und auf dich aufpassen, während sie nach Lothar sucht. Sie war nicht lange weg, maximal ein paar Minuten, aber ich stand neben deinem Kinderwagen und hab auf dich aufgepasst. Ich hab dafür gesorgt, dass dich keiner anrührt. Und als wir uns gestritten haben, ist mir klar geworden, dass ich damit nie aufgehört habe. Ich bin neben deinem Kinderwagen stehengeblieben und hab aufgepasst, ohne zu merken, dass du längst aus dem Wagen herausgewachsen bist." Sie zuckte mit den Schultern, versuchte die Tiefe ihrer Worte zu überspielen.

Ihre Lider flatterten auf. Sie blickte vorsichtig zu mir herüber, als erwartete sie noch immer, dass ich ihre Entschuldigung nicht annehmen könnte.

Irgendwo zwischen ihrer Erzählung hatte ich ihr längst verziehen. Vermutlich sogar schon vorher, weil – seien wir mal ehrlich – sie hatte schon Recht. Dieses Penthouse passte nicht zu mir. Wenn ich nicht unbedingt Dzanna hätte beeindrucken wollen, wäre ich vermutlich noch ein paar Jahre in meiner kleinen 2-Zimmer-Bude geblieben.

Dzanna.

Der Gedanke an sie ließ mein Herz so schwer werden wie ein Stein.

„Ich sag dir was", lenkte ich mich ab und richtete mich auf dem Sofa auf. „Ich verzeihe dir."

Daggi atmete erleichtert aus. „Gott sei Dank!"

„Du bist keine gute Heidin, wenn du dich bei Gott bedankst, das weißt du schon, oder?"

Zur Antwort bewarf sie mich mit einem der Kissen, die unsere Mutter ausgesucht hatte.

„Ich bin froh, dass wir uns endlich vertragen haben", seufzte sie und lehnte sich auf dem Sofa zurück. „Ich wäre schon vor Wochen hergekommen, aber ich wollte dir erst einmal Zeit geben, die Trennung zu verarbeiten."

Eigentlich hatte ich mich am Hinterkopf kratzen wollen, aber ich hielt in der Bewegung inne und starrte meine Schwester an. „Welche Trennung?"

Sie blinzelte verwirrt. „Na, die von dir und Dzanna ..."

„Oh, ach so. Nein, da irrst du dich. Wir haben uns nicht getrennt." Und um mich zu rechtfertigen, weshalb ich ganz alleine in diesem riesigen Penthouse saß, fügte ich hinzu: „Sie hat viele schlechte Erfahrungen gemacht und braucht etwas Zeit, ehe sie hier wirklich einzieht, aber wir arbeiten daran. Wir kriegen das hin."

Daggi richtete sich wieder auf. Sie hatte wieder diesen Blick drauf, den sie immer hatte, wenn sie einer Sache auf den Grund ging, die sie noch nicht recht verstand. „Ähm ... Bist du dir da sicher?"

„Wie kann ich mir nicht sicher sein? Sie ist schließlich *meine* Freundin." Ich konnte den wütenden Unterton nicht verbergen.

Daggi hob abwehrend ihre Hände. „Es ist nur ... Ach, gar nichts. Ich hab das sicherlich falsch gedeutet. Und es ist ja auch schon spät, ich sollte langsam nach Hause." Sie wollte aufstehen und verschwinden, aber mich überkam plötzlich eine ungute Vorahnung. Als sie mit ihrer Tasche nach vorne fliehen wollte, sprang ich vom Sofa und hielt sie sanft, aber bestimmt, am Arm zurück.

„Was ist los?"

Daggi sah mich entschuldigend an. Als ich sie losließ fing sie an, mit ihren Händen zu gestikulieren, was noch nie ein gutes Zeichen gewesen war.

„Du hast im Streit gesagt, ich würde dich nicht kennen und nach ein paar Tagen dachte ich ... Dass ich dich zwar immer noch kenne, aber du dich offensichtlich sehr verändert hast. Und nach ein paar weiteren Tagen dachte ich, dass ich mich lieber mit deiner neuen Welt arrangiere, als dich zu verlieren. Also hab ich Kai gebeten, mich zu den ganzen Sponsorenveranstaltungen mitzunehmen. Da hab ich Dzanna gesehen. Zusammen mit Luca Russo, Valentinas Bruder. Sie wirkten sehr vertraut miteinander."

Noch am selben Abend fuhr ich zu Dzanna. Daggi saß neben mir auf dem Beifahrersitz. „In deinem Zustand lasse ich dich garantiert nicht alleine fahren!", hatte sie gesagt – was auch immer sie damit meinte.

„Ich werde mich nicht gegen einen Baum fahren", hatte ich aufgebracht erwidert. „Ich will nur Antworten."

„Schon klar, aber wie wir beide wissen neigen viele picklige Einsiedler zu unüberlegten Handlungen, und manche Antworten erträgt man besser zu Zweit. Außerdem mache ich mir mehr Sorgen um die Passanten, die bei dieser Geschwindigkeit gegen einen Baum geschleudert werden könnten …"

Und damit war sie in mein Auto gesprungen.

Dzanna war nicht zu Hause.

„Warum wohnt eine 27-Jährige eigentlich noch bei ihren Eltern?", fragte Daggi, nachdem der Portier uns abgewimmelt hatte und ich mich wieder auf der Straße befand.

„Hast du das Haus nicht gesehen? Es ist groß genug, um drei Großfamilien die Möglichkeit zu geben, jedem Kind ein eigenes Schlafzimmer zu geben", konterte ich brummend.

Trotz meinem miesen Bauchgefühl genoss ich das Adrenalin, welches durch meine Venen floss. Schon lange hatte ich mich nicht mehr so lebendig gefühlt.

„Wo wir gerade beim Thema sind: ich finde, die reichen Leute sollten alle verpflichtet sein,

Flüchtlinge bei sich aufzunehmen", sagte Daggi.

„Wirklich? Du willst *jetzt* eine politische Diskussion führen?"

„Ja okay, du hast Recht. Wo genau fährst du gerade hin?"

„Zufälligerweise weiß ich ganz genau, wo Luca Russo wohnt."

Einen Moment lang herrschte zwischen uns eine angespannte Stille.

Dann warf Daggi ein: „Hältst du das wirklich für eine gute Idee?"

„Nein!", antwortete ich, gefolgt von einem leicht verrückten Lachen. „Aber hier ist die Wahrheit der heutigen Nacht: Die pickligen Einsiedler von gestern werden die erfolgreichen Unternehmer von morgen, und ich lasse mir garantiert nicht von so einem Spießer wie – Oh!"

In diesem Moment fiel es mir wie Schuppen von den Augen.

Nur das es sich viel schlimmer anfühlte, als es in Büchern immer beschrieben wurde. Plötzlich fühlte sich mein Kopf leer an und meine Eingeweide taub, und im Nachhinein betrachtet hatte ich absolut keine Ahnung, wie ich es geschafft hatte, unfallfrei am Straßenrand zu parken.

Daggi fragte nicht nach. Sie saß einfach nur da und sah mich abwartend, mitfühlend an.

Ich weinte nicht. Oder zeigte eine sonstige

Emotion. Ich saß einfach nur da, starrte mein Lenkrad an und fragte mich, wie das alles so aus dem Ruder laufen konnte.

Dann, nach einer halben Ewigkeit, schaltete ich den Motor wieder ein und pendelte mich im abendlichen Straßenverkehr ein.

„Was hast du vor?", fragte Daggi vorsichtig.

„Ich werde dich jetzt nach Hause bringen", antwortete ich ruhig. „Und anschließend zu mir fahren, ein heißes Bad nehmen und ins Bett gehen, damit ich morgen ausgeruht in meinem Verlag arbeiten kann. In den letzten Wochen habe ich einiges schleifen gelassen, aber damit ist jetzt Schluss." Ich warf meiner Schwester einen tapferen Blick zu. „Versprochen."

Es war der 5. Dezember. Ich hatte mir einen neuen Anzug gekauft und war endlich wieder beim Friseur gewesen.

Und als Lars seine wunderbare Mary heiratete, verspürte ich nur einen winzig kleinen Stich.

Er hatte sein Versprechen gehalten und keinen extra Single-Tisch eingerichtet, weshalb ich ihm als Dankeschön eine Woche länger Urlaub gewährte.

Ihre Hochzeit war nicht pompös. Sie feierten in einem abgeschiedenen Gasthaus in Misburg, Lars' Heimatstadt, und die Geschenke waren alle persönlicher Natur. Die meisten Gäste kannten sich untereinander, weil keiner von beiden eine große Familie hatte, und es wurde feierliche Countrymusik gespielt.

Und während getanzt, gelacht und gesungen wurde, blieb ich an meinem Tisch sitzen, trank Sekt und wunderte mich über mein Leben.

Daggi hatte Recht. Sie hatte Dzanna mit Luca Russo zusammen gesehen. Und leider hatte sie es auch nicht falsch gedeutet, sondern viel richtiger als ich.

Einmal hatte ich nach jenem Abend mit Dzanna gesprochen. Ich war ihr zufällig über den Weg gelaufen.

(Ich hatte vor ihrem Elternhaus geparkt und einige Stunden gewartet.)

Ich hatte sie zur Rede gestellt.

Und sie hatte nicht einmal mit der Wimper gezuckt. Oder schuldbewusst ausgesehen.

Ich hatte gedacht, wir würden uns lieben. Ich war mir so sicher gewesen, dass ich mit Dzanna enden würde, dass ich so viele Kleinigkeiten nicht bemerkt hatte. Oder gar nicht erst bemerken wollte.

Dzanna war schon einmal mit Luca Russo liiert gewesen. So hatte sie Valentina überhaupt kennengelernt. Die Geschichte mit der Privatschule war erfunden gewesen. Allerdings hatte er sich von ihr getrennt, aus Gründen, die sie mir nicht erzählt hatte.

Und dann hatte sich ihr Vater mit den falschen Leuten angelegt. Er hatte alles verloren. Dann war er gestorben und hatte einen Haufen Schulden hinterlassen.

Die Familie Varga war so arm wie eine Kirchenmaus. Als sie mich bei der Hochzeit von Lothar und Valentina kennenlernte, hatte sie vorgehabt, mir mein gesamtes Vermögen zu nehmen, um ihre Familie zu retten.

Letzteres war zumindest Daggis Meinung. Dzanna hatte lediglich gesagt, dass sie jemanden brauchte, der ihr half zu überleben. Dass ich mich in sie verliebt hatte, war – wie sie es sagte – ein Kollateralschaden.

Während sie mit mir zusammen gewesen war, hatte sie wieder angefangen, sich mit Luca zu treffen. In der Woche im Sommer, als sie angeblich mit ihren Eltern auf den Malediven war, war sie tatsächlich mit ihm dort gewesen. Er hatte um ihre Hand angehalten.

Und sie hatte Ja gesagt.

„Heeey!", kreischte plötzlich jemand neben mir und riss mich so unsanft aus meinen trüben Gedanken.

Ich zuckte zusammen und warf einen mürrischen Blick zur Seite.

Auf dem Stuhl saß eine hübsche Blondine. Sie trug ein fliederfarbenes, hochgeschlossenes Kleid mit einer Schleife als Gürtel.

„Ich bin Janine!", stellte sie sich vor und streckte mir eine Hand entgegen. „Ich bin Marys Brautjungfer. Willst du tanzen?"

Mein Blick wanderte von ihrer Hand über ihren Arm bis hin zu ihrem Gesicht.

Janine hatte ein nettes Gesicht. Braune, warme Augen. Sommersprossen. Bei ihrem Lächeln bildete sich ein einzelnes Grübchen auf ihrer linken Seite.

Und dennoch schüttelte ich den Kopf und sagte mit einem zynischen Unterton: „Nein, danke. Die Geschichte kenne ich schon."

Nur ein Moment mit dir

„Du wolltest vor einer Stunde den Flieger nehmen!", beschwerte sie sich. Im Hintergrund konnte ich Franzi heulen hören. Siebenjährige konnten wirklich ... nervtötend sein.

Ich raufte mir das kahler werdende Haar. „Ich weiß, aber das Meeting dauert länger. Du weißt, wie wichtig es für die Firma ist."

„Und was wichtig für unsere Familie ist, interessiert dich wohl nicht!", zischte Valentina und legte auf.

Ich wartete, bis ich das Piepen hörte, ehe ich den Hörer der Sekretärin zurückgab.

„Is everything okay?", fragte sie mit einer so hohen Stimme, dass meine Ohren klingelten.

Ich nickte bloß. Zu mehr war ich nicht fähig. „It seems like I need a room for the night."

„Are you a member from the marketing company?"

„Yes. My name is Lothar Silberstein."

„I'll take care of it, Mister Silberstein."

„Thank you."

„You're welcome."

Die letzten Stunden hingen mir in den Knochen. Als ich mich zurück in den Konferenzsaal des Brüsseler Hotels schleppte und auf meinen Stuhl fallenließ, wohl wissend, das ich garantiert noch die nächsten zwei Stunden hier verbringen musste, ließ ich ein tiefes Stöhnen verlauten.

„Auch so fertig mit den Nerven?"

Damian Serwotka, mein Kollege, setzte sich auf seinen Platz neben mir. Er brachte den Geruch nach Zigarettenqualm mit und ich wünschte, ich hätte nicht Valentina zu Liebe mit dem Rauchen aufgehört. Eine Zigarette hätte ich gerade gut gebrauchen können.

„Hätten diese Idioten doch bloß von Anfang an dieses bescheuerte Meeting auf mehrere Tage angesetzt", brummte er weiter.

Ich nickte zustimmend. „Ich habe mir gerade ein Zimmer für die Nacht gebucht."

„Das werde ich wohl auch tun. Meine Frau bringt mich sowieso um."

Ich grunzte verächtlich. „Tja, wem sagst du das. Die Weiber wollen zwar das Geld, aber nicht die Arbeit."

„Oh ja. Und dann noch die Kinder."

„Die fressen einem die Seele aus dem Leib."

„Und wollen immer mehr und mehr und mehr … Nie kriegt eins dieser Bälger genug."

Ich deutete auf meine Kaffeetasse von heute Mittag. „Wäre da jetzt Alkohol drin, würde ich darauf anstoßen."

Es gab ein paar Dinge, die man über mich wissen musste, um mich zu verstehen: ich hatte Valentina wirklich geliebt.

Bei unserer ersten Begegnung war ich der festen Überzeugung, sie wäre die Frau meines Lebens. Je näher ich sie dann tatsächlich kennenlernte, desto mehr überzeugte sie mich davon, unter allen Umständen bei ihr zu bleiben. Und ehe ich mich versah, hatte ich ihr einen Heiratsantrag gemacht. Schlicht und einfach deshalb, weil es der nächste Schritt in meinem Leben zu sein schien.

Selbstverständlich liebte ich auch meine Kinder. Ich genoss es, Zeit mit ihnen zu verbringen. Als ich Max das Fahrrad fahren beigebracht hatte, war ich so stolz wie noch nie in meinem Leben zuvor gewesen. Und jedes Mal, wenn mich Franzi zu einer Teeparty mit ihren Puppen einlud, besorgte ich sogar noch Blumen, die ich mitbringen konnte, weil man das eben so machte. Und ein junges Mädchen sehr schnell begreifen musste, dass nur die Männer gut genug waren, die an Blumen dachten.

Ich liebte auch unser Haus mit dem Garten und die zwei Katzen, zu denen Valentina mich überredet hatte – weil Kinder niemals ohne Haustiere aufwachsen sollten – obwohl ich lieber einen Hund gehabt hätte.

Ich liebte meine Familie.

Ich war lediglich nicht mehr glücklich.

Als das Meeting endlich beendet war, fielen mir beinahe schon die Augen zu, ehe ich den Fahrstuhl erreichte. Im Endeffekt war ich mehr als erleichtert, dass ich mich gegen eine Heimreise am heutigen Abend noch entschieden hatte. Der Flug dauerte zwar keine Ewigkeit, aber wenn ich zu Hause ankam würden die Kinder bald schon wieder aufstehen und mich mit ihrem Krach vom Schlafen abhalten.

Und Schlaf brauchte ich wirklich dringend.

Damian Serwotka verabschiedete sich mit einem Handschlag von mir. Er wollte doch noch ein Taxi zum Flughafen erwischen. Dieses Weichei.

Ohne mich, dachte ich, und fühlte mich auf eine unerklärliche Weise abgehoben. Vermutlich würde mir Valentina morgen die Hölle heiß machen, aber das war mir egal; diese Entscheidung konnte ich selbst treffen.

Die Fahrstuhltüren öffneten sich. Ich stieg ein.

„Halt!", rief da eine Stimme, und in letzter Sekunde trat ich zwischen den Sensor, um die Türen vom Schließen abzuhalten.

Kurze Zeit später schlüpfte eine junge, attraktive Frau zu mir. Sie trug einen schwarzen, knielangen Taillenrock, dazu eine weiße Bluse und hatte ihr rotblondes Haar hochgesteckt.

„Danke", hauchte sie, als sich die Türen wieder schlossen.

„Kennen wir uns nicht?", fragte ich neugierig und ertappte mich selbst dabei, wie ich sie von oben bis unten musterte.

„Was hat mich verraten?", lachte sie. „Die Augenringe?" Dann reichte sie mir ihre Hand, die ich nur allzu gern entgegennahm. „Stefanie Lasarew. Ich arbeite in der Zweigstelle in Frankfurt."

„Ah! Ich hab schon viel von Ihnen gehört!", sagte ich überschwänglich, obwohl das nicht stimmte.

Sie lachte wieder. Sie hatte eine schöne Lache. Erinnerte mich irgendwie an ... Musik. Ja, so mussten die Fanfaren klingen, wenn man in den Himmel kam.

„Das haben Sie nicht, aber Sie sind zu höflich, das zu zu geben", konterte sie keck, was sie irgendwie ganz besonders attraktiv wirken ließ.

Ein Pling ertönte und der Fahrstuhl hielt im fünften Stock. Stefanie Lasarew machte sich zum Ausstieg bereit. Als sich die Türen abermals öffneten, drehte sie sich mit einem zweideutigen Blick zu mir um und sagte: „Sie können trotzdem gern mit auf mein Zimmer kommen und sich vorstellen. Oder ... so."

Sie wartete keine Antwort ab. Graziös wie eine Gazelle wandte sie sich von mir ab, verließ den Fahrstuhl, ließ mich zurück.

In meinem Leben hatte ich schon viele Entscheidungen getroffen. Welche Farbe Max' Tapete haben sollte. Welcher Name am besten zu Franzis neuer Puppe passte. Was es zu Essen gab.

Wie viel Geld ich der Organisation meiner Großmutter spenden wollte.

All diese Entscheidungen, die ich Tag ein, Tag aus treffen musste, traf ich aus dem irrbaren Empfinden heraus, das Richtige zu tun.

In diesem Augenblick, in dem ich dieser fremden Frau hinterher starrte, beschloss ich, nur ein einziges Mal ganz bewusst das Falsche zu tun.

Und Stefanie Lasarew lächelte wissend, als ich aus dem Fahrstuhl trat und ihr folgte.

Sie hatte die Zimmernummer 13. Was für eine Ironie. Die 13 war immer schon Valentinas Glückszahl gewesen.

Ich schloss hinter uns die Tür. Im Flur standen wir einander gegenüber. Keine Ahnung wie lange. Ich sah sie an, prägte mir ihre Züge ein. Ihr Gesicht war schmaler als Valentinas, ihre Haut heller, blasser. Sie erinnerte mich an jene Morgen im Winter, wenn man aus dem Fenster schaute und merkte, dass es zum ersten Mal geschneit hatte.

Ihre Lippen waren schmaler. Auf ihnen lag der Hauch eines Lächelns. Und die Müdigkeit war aus ihren Augen verschwunden, jetzt, wo sie mich am Harken hatte.

Oh, und wie sie das hatte.

Als hätte es ein Stichwort gegeben, bewegten wir uns aufeinander zu, hoben unsere Hände, berührten uns. Wir küssten uns.

Ich griff in ihr Haar, löste ihre Spange. Sie zerrte an meinem Jackett, ich zog es aus und warf es achtlos auf den Boden. Morgen früh würde es ganz zerknittert sein. Valentina würde mich ermahnen, vorsichtiger zu sein.

Ich drängte Stefanie zum Bett.

„Nein", nuschelte sie und zog mich zu dem Schreibtisch.

Mir wurde heiß. Mit meinen Händen umfasste ich ihren Hintern und hob sie auf den Tisch, küsste sie weiter; wild, leidenschaftlich.

Sie warf ihren Kopf in den Nacken, mein Mund wanderte ihren Hals hinab. Ich riss ihre Bluse auf. Ich glaubte zu hören, wie Knöpfe auf den Boden fielen, aber es war mir egal.

Sie trug einen weißen Spitzen-BH. Ihre Brüste wirkten kleiner als Valentinas.

Stefanie stöhnte. Sie spreizte ihre Beine; ich spürte, wie sie sie um meine Hüfte platzierte und mich enger an sich zog. Dabei rutschte ihr Rock höher.

Ich öffnete ihren BH. Lies den nervigen Büstenhalter mitsamt der Bluse aus unserer Reichweite verschwinden.

„Jetzt wird es aber unfair", sagte sie lasziv, öffnete Knopf für Knopf mein Hemd und streifte es mir genüsslich von der Schulter. Anschließend legte sie ihre zarten Hände auf meine Brust und ließ sie ganz langsam, wie in Zeitlupe, hinabgleiten.

Als sie meinen Gürtel erreichte, küssten wir uns wieder.

Ich nahm sie hoch, trug sie nun doch rüber zum Bett. Ich warf sie in die Laken. Sie streckte ihre Arme, räkelte sich, und mein Hirn setzte endgültig aus.

Vor mir lag diese heiße Frau. Und ich war scharf.
Nichts anderes zählte.

Valentina zählte nicht mehr. Nichteinmal meine Kinder.

Ich schiss auf die Moral. Für diese eine Nacht musste ich nicht einmal Lothar Silberstein sein.

Ich zog meine Hose aus. Dann beugte ich mich über Stefanie Lasarew.

Und ich traf eine Entscheidung.

Am Morgen wechselten wir kaum ein Wort. Es herrschte kein peinliches Schweigen, sondern die stille Übereinkunft, dass nichts passiert war, über das man sprechen musste.

Stefanie Lasarew interessierte sich weder für meine Frau, die daheim auf mich wartete, noch für meine Kinder.

Und ich interessierte mich nicht für ihr Leben. Als ich ihr Zimmer wieder verließ, als wäre es eine ganz alltägliche Nacht in einem Hotel gewesen, kannte ich nur ihren Namen und wo sie arbeitete. Ich wusste nicht, wie sie lebte. Ob sie einen Freund hatte. Ob sie lieber süße oder herzhafte Pfannkuchen aß.

Und es war mir egal.

Ich liebte sie ja nicht.

Mit meinem zerknitterten Jackett kehrte ich zu Valentina zurück. Wie erwartet war sie sauer, weil ich nicht gestern Abend schon einen Flieger genommen hatte.

Aber zum ersten Mal kam ich damit klar. Denn obgleich ich wusste, dass ich meine Frau und meine Kinder niemals verlassen würde, so gab mir mein kleines, schmutziges Geheimnis eine gewisse Befriedigung.

Ich hatte etwas im Hinterhalt. Eine kleine Bombe, die ich platzen lassen konnte.

Und alleine die Möglichkeit, Valentinas Leben zu zerstören, ließ mich die kommenden Jahre aushalten.

Kleine Kaulquappe

„Es ist Silvester! Das ist wirklich nicht der richtige Zeitpunkt, um frustriert zu sein!", schrie meine beste Freundin Pam gegen die Musik an. Sie machte eine ausschweifende Handbewegung, wobei sie ein bisschen Bier verschüttete. „Und ehrlich, ich wusste nicht, dass Paul auch kommt."

Paul, das war der junge Mann in einem dunkelblauen Hemd, der ein paar Meter von uns entfernt stand und mit Freunden sprach. Er hielt ein Glas mit Gin Tonic in der Hand und versuchte gerade mit seinem schiefen Grinsen eine Rothaarige zu bezirzen.

Ach, und er war mein Ex.

Ich war zwar diejenige gewesen, die Schluss gemacht hatte, aber ihn hier zu sehen – und beim Flirten zu beobachten – schmerzte mehr als ich zugeben wollte.

Plötzlich schlang jemand von hinten seinen Arm um mich herum und drückte mir einen feuchten Kuss auf die Wange.

„Nich' so bedrückt, Schwesterlein!", begrüßte mich mein Bruder. Er lallte schon ein wenig.

Ich schubste ihn lachend zur Seite.

Lässig fuhr er sich mit einer Hand durch sein dunkles Haar, wobei er mit seinen Lippen diese komische Schnute zog, durch die seine markanten Wangenknochen noch stärker hervortraten.

Pam schob sich auf einmal ganz vorsichtig eine

Haarsträhne hinters Ohr. „Hi Max!", quiekte sie, ihre Stimme ungewohnt hoch.

Max blinzelte, als hätte er sie erst jetzt bemerkt. „Oh. Hallo Pamela."

Er nannte sie nie beim Spitznamen, obwohl ich schon seit der Grundschule mit ihr befreundet war. In dem Sommer, als sich ihre Eltern getrennt hatten, war sie sogar mit uns in den Urlaub gefahren.

Und trotzdem hatte er nie wirklich angefangen, sie zu mögen.

Was eine gewisse Ironie ist, da Pam ungefähr schon für den gleichen Zeitraum in ihn verknallt war.

„Was geht?", fragte er mich und ließ seinen Blick durch die Menge feiern. Als er Paul entdeckte, zog er seine Brauen zusammen. „Was will der denn hier? Ich hatte Arzu gesagt, sie soll den Schwachmaten nicht einladen."

Arzu war die Gastgeberin. Sie war einen Jahrgang über Pam und mir gewesen, und dementsprechend einen unter Max. Aber da sich die reichen Kids alle irgendwie untereinander kannten und viele über Weihnachten nach Hause gekommen waren, hatte sie angeboten, bei sich eine Party steigen zu lassen.

Ich fühlte mich hier unwohl. Mir schienen sie alle so steril. Sie waren alle so gleich wie Plastikbesteck. Mal von Pam abgesehen. Mit ihren blau gefärbten Haaren und ihren punkigen

Klamotten fiel sie ganz besonders auf zwischen den Hemden und Kleidchen tragenden Bonzen.

Ich selbst hatte mir auch ein Kleid angezogen. Für die zwei Wochen, die ich meine Eltern besuchte, hatte ich meine letzten teuren Klamotten mitgenommen, die ich noch besaß.

Die Wahrheit war: Ich wollte nicht so sein wie sie, aber ich konnte vor dem anklagenden Blick meiner Mutter auch nicht zu mir selbst stehen.

Max war da mutiger gewesen. Mit 16 hatte er angefangen, zerrissene Jeans zu tragen. Als unser Vater ihn einmal davon abhalten wollte, so zur Schule zu gehen, hatte er die Jeans einfach ausgezogen, in den Flur geschmissen und war in Boxershort zur Schule gegangen, was ihm zwei Wochen lang Müll-Aufsammeln auf dem Schulhof eingebrockt hatte.

Noch heute erzählte er diese Geschichte mit Stolz, auch wenn er inzwischen eher wie ein Hipster ohne Bart herumlief.

„Was hören die hier eigentlich für Musik?", fragte er weiter, eine leise Beschwerde klang mit. „Die Charts? Oh Mann. Jeder weiß doch, wie schlecht die Charts sind."

„Wäre die Musik wirklich so schlecht, wären es nicht die Charts", entgegnete ich augenrollend.

Max grinste. Dann deutete er auf einmal mit dem Zeigefinger auf Pam, die sofort rot anlief. „Cooles blau!"

Instinktiv umfasste sie eine Strähne. „Das ist electric blue!", piepste sie. „Josh Ramsay trägt das auch so."

Mein Bruder nickte und musterte sie skeptisch. Dann, als ich schon dachte, er würde etwas Fieses sagen: „Ich wusste gar nicht, dass du *Marianas Trench* hörst."

Mein Kiefer klappte herunter – Pams auch, aber während ich noch versuchte zu begreifen, wieso sie plötzlich mehr als „Hallo" und „Tschüss" zueinander sagen konnten, war sie bloß überrascht.

Sie nickte aufgeregt. „Ich *liebe* die Band!"

„Aha", machte Max. Eine Sache musste man über ihn wissen: Musik war ihm heilig. Er spielte selbst in einer Band, seit er in Berlin studierte. Unsere Eltern wussten nichts davon. Sie würden ihm auch eher den Kopf abreißen, als dass sie diese Spinnerei unterstützen würden.

Spinnerei würde aus ihrem Mund kommen; ich fand das ziemlich cool.

„Dann ... hältst du Lover Dearest also auch für ein Liebeslied?"

Ich hörte diesen ganzen speziellen Unterton aus seiner Stimme heraus. Diese leise Warnung, dass es eine Fangfrage ist. Er versuchte, sie aufs Glatteis zu führen.

Ich wollte gerade nach ihrer Hand greifen, um

sie zur Bowle zu ziehen, als sie ganz schockiert antwortete: „Aber das Lied hat er für seine Heroinsucht geschrieben!" Sie blinzelte ein paar Mal. „Also, es ist vermutlich schon irgendwie ein Liebeslied, aber eben nicht so, wie man denkt ..."

Max lachte auf. Dann streckte er Pam seine Faust entgegen. „Cool, du bist ein echter Trencher."

Und an dieser Stelle wurde es mir zu viel. „Ich hole mir etwas zu Trinken", sagte ich und ließ die Beiden stehen, aber keiner von ihnen schien meinen Abgang zu realisieren. Na danke auch.

Ich bahnte mir meinen Weg durch die Menge. Zwischendurch wurde ich von ein paar Leuten angerempelt. Als sie sich zu mir umdrehten und entschuldigten und sich direkt wieder ihren Gesprächspartnern widmeten, kam ich mir unendlich ... unwichtig vor.

Es stimmte; ich war nie wirklich laut gewesen. Auch schon in der Schule fiel ich nicht wirklich auf. Das hatte sich mit meinen bisherigen 22 Jahren wohl nicht geändert.

Mit gesenktem Kopf und hochgezogenen Schultern kam ich bei der Bowle an und goss mir etwas in einen Plastikbecher.

Welch Ironie.

„Ich hab dir immer gesagt, du sollst deine Schultern nicht so hochziehen."

Ich erstarrte, als ich seine Stimme hinter mir

hörte.

Erst als er versuchte, mir mein schwarzes Haar aus dem Gesicht zu streichen, drehte ich mich zu ihm und trat einen Schritt von ihm weg.

„Paul."

Er grinste schief. „Ich hab schon auf dich gewartet."

Zur Antwort hob ich meinen Becher. „Ich wollte nur Bowle. Jetzt gehe ich zurück zu ..." Doch als ich mich in die Richtung wandte, aus der ich gekommen war, musste ich feststellen, dass Max und Pam verschwunden waren.

Na toll.

„Ach, komm", sagte er mit seiner charmantesten Paul-Stimme. „Gib zu, dass du mich auch vermisst hast."

Doch ehe ich antworten konnte – nämlich dass ich ihn absolut nicht vermisst hatte – hatte er plötzlich nach meiner freien Hand gegriffen und zog mich hinter sich her.

Ich hatte Angst, mein Getränk auf den Boden zu verschütten, weshalb ich mich nicht wehrte. Arzu würde zwar nichts von dem Dreck wegmachen müssen, aber die Putzfrau.

Paul führte mich durch die Menge hindurch zum Sofa, wo seine Freunde saßen, und ehe ich mich versah, zog er mich neben sich auf die Couch.

„Oh, hallo Franzi!", begrüßten sie mich, und ich

nuschelte meine Begrüßung in meinen Plastikbecher.

Ich hatte diese Leute schon während unserer Beziehung nicht leiden können.

Stellt euch die Creme de la Creme der reichen Kids vor. Die Super-Beliebten. Die, denen immer alles zuflog, ob es nun verdient war oder nicht.

Das waren Paul und seine Freunde.

Aus ihnen würden Ärzte und Anwälte und Investoren werden; Banker, Immobilienmenschen, Führungskräfte in Autokonzernen ... und so weiter. Sie würden Millimetergenau in die Fußstapfen ihrer Eltern treten und gar nicht merken, wie falsch sie waren. Wie künstlich.

Sie waren Plastikmenschen, und das Schlimmste daran war, dass es ihnen nichts auszumachen schien.

Deshalb hatte ich vor ein paar Monaten mit Paul Schluss gemacht. Ich wollte mehr als das; ich wollte ein Leben führen, das echt war.

Ihr Small Talk war genauso flach wie ihre Persönlichkeiten. Ich wurde nicht gefragt, wie mein Studium lief, sondern ob ich immer noch den Mini fuhr, den mir meine Eltern zum 18. geschenkt hatten. Oder aus welcher Kollektion mein Kleid stammte. Ein paar Mal versuchte ich, aufzustehen und zu gehen, aber jedes Mal hielt Paul mich unauffällig fest. Ich wünschte, Max würde auftauchen, aber der schien wie vom Erdboden verschluckt zu sein.

Irgendwann warf Paul einen Blick auf sein Handy und ich erspähte die Uhrzeit.

Halb Zwölf. In einer halben Stunde würde das Knallen losgehen. Und diese perfekten Plastikmenschen würden auf ein weiteres Jahr anstoßen, in dem es so lief, wie sie das wollten.

„Ich ... muss pinkeln", verkündete ich, stellte den inzwischen leeren Plastikbecher auf den Couchtisch und stand auf.

Ich warf Paul einen abwartenden Blick zu. Er grinste zurück.

Und da begriff ich: Er hielt mich nicht fest!

Ein wenig zu schnell nutzte ich die Gelegenheit und sprang zur Seite. Mir wurde ein wenig schwindelig, aber ich fing mich recht schnell wieder.

Wie eine Verrückte rannte ich durch die Menge zurück auf den Flur, wo ich vorhin noch mit Pam und Max gestanden hatte. Einen Moment lang hielt ich inne und suchte nach ihnen, fand sie aber nicht. Vielleicht hatten sie auch die Party verlassen. Keiner von beiden war noch Jungfrau, und wer wusste schon, wohin dieses Musikding führen konnte?

Ich lief zur Abstellkammer, wo alle ihre Jacken hingeschmissen hatten, und ich fand meine nach minutenlangem Suchen ganz unten.

Hastig zog ich sie mir an. Ich stellte sogar den

Kragen auf, damit ich mich wie eine Verbrecherin von der Party schleichen konnte.

Zumindest fühlte ich mich wie eine Verbrecherin, aber wenn ich so von Paul wegkam war es mir das wert.

Ich hatte gerade das Haus verlassen und war ein paar Meter gegangen, als ich jemanden meinen Namen rufen hörte.

Ich drehte mich nicht um. Auf diese Art und Weise konnte nur einer meinen Namen rufen.

„Warte doch mal!", fügte er hinzu.

Ich wartete nicht.

Arzu wohnte in der Nähe eines Waldes. Ich wusste, dass der Weg zur Bushaltestelle kürzer war, wenn ich durch den Wald lief. Außerdem konnte ich mich hinter den Bäumen verstecken und Paul würde sicherlich aufhören, mir hinterherzurennen.

Ich hörte seine Schritte hinter mir schneller werden und beschleunigte automatisch meinen eigenen Gang.

Am Waldrand angekommen holte er mich schließlich ein.

Er umfasste schmerzhaft meinen Oberarm und drehte mich zu sich. „Was soll das?", fragte er.

Da war etwas in seinem Blick, was ich noch nie gesehen hatte. Etwas Wildes, Angsteinflößendes.

Ich versuchte mich loszureißen, aber er ließ nicht locker.

„Lass mich los", bat ich, aber Paul grunzte nur.

„Sag, dass du mich immer noch liebst."

Ich starrte ihn fassungslos an.

Er schüttelte mich kräftig. „Na los! Sag es!"

„Ich werde nicht lügen!", antwortete ich klar und deutlich und versuchte noch einmal, mich aus seinem Griff zu befreien.

„Du lügst!", entgegnete er, schrie beinahe.

Allmählich bekam ich Angst.

Dann, ganz plötzlich, zerrte er an mir herum; zerrte mich hinter sich her Richtung Wald.

Er drückte mich gegen einen Baum. Er ließ mich los, allerdings nicht lange genug, damit ich weglaufen konnte; da lag seine Hand plötzlich an meiner Kehle.

„Dann muss ich deinem Gedächtnis wohl mal auf die Sprünge helfen", sagte er und drückte mir seine Lippen auf den Mund.

Ich wollte das nicht. Ich wehrte mich. Aber je mehr ich das tat, desto fester wurde sein Griff um meinen Hals.

Sein Kuss war brutal, schmeckte nach Alkohol.

„Pa-", grunzte ich angewidert und ängstlich, aber er nutzte diese Gelegenheit, um mir seine Zunge in den Hals zu schieben.

Hilfesuchend schaute ich zur Straße.

Niemand war da.

Sein Atem wurde immer stockender.

Als er mit seinem Knie meine Beine auseinander schob, bekam ich Panik. Mit all meiner Kraft wehrte ich mich. Dann war da plötzlich seine andere Hand, die er mein Bein entlang höher schob.

Ich wehrte mich noch mehr. Ich schrie, aber er erstickte ihn mit seinem Kuss.

Außerdem war da noch sein Griff, der immer fester wurde.

Als ich keine Luft mehr bekam, hörte ich auf meinen Kopf zu bewegen.

Ich hörte etwas Reißen. Als ich seine kalte Hand zwischen meinen Beinen spürte, wusste ich, dass es meine Unterhose war.

Er stöhnte.

Ich wollte sterben.

Und da kam mir eine Idee.

Einen Moment lang erwiderte ich seinen Kuss. Dann, als er glaubte, ich hätte Gefallen an der ganzen Sache gefunden, biss ich ihm in die Unterlippe.

Er schrie auf, war einen Augenblick lang abgelenkt. Ich nutzte die Gelegenheit und stieß ihn zur Seite, wollte wegrennen.

Aber mein Glück war für dieses Jahr wohl schon aufgebraucht.

Ich stolperte über einen Ast und fiel hin.

„Welch Göttliche Fügung", sagte Paul, fasste nach meinen Knöcheln und zog mich unsanft ins

Dickicht.

Er beugte sich über mich, drehte mich grob auf den Rücken.

„Du willst es doch auch", raunte er mir zu, während er seine Hose öffnete.

14. Februar 2016

Es ist Valentinstag, was mir unter den Umständen irgendwie absurd vorkommt. Die Blumenindustrie wirbt mit Rosengestecken, die Schokoladenmanufakturen bringen neue erlesene Pralinen heraus und überall lächeln einem verliebte Paare entgegen.

Wenn du sie liebst, zeigst du es ihr, steht in roten Lettern auf einem Plakat, auf dem ein Mann vor einer überglücklichen Frau kniet und ihr einen überdimensional großen Blumenstrauß reicht.

Und ich sitze hier an dem Schreibtisch in meinem alten Kinderzimmer, eine Hand liegt über meinem Bauch, die andere schreibt diesen Brief, und ich weiß gar nicht so recht, warum ich ihn schreibe.

Meine Urgroßmutter ist auf die Idee gekommen. An ihrem Geburtstag im Januar schenkte sie mir dieses Notizbuch. „Vieles wird leichter, wenn man darüber schreibt", hatte sie gesagt, meine Hand genommen und fest gedrückt.

Damit war sie die Einzige in meiner Familie, die auch nur annähernd über das sprach, was Silvester passiert war.

Ich kann mich nur noch an ein paar winzige Einzelheiten erinnern. Im Internet hatte ich gelesen, dass das ganz normal ist. Die Seele versucht sich zu schützen, in dem sie schlimme Erinnerungen aus dem Hirn streicht, bis sie stark genug für sie ist.

Meine Mutter sagt, diese Küchenpsychologie wäre völliger Schwachsinn. Allerdings hält sie psychische Krankheiten generell für eine Erfindung der Pharmaindustrie.

Ich weiß noch, dass Max und Pam mich irgendwann gefunden hatten. Da war plötzlich das Gesicht meines Bruders, und ich sah, wie sich seine Lippen bewegten, aber ich konnte ihn nicht hören. Alles fühlte sich taub und leer an.

Pam wollte einen Krankenwagen rufen, aber ich fing wohl an zu schreien. Max erzählte mir später, dass er mich noch nie so hysterisch erlebt hatte. Sie brachten mich nach Hause und Pam schloss sich mit mir zusammen im Bad ein, um mir beim Waschen zu helfen. Danach verfrachteten sie mich in mein Bett und ließen mich schlafen.

Die Tage vergingen. Im Nachhinein kommen sie

mir wie eine wunderbare Seifenblase vor, in der ich nicht über das nachdenken musste, was passiert war.

Ich tat so, als ginge es mir gut. Redete mit meinen Eltern. Meine Mutter fragte mich, ob sie etwas tun konnte, und ich verneinte. Mein Vater sagte, ich müsste ihm nur den Namen verraten und er würde dafür sorgen, dass der Täter hinter Gittern kam.

Ich sagte, ich wüsste nicht, wer es getan hatte.

Ich bin mir nicht einmal sicher, was überhaupt passiert war. Was *tatsächlich* geschehen war – und was ich mir vielleicht nur eingebildet hatte. Laut Max war ich ziemlich unterkühlt gewesen, als er mich gefunden hatte, und das konnte ja alles zu bedeuten haben.

Ich meine, ich bin alt genug um zu wissen, was eine Vergewaltigung ist. Um zu wissen, dass es nicht richtig ist. Ich kenne die Geschichten von Opfern.

Aber was, wenn ich gar nicht vergewaltigt worden war?

Unser Verstand schafft es doch von Zeit zu Zeit, manche Dinge so zu verändern, dass wir glauben, uns richtig zu erinnern, obwohl es in Wahrheit ganz anders gewesen war.

Oma Luise – obwohl sie meine Urgroßmutter ist, hab ich sie immer schon Oma genannt – war sich sicher, ich würde besser mit allem klarkommen, wenn ich darüber schreibe.

Ich hab es versucht, aber mir wollten nicht die richtigen Worte einfallen. Wie konnte man etwas aufschreiben, dessen Existenz man sich nicht sicher sein konnte?

In mancherlei Hinsicht fühle ich mich wie diese alte Frau aus dem Fernsehen, die noch immer den Holocaust leugnet.

Jede Realität sieht doch anders aus.

Du fragst dich bestimmt, warum ich ausgerechnet heute, sechs Wochen danach, doch zum Stift gegriffen und angefangen habe, meine Gedanken zu Papier zu bringen.

Nun, heute ist der Tag, an dem ich von *deiner* Existenz erfahren habe.

Meine Eltern hatten mich dazu überredet, ein Wartesemester einzuschieben und ein paar Monate bei ihnen zu bleiben. Und weil meine Mutter zum ersten Mal wirklich um mich besorgt schien, willigte ich ein. Sie hatte heute einen Termin bei ihrer Frauenärztin und mich gebeten, sie zu begleiten, damit wir im Anschluss noch zusammen nach neuen Blumen für das Grab ihrer Mutter schauen konnten.

Und während wir im Wartebereich der Praxis saßen, war es mir wie Schuppen von den Augen gefallen: Meine Periode war mehr als drei Wochen überfällig.

Eine ältere Frau hatte mich ganz besorgt

angesehen. „Geht es Ihnen gut? Sie sehen auf einmal so blass aus", hatte sie gefragt, und ich war in Tränen ausgebrochen.

„Schätzchen?", hatte meine Mutter gesagt und zaghaft eine Hand auf meine Schulter gelegt. „Was ist denn los?"

Ich hatte mit verquollenen Augen zu ihr geschaut. „Mami!", schluchzte ich, und in diesem Moment fühlte ich mich wieder wie das Vierzehnjährige Mädchen, das zum ersten Mal von einem Jungen verletzt worden war.

Mehr musste ich nicht sagen. Meine Mutter mochte vielleicht eine eher emotionsarme Frau sein, aber sie liebte und verstand mich ohne Worte. Als die Arzthelferin ihren Namen aufrief, schob sie mich vor und bat um eine Ultraschalluntersuchung für mich.

Meine schlimmsten Befürchtungen wurden war.

Es tut mir Leid, dass ich das so sage, beziehungsweise schreibe. Ich bin mir sicher, dass du vielleicht ein ganz toller Mensch sein könntest.

Aber ich wollte nicht schwanger werden.

Weißt du, ich hatte diesen Plan. Mein Studium im Sozialwesen abschließen, einen guten Job finden und arbeiten. Ich wollte mein eigenes Geld verdienen, ohne von meinen Eltern abhängig zu sein. Ich wusste, dass ich kein Großverdiener sein musste, um glücklich zu sein.

Und dann wollte ich einen netten Mann finden, heiraten und Kinder kriegen. Was das angeht bin ich wohl ziemlich altmodisch. Andere Mädchen in meinem Alter sehen das nicht so eng; viele sind sich nicht einmal sicher, ob sie überhaupt heiraten wollen.

Die Ärztin hat ein Foto von dir ausgedruckt. Meine Mutter hatte ihr erzählt, was Silvester passiert war.

„Du hast viele Möglichkeiten, Franzi", hatte sie gesagt und mir das Foto gereicht. „Es gibt viele Stellen, wo du dich beraten lassen kannst."

Tja, und nun sitze ich hier und schreibe in das Notizbuch, und vor mir liegt das Foto von dir. Es ist ein schwarz-weiß Bild und ehrlich gesagt kann ich kein richtiges Baby erkennen. Ich bin mir nicht einmal sicher, ob aus dem, was da augenscheinlich in mir herum schwimmt, wirklich ein Mensch werden kann. Du siehst eher aus wie eine Kaulquappe.

Ich muss mir jetzt Gedanken darüber machen, was ich machen will.

Es ist lustig, aber die Wenigsten sprechen direkt über die besagten Möglichkeiten, die ich angeblich habe. Sie gehen davon aus, dass ich Bescheid wüsste über Abtreibung oder Adoption.

Ich verrate dir aber ein Geheimnis, wie es funktioniert: Wir wissen, dass es diese

Möglichkeiten gibt, aber wir denken nicht länger als nötig über sie nach, weil wir ja niemals in die Situation kommen, in der wir von ihnen Gebrauch nehmen müssen. Denn schlimme Dinge passieren ja nur schlimmen Menschen.

16. Februar 2016

Hallo kleine Kaulquappe.

Bist du auch so müde wie ich? Ich habe nie darüber nachgedacht, ob ein Embryo zur selben Zeit wie die Mutter schläft oder nach einem ganz anderen Rhythmus existiert. Schlafen Embryos überhaupt?

Meine Mutter tigert um mich herum wie eine Löwin. Das ergibt wahrscheinlich keinen Sinn, Löwen tigern nicht, aber ich hab die letzten Nächte kaum geschlafen. Mein Hirn läuft praktisch nur noch im Stand-By-Modus.

Letzte Nacht hatte ich einen Albtraum. Um mich herum waren hundert Babybetten und alle Kinder schrien und ich musste mich um alle ganz alleine kümmern, weil sie alle mir gehörten. Ich bin schweißgebadet aufgewacht. Zum ersten Mal in meinem Leben verspürte ich das dringende Bedürfnis, mich hemmungslos zu betrinken, aber wie es die Ironie des Schicksals so will, ist mir das verboten.

Deinetwegen. Und deinetwegen hatte ich auch diesen schrecklichen Albtraum.

Ich hoffe, dass du die Nacht genauso schlecht geschlafen hast wie ich. Es wäre nur fair, wenn es dir genauso schlecht ergangen ist wie mir.

Tschüss. Ich muss jetzt Schlaf nachholen.

17. Februar 2016

Tut mir Leid wegen gestern. So war das nicht gemeint. Du kannst nichts dafür, dass ich einen Albtraum hatte. Ich meine, klar, ohne deine Existenz hätte ich ihn nicht gehabt, aber ... Du hast es dir vermutlich auch nicht ausgesucht, in dem Bauch einer Frau zu entstehen, die gar nicht weiß, ob sie dich haben will. Die mit dem Gedanken spielt, dich wegmachen zu lassen.

Können Embryonen schon fühlen?

Wenn ja, dann tut es mir Leid. Es ist nicht fair

dass du fühlen musst, wie jemand darüber nachdenkt, dir deine Chance auf ein Leben zu nehmen.

P.S. So toll ist diese Welt aber gar nicht, versprochen.

22. Februar 2016

Wir waren heute bei Oma Edith. Sie hat immer noch rotes Haar, allerdings glaube ich, dass sie es färbt. Opa Jürgen, ihr Mann, ist letztes Jahr gestorben. Er hatte zum zweiten Mal Prostata-Krebs. Ich kannte ihn nicht gut, meine Eltern haben nur sehr wenig mit der Familie meines Vaters zu tun, aber so, wie Oma Edith immer von ihm spricht, glaube ich, dass er ein netter Mensch gewesen war.

Oma Edith hat sich sehr lieb nach mir erkundigt. Sie erzählte mir, dass ihre Mutter im zweiten Weltkrieg von einem russischen Soldaten auch vergewaltigt worden war, und dass sie sich danach sehr verändert hatte.

Als sie das Wort Vergewaltigung nannte zuckte ich unwillkürlich zusammen.

So richtig begriffen habe ich es immer noch nicht. Ich meine, alle sagen mir, dass ich vergewaltigt worden bin, und im Grunde genommen weiß ich auch, dass sie Recht haben, aber in meinem Kopf ergibt es einfach keinen Sinn.

Ich kannte ihn doch. Wir waren zusammen gewesen. Er hatte mir so oft gesagt, dass er mich liebt. Was war bloß geschehen? Wie hatte seine Liebe zu mir sich so verändern können, dass er mir das antut?

Und jedes Mal, wenn ich so weit denke, ist da diese leise Stimme, die fragt: „Hat er dir wirklich etwas angetan?"

Das macht mich ganz verrückt. Und ich möchte nicht verrückt werden, denn verrückte Menschen sind doch nicht normal, und jetzt, wo mein Leben so aus den Fugen geraten ist, merke ich erst, wie toll mein normales Leben vorher war. Für andere war es vielleicht langweilig, aber Langeweile kann sehr schön sein. Wirklich.

Aber das ist wohl immer so. Man schätzt die Dinge erst, wenn man sie nicht mehr hat.

Hast du in deinem Zelt eigentlich auch Langeweile? Ach, was rede ich da eigentlich. Ich sollte aufhören, dich so zu vermenschlichen. Solange ich nicht weiß, was ich tun will, sollte ich dich einfach als das sehen, was du bist: Lästig. Eine lästige, kleine Kaulquappe.

28. Februar 2016

Meine Mutter wird allmählich unruhig. Sie sagte mir heute, dass die Zeit nicht stehen bleibt, auch wenn ich das offensichtlich wollen würde.

Es geht um die Sache mit der Abtreibung. Ein Schwangerschaftsabbruch ist nur bis zur 12. Woche möglich und auch nur, wenn man vorher ein Beratungsgespräch geführt hat. Dämliche Bürokratie.

Meine Mutter will unbedingt, dass ich dich abtreibe. Sie schrie mich vorhin beinahe an, als sie sagte, dass so ein Kind meine gesamte Zukunft ruinieren würde. Ich müsste mein Studium noch länger aufschieben, das letzte Semester eventuell nachholen. Nicht zu vergessen die Tatsache, das Kinder Geld kosten.

Ich sagte ihr, ich könnte das Kind auch zur Adoption freigeben.

„Das ist schön, aber niemand gibt dir die Zeit zurück, die du in den nächsten Monaten mit der Schwangerschaft verschwendest", hatte sie gesagt, und ich fragte sie, ob mein Bruder und ich dann auch eine Verschwendung waren.

Da lief sie rot an und sagte, dass sie das so gar nicht gemeint hatte.

Im Grunde genommen ist es wohl egal, was man meint, wenn es bei der anderen Person falsch ankommt.

Ich habe bei Pam angerufen. Als Einzige von uns reichen Kids hat sie etwas gemacht, was niemand erwartet hätte: Sie hat nicht studiert und wurde Erzieherin. Das ausgerechnet sie meine beste Freundin ist, ist wohl Ironie des Schicksals.

Sie versprach mir, einen Termin bei einer Beratungsstelle zu organisieren und mich zu begleiten.

Eigentlich ist es absurd. Als wir jünger waren – Teenager, die es nicht besser wissen konnten – träumten wir davon, gleichzeitig schwanger zu werden. Wir wollten, dass unsere Kinder gemeinsam aufwuchsen. Wir spannen den Traum sogar so weit, dass sie ein Mädchen bekommen wollte und ich einen Jungen, und dass die Beiden später sicher heiraten würden.

Es kommt immer anders, als man denkt.

07. März 2016

Ich war heute mit Pam beim Beratungsgespräch. Ihr blaues Haar ist ausgewaschen und hat mittlerweile einen Grünstich. Eigentlich hatte sie heute einen Friseurtermin, aber sie fand es wichtiger, mich zu begleiten.

Ich hab mich bei dem Gedanken ertappt, wie toll es wäre, wenn du sie kennenlernen könntest. Dann wäre sie deine Tante Pam mit dem electric blue hair und ihrer Vorliebe für diese kanadische Band. Ich glaube, Kinder brauchen auch verrückte Familienmitglieder.

Die Frau bei der Beratungsstelle war sehr nett. Sie wollte wissen, was passiert war.

„Es war ein Unfall", sagte ich.

„Sie wurde Silvester vergewaltigt", antwortete Pam und die Frau von der Beratungsstelle nickte.

„Eine Abtreibung ist in Deutschland rechtswidrig, aber unter bestimmten Voraussetzungen straffrei", erklärte sie uns. „In deinem Fall, Franziska, brauchst du nichts zu befürchten."

„Okay", hatte ich gesagt und genickt.

Da hatte sie mir plötzlich ein paar Broschüren

gereicht. „Dennoch ist es wichtig, dass du weißt, dass du nicht abtreiben musst. Es ist sicherlich eine schwierige Situation für dich. Dieses Kind ist durch eine Gewalttat entstanden. Psychologisch gesehen wäre es denkbar, dass du nie eine Beziehung zu ihm aufbauen kannst, weil es dich immer an das erinnert, was dir passiert ist."

Da war es wieder, dieses mir-passierte.

Die Frau erklärte mir die Risiken eines Abbruchs. Sie nannte eine Prozentzahl, wie viele Frauen nach einem Abbruch nicht mehr schwanger werden konnten. Sie zählte psychische Faktoren auf.

Und dann sagte sie mir, dass ich das Kind bekommen, aber zur Adoption freigeben könnte.

Ich saß da, eine Hand über meinem Bauch, als wollte ich dich davor bewahren, all das mit an zu hören. Ich nickte an den passenden Stellen, packte alle Broschüren ein und bedankte mich am Ende der Stunde.

„Und?", fragte Pam mich später.

Ich schüttelte den Kopf. „Ich habe keine Ahnung."

11. März 2016

Hallo kleine Kaulquappe

Es tut mir Leid.
Es tut mir Leid, dass ich es bin, die dich austragen muss. Es tut mir Leid, dass du keine bessere Hülle gefunden hast. Es tut mir Leid, dass dein Schicksal ausgerechnet von mir abhängig ist. Es tut mir Leid, dass ich nicht besser, nicht stärker sein kann.
Lebewohl.

14. März 2016

Am 12. März hatte einen Termin für die Abtreibung. Ich bin hingegangen. Meine Mutter und Pam haben mich begleitet. Als ich den Termin mit der Frauenärztin machte, wusste ich, dass es das Richtige war. Ich war zu jung für ein Kind und die Schwangerschaft würde mich von meinem eigentlichen Lebensplan total abbringen. Es war einfach nicht der richtige Zeitpunkt für dich. Und ja, vielleicht war ich danach nie wieder bereit, schwanger zu werden, aber dieses Risiko musste ich in Kauf nehmen.

Und dann waren wir in der Praxis, saßen im Wartezimmer, und als die Ärztin mich rief und ich in den Behandlungsraum trat, konnte ich es nicht mehr.

Ich dachte an meinen ersten Termin beim Frauenarzt. Ich war damals 14 Jahre alt gewesen und meine Mutter hatte mich begleitet. Es war mir unangenehm und ich war nervös, aber ich wusste auch, dass meine Mutter im Wartezimmer war und sie dafür sorgen würde, dass mir nichts Schlimmes passierte.

Ich bin deine Mutter, kleine Kaulquappe. Und ganz egal, wie grässlich die Umstände sind, ich sollte dafür sorgen, dass dir nichts Schlimmes widerfährt. Ich sollte deine Superwoman sein, deine Heldin, dein Mama-Bär.

Die Ärztin hatte mich angesehen und gelächelt. „Wir sind immer stärker, als wir es glauben", hatte sie gesagt und mich umarmt. „Du tust das Richtige."

Und dann hatte sie noch einen Ultraschall gemacht.

An dem Tag, als ich dich töten wollte, hörte ich zum ersten Mal deinen Herzschlag. Und da wusste ich, dass es die richtige Entscheidung war. Ich hatte immer noch genug Zeit um über eine Adoption nachzudenken, aber du solltest diese Welt kennenlernen. Du solltest die Chance bekommen zu leben.

Meine Mutter hat meine Entscheidung nicht verstanden. Sie wurde sehr wütend, hat sehr viel und sehr laut geschrien. Als Pam nach Hause gegangen war, hatte sie mir plötzlich einen Koffer gebracht.

„Ich habe mit deinem Vater gesprochen", hatte sie gesagt. „Wir werden dir nicht dabei zu sehen, wie du dein Leben ruinierst. Morgen verlässt du unser Haus."

Ein paar Tage bleibe ich bei Pam, aber dann muss ich mir etwas Eigenes suchen. Mein WG-Zimmer habe ich schon gekündigt und ein weiteres Warte-Semester beantragt.

Ich habe zwar keine Ahnung, wie ich es ohne meine Eltern schaffen soll, aber irgendwie muss es gehen. Für dich. Du hast es verdient.

25. März 2016

Ob es so etwas wie göttliche Fügung gibt?

Vielleicht ja, allerdings habe ich bisher nie wirklich an einen Gott geglaubt.

Vor ein paar Tagen war ich mit Pam im Supermarkt. Pam wohnt in einem billigen Viertel der Stadt, wo sich meine Eltern niemals freiwillig hintrauen würden.

Und da, völlig überraschend, traf ich meine Urgroßmutter. Sie schlenderte mit meiner Tante Dagmar durch Linden. Letztere hätte ich beinahe nicht wiedererkannt, so selten sah ich sie.

Sie fragten mich, was ich hier so trieb, und während ich noch so tun wollte, als wäre alles in Ordnung, platzte Pam mit der Wahrheit heraus. Sie sagte, meine Eltern hätten mich rausgeschmissen, weil ich mich gegen eine Abtreibung entschieden hatte, und Tante Dagmar wurde ziemlich wütend.

Das Ende vom Lied war, dass Oma Luise mir anbot, erst einmal bei ihr in ihrer Seniorenwohnung zu wohnen. „Ich zahle wahrlich genug Miete, um einen Gast ein paar Monate beherbergen zu dürfen", hatte sie gesagt und damit schien es besiegelt.

Ich bin inzwischen bei ihr angekommen. Tante Dagmar und mein Onkel Thomas, den ich soweit ich mich erinnern konnte noch nie gesehen hatte, halfen mir beim Umzug, obwohl all meine Habseligkeiten in einen Koffer passten, den ich selbst tragen konnte.

„Ich würde dich ja bei mir unterbringen", hatte

Tante Dagmar während der Autofahrt gesagt, „aber Marion und ich haben unser Gästezimmer einem jungen Syrer gegeben."

„Wirklich?", hatte ich überrascht nachgefragt.

Du musst das verstehen; in meinem Umfeld bewegen sich zwar sehr viele reiche Leute, aber nicht viele von ihnen denken an die, die weniger Geld haben. Ich weiß, das ist jetzt sehr verallgemeinert. Meine Eltern halten nicht viel von den Flüchtlingen. Für sie sind das alles Schmarotzer, die unser Land nur in den Ruin stürzen werden.

Zu hören, dass ein anderes Mitglied derselben Familie freiwillig einen Flüchtling bei sich aufgenommen hat, überrascht mich wirklich.

Und imponiert mir sehr.

„Die Frauenhilfe wird dich natürlich unterstützen", erzählte sie weiter. „Ich spreche gleich morgen mit Kai, das ist mein zweiter Geschäftsführer. Und keine Scheu, die anderen Mütter werden dich mit offenen Armen aufnehmen. Seit ein paar Wochen wohnt ein junges Mädchen bei uns, die ungefähr in deinem Alter ist. Sie musste ihr Studium auch aufschieben. Ich bin mir sicher, ihr werdet euch gut verstehen!"

Und obwohl uns nur Karten zu Weihnachten und zum Geburtstag verbanden, versprach mir mein Onkel, dass er mich finanziell unterstützen wird.

Ich brachte es nicht über mein Herz ihnen zu

sagen, dass ich dich zur Adoption freigeben will. Sie wirkten so aufgeregt und warmherzig; und ich bin ihnen so dankbar. Es verwirrt mich, dass die Menschen, mit denen ich laut meinen Eltern nur zufällig die Hälfte meiner DNA teilte, so unterstützen. Sie geben mir das Gefühl, dass alles gut werden wird, und das ich keine Angst vor dem haben muss, was noch auf mich zukommt.

Und dieses Gefühl der Geborgenheit ist einfach unbeschreiblich. Ich hoffe wirklich, dass du in einer Familie aufwachsen wirst, die dich dieselbe Geborgenheit spüren lässt.

14. April 2016

Ich genieße die Zeit mit Oma Luise. Trotz ihres Alters ist sie sehr fit. Wenn ich so agil bleibe wie sie, würde ich auch gerne fast 100 Jahre alt werden.

Gestern saßen wir abends lange zusammen, haben Tee getrunken und selbstgebackene Kekse gegessen. Sie hat mir von der Zeit erzählt, als sie mit Opa Jürgen schwanger gewesen war. Wie sehr sie ihren Arthur geliebt hatte, konnte ich ihr trotz des fahlen Kerzenscheins ansehen. Obwohl er schon viele Jahrzehnte tot ist, glänzen ihre Augen noch immer wie die einer frisch Verliebten, wenn sie von ihm erzählte.

Das möchte ich auch einmal erleben. Und ich wünsche dir, dass du auch eines Tages jemanden findest, der deine Augen so zum Leuchten bringt. Jemand soll dich so glücklich machen, dass du auch noch Jahrzehnte später lächelst, wenn du von ihm sprichst.

Ich muss zugeben, ich bewundere Oma Luise sehr. Mir wird allmählich klar, dass ich sie gar nicht wirklich kannte. Das gilt auch für Tante Daggi oder Onkel Thomas. Es ist, als hätten meine Eltern mich absichtlich von ihnen ferngehalten.

Ich frage mich: warum? Ich liebe meine Eltern, aber ihre Oberflächlichkeit hat mich eigentlich schon immer gestört. Einmal, als ich jünger war, wollte ich Spenden für das Tierheim in Krähenwinkel sammeln, aber in meiner Nachbarschaft wollte mich niemand unterstützen. Im Endeffekt nahm meine Mutter das mühselig gesammelte Geld und kaufte davon einen Hackbraten. „Immerhin ist er Bio", hatte sie als Entschuldigung gesagt.

Mein Bruder war immer mutiger darin gewesen zu zeigen, wie wenig er von unserer sterilen Welt hielt. Seit er 16 ist, hat er einen Nebenjob. Sein Studium finanziert er sich beinahe selbst. Wie er all das schafft weiß ich nicht, aber irgendwie kommt er über die Runden. Vielleicht lernst du ihn ja irgendwann kennen. Wir haben vor ein paar Tagen telefoniert und er möchte mich bald besuchen. Er hat sich dafür entschuldigt, nicht so für mich da zu sein, wie es seine brüderliche Pflicht wäre (das waren seine Worte), aber ich sagte ihm, dass das bescheuert war. Er sollte sein Studium beenden, damit er mich später durchfüttern konnte (das waren meine Worte, aber es war nur ein Scherz).

Etwas, das Oma Luise mir anvertraut hatte, beschäftigt mich immer noch.

Sie hatte mir gesagt, dass sie am Anfang, nachdem sie von ihrer Schwangerschaft erfahren hatte, gehofft hatte, das Kind zu verlieren.

„Es war die falsche Zeit", hatte sie gesagt. „Ich war nicht verheiratet, die Judenverfolgung wurde immer drastischer und Verschwörungstheoretiker prophezeiten bereits den Krieg voraus. Außerdem musste die Liebe meines Lebens, der Vater meines Kindes, fliehen. Ich fühlte mich unendlich einsam und klein. Ich dachte, es wäre so viel einfacher, wenn ich das Kind einfach verlieren würde."

Sie hat das Kind nicht verloren. Ihre Mutter half ihr sehr.

„Im Grunde genommen hatte ich Glück im Unglück", hatte sie gesagt, und da wurde mir klar: Ich habe auch Glück im Unglück.

Ich kann dir dein Leben schenken. Ich muss nicht unter der Brücke leben. Ich habe Freunde und meine Familie, die mich unterstützen.

Es stimmt, ich wollte nicht schwanger werden. Aber ich kann es auch nicht mehr ändern. Es ist, wie es ist, und mit deiner Geburt kann ich auch ein anderes Paar glücklich machen, das sich sehnlichst ein Baby wünscht.

Du wirst geliebt werden, kleine Kaulquappe. Das ist ziemlich viel Glück in meinem Unglück, findest du nicht auch?

21. April 2016

Ich kann dich spüren, kleine Kaulquappe.

Ich kann spüren, wie du dich bewegst. Du magst keine Schlagermusik, da wirst du immer ganz wild und wütend. Aber du liebst den Geruch von frisch gemähtem Gras, das beruhigt dich. Wenn ich dir etwas vorsinge, strampelst du. Wenn ich dir etwas vorlese, wirst du ruhig.

Dein Herzschlag schlägt im Takt meines Herzens.

Ich kann dich spüren. Du bist da. Du schwimmst in meinem Bauch, unter meiner Brust, und zum ersten Mal ... Ich bin glücklich, dass du da bist, kleine Kaulquappe.

02.Mai 2016

Wir waren heute wieder bei einer Ultraschalluntersuchung. Du wächst und gedeihst prima. Es freut mich zu hören, dass mit dir alles in Ordnung ist. Ich wollte dein Geschlecht wissen, aber du hast leider deine Füße so hochgezogen, dass die Ärztin es nicht genau sehen konnte. Du scheinst eine Vorliebe für Geheimnisse zu haben, kleine Kaulquappe.

Onkel Thomas hat mich zur Untersuchung gefahren. Anschließend waren wir essen in einem schicken Restaurant in der Innenstadt. Ihm gehört ein Verlag und weißt du, was das Absurde ist? Ich habe drei Bücher aus seinem Verlagsprogramm in meinem Regal stehen, hatte aber keine Ahnung, dass mein eigener Onkel sie verlegt hat.

Ich habe ihn gefragt, warum er uns nie besucht hat.

Er erzählte mir von Dzanna und Onkel Luca, und dass er im Nachhinein herausgefunden hatte, das meine Mutter von Anfang an Bescheid wusste. Er sagte, er hätte sich nicht mehr mit ihr in einem Raum aufhalten können, ohne ihr etwas sehr Schlimmes zu wünschen.

Ich sagte ihm, dass ich ihn verstehen kann. An seiner Stelle hätte ich genauso reagiert.

„Es hatte nichts mit Max oder dir zu tun", hatte er mir versichert und dann plötzlich gelacht. „Ich muss allerdings zugeben, dass ich nicht erwartet hatte, was für ein guter Mensch du wirst."

Auch das konnte ich irgendwie verstehen. Und gleichzeitig machte es mir klar, wie unterschiedlich meine Eltern und ich doch sind. Vermutlich ist es traurig, aber je mehr Zeit ich mit den anderen Silbersteins verbringe, desto mehr entferne ich mich von meinen Eltern.

09. Mai 2016

Ich bin zerstört.

Ich liege metaphorisch gesehen irgendwo am Boden meiner selbst und ich habe nun endlich den Punkt erreicht, an dem ich nicht weiter weiß.

Ich war heute in der Stadt unterwegs. Ich

brauche neue Klamotten. Tante Daggi und ihr Flüchtling Kalil begleiteten mich. Kalil ist so alt wie ich und lebt seit Anfang des Jahres in Deutschland. Er spricht noch sehr gebrochen deutsch, aber er gibt sich sehr viel Mühe. Nur manchmal, wenn es ihm ganz besonders wichtig ist, dass man ihn versteht, wechselt er ins englische. Es ist ihm sehr wichtig, unsere Sprache zu lernen. Er möchte hier sein Studium beenden.

Und weil alle Flüchtlinge Hinterwäldler sind, studiert er übrigens Medizin.

Aber darum geht es gerade nicht.

Wir waren in der Abteilung für Umstandsmode bei H&M. Ich begutachtete gerade eine neue Jeans, als ich plötzlich jemanden meinen Namen sagen hörte.

Das Blut in meinen Adern gefror. Mein Herzschlag beschleunigte sich. Ich spürte selbst, wie ich anfing zu schwitzen.

Und dann stand er plötzlich neben mir, mit seinem schiefen Grinsen.

Paul.

Er deutete auf meinen Bauch. „Bist du nicht mitten im Studium?", fragte er.

Er zuckte nicht einmal mit der Wimper.

Instinktiv drehte ich mich von ihm weg. Ich wollte nicht, dass du seine stimme hörtest, aber du hast meine Aufregung gespürt. Du hast plötzlich so stark gestrampelt, dass ich Magenschmerzen bekam.

Tante Daggi bemerkte mein Verhalten. Sie legte sanft eine Hand auf meine Schulter und fragte, ob alles okay ist. Ich schüttelte wortlos den Kopf.

Vermutlich verstand sie nicht, dass es an Pauls Anwesenheit lag; sie dachte schlicht, dass es wegen dem Baby ist.

Eine der Mitarbeiterin bemerkte uns. Sie bot mir an, mich kurz im Aufenthaltsraum auszuruhen, aber ich winkte sie ab. Es wäre auch alles in Ordnung geblieben, wenn Paul uns nicht gefolgt wäre.

„Hey, lass uns doch miteinander reden", hatte er gesagt. „Ich hab dich vermisst."

Und als hätte er mit diesen Worten einen Schalter umgelegt, erinnerte ich mich plötzlich an alles.

Ich wusste wieder, wie ich vor ihm wegrennen wollte. Wie er mich an den Baum gedrückt hatte. Wie ich noch versucht hatte zu fliehen, und wie er mich dann ins Gebüsch gezerrt hatte.

Ich erinnerte mich wieder daran, dass ich es *nicht* gewollt hatte. Dass ich mich gewehrt hatte.

Und mit einem Mal wurde es real.

Das, worüber alle gesprochen hatten, wurde schlagartig ein Teil meiner persönlichen Wahrheit.

Ich wurde vergewaltigt.

Er hatte mich vergewaltigt.

Ein Mensch, dem ich vertraut hatte, hatte mir

das angetan.

Ich brach im Laden zusammen. Die Mitarbeiterin, die uns den Platz angeboten hatte, rief den Notarzt. Tante Daggi und Kalil wichen nicht von meiner Seite.

Als ich so da lag, am ganzen Körper zitternd, mit dir strampelnd in meinem Bauch, suchte ich nach Pauls Blick.

Er sah mich an. In diesem Moment begriff er. Und dann wandte er mir seinen Rücken zu und verschwand.

Im Krankenhaus stellten sie eine leichte Blutung fest. Du hast dich zu sehr aufgeregt, kleine Kaulquappe. Und es tut mir Leid, dass ich mich so aufgeregt habe.

Sonst ist uns beiden aber nichts passiert. Es geht dir gut, und du hast dich inzwischen wieder beruhigt.

Abends kamen Tante Daggi, Onkel Thomas und Oma Luise vorbei. Sie wollten nach mir sehen und sichergehen, dass ich alles hatte. Onkel Thomas brachte mir sogar ein Buch mit, welches nächste Woche erscheinen sollte.

Zum ersten Mal habe ich Menschen erzählt, was in jener Silvester-Nacht passiert ist. Und sie hörten mir zu, blieben bei mir, schenkten mir diese Geborgenheit, von der ich dir schon erzählt hatte.

„Der Mann, der dich im Laden angesprochen

hatte -", fragte Tante Daggi, und ich hatte genickt.

Mehr Erklärung brauchte sie nicht.

„Wir können ihn anzeigen", sagte Onkel Thomas und es klang beinahe wie ein Versprechen.

Ich hatte den Kopf geschüttelt. Und als Oma Luise meine Hand griff und fest drückte, sagte ich, was mir seit dem Vorfall im Kopf herumschwirrte: „Wenn ich ihn anzeige, wird er automatisch ein Teil dieser Familie. Ein tumorartiger Teil, aber das reicht schon. Man wird seinen Namen immer mit meinem verbinden und das will ich nicht. Ich will nicht, dass die kleine Kaulquappe mit ihm aufwächst. Sie soll niemals erfahren, was passiert ist und wie sie wirklich entstanden ist. Zu keinem Zeitpunkt soll sie glauben, dass ich sie für das verantwortlich mache, was er mir angetan hat, denn das tue ich nicht. Es war nicht ihre Schuld. Und auch nicht meine, das weiß ich jetzt."

In diesem Moment sind mir zwei Dinge klar geworden.

Erstens: Ich habe mich von Neuem in mein Leben verliebt. Und während ich das Leben verloren hatte, von dem ich immer glaubte, es wäre für mich geeignet, habe ich eine Familie gefunden, die so viel mehr ist als alles, was ich mir erträumt hatte. Ich weiß, dass vor mir ein langer Weg ist. Ich muss mich nun wirklich damit auseinandersetzen, was passiert ist. In der Frauenhilfe gibt es noch andere

Frauen, die vergewaltigt wurden. Jeden Donnerstag treffen sie sich zu einer Selbsthilfegruppe. Dort werde ich einfach mal hingehen. Ich bin am Anfang einer Reise, die ich nie antreten wollte, aber nun bin ich auf dem Weg, und da es kein Zurück mehr gibt, sollte ich mich besser mit allem arrangieren.

Und zweitens: ich habe mich in *dich* verliebt, kleine Kaulquappe. Mir ist klar geworden, dass dich niemals ein Mensch so lieben könnte, wie ich es bereits tue. Du bleibst bei mir, und ich werde dich so gut ich kann beschützen.

Eines Tages wirst du nach deinem Vater fragen. Und irgendwann werde ich dir die Wahrheit sagen müssen. Ich werde es nicht wollen, aber es wird das Richtige sein. Du hast ein Recht darauf zu erfahren, was wirklich geschehen ist. Dann werde ich dir dieses Notizbuch geben, damit du es lesen kannst. Manches entsteht zwar nicht aus Liebe, aber es endet in ihr.

Ich liebe Dich.

12. Mai 2016

Ich gebe zu, dass mich die Begegnung mit Paul

sehr aus dem Konzept gebracht hat. Ich habe plötzlich schreckliche Albträume; aber nicht die, die jeder kennt. Es wäre mir lieber vom Fallen zu träumen, oder von Spinnen, oder davon, wie mir alle Zähne gleichzeitig ausfallen.

Stattdessen träume ich von ihm.

Von seinem charismatischen, schiefen Grinsen.

Am Anfang ist alles schön. Wir verbringen ein paar nette Tage gemeinsam am Strand. Ich fühle mich wohl bei ihm, spüre meine alte Liebe zu ihm. Und dann, wenn ich mich vollkommen sicher fühle, passiert es: Während wir Hand in Hand die Promenade entlang spazieren, wird der Himmel düster und das Meer stürmisch. Plötzlich wird aus Pauls Grinsen eine abscheuliche Fratze.

Ich reiße mich los, will wegrennen, aber er holt mich ein, immer und immer wieder. Nie kann ich mich vor ihm retten.

Jedes Mal wache ich schweißgebadet auf.

Man hatte mir schon kurz nach meiner Ankunft eingeschärft, ich dürfte mich in der Seniorenresidenz frei bewegen, und da ich Oma Luise nicht wecken wollte, schlich ich mich aus ihrer Wohnung, den Flur entlang und in den Gemeinschaftsraum hinein. Ich hab mein Notizbuch mitgenommen und schreibe gerade hinein.

Ich möchte darüber hinwegkommen, das möchte ich wirklich, aber ich weiß nicht, wie. Ich habe

Angst, dass diese Sache immer ein Teil von mir bleiben wird.

Oh, da kommt jemand. Ich schreibe dir später wieder, kleine Kaulquappe.

Später am 12. Mai 2016

Hallo zum zweiten Mal heute, kleine Kaulquappe.

Der besagte Jemand war meine Oma Luise. Sie war aufgewacht und als sie mich nicht auf dem Sofa schlafen sah, hatte sie sich Sorgen gemacht. Süß, dass sie sich mehr um mich sorgt als meine eigenen Eltern.

Okay, süß ist nicht das treffende Wort. Im Grunde genommen ist es traurig.

Sie setzte sich zu mir und erklärte, dass sie immer um diese Uhrzeit aufwachte, seit sie sich vor vielen Jahren bei einer Nacht und Nebel Aktion von Arthur hatte trennen müssen.

„Es war besser geworden, nachdem er zurückgekehrt war", hatte sie gesagt, „aber wieder schlimmer geworden, nachdem er verstorben war. Das ist wirklich damit gemeint, wenn sie sagen, man könnte einen geliebten Menschen niemals vergessen."

Sie fragte mich, was mich wachhielt, und ich erzählte ihr die Wahrheit.

„Kindchen, ich weiß vermutlich nicht viel, aber diese eine Sache schon: Es wird nie weggehen. Es wird immer ein Teil von dir bleiben. Es liegt aber in deiner Hand, ob du dich davon definieren lässt – oder eben nicht."

Auch jetzt noch, viele Stunden nach dem Sonnenaufgang, gehen mir ihre Worte nicht aus dem Kopf.

Ich fürchte, sie hat Recht, kleine Kaulquappe.

Jeden Tag geschehen Unglücke. Jeden Tag werden Frauen vergewaltigt, Kinder missbraucht, Männer entmannt. Jeden Tag werden Menschen zerstört. Und es passiert mitten unter uns.

Wir tun in Deutschland ganz gerne so, als wären wir so viel besser als andere. Als wären wir gleichberechtigt, als wären unsere Frauenrechte mehr wert, als müssten unsere Kinder nichts fürchten.

Aber das stimmt nicht.

Wir müssen einsehen, dass es keine ultimative Sicherheit gibt, und niemals einen verallgemeinernden Sündenbock.

Täter gibt es überall. Und sie sehen immer anders aus.

Aber während sie immer schlecht sein werden, haben wir Opfer die Möglichkeit, es besser zu machen. Wir können aufstehen und uns gegen das Stigmata wehren. Wir können heilen, wenn wir die

Heilung zulassen wollen.

23. Mai 2016

Ich habe Oma Luise heute Morgen dabei ertappt, wie sie mein Notizbuch in den Händen gehalten und ganz verträumt betrachtet hat. Sie hat nicht rein geguckt, dafür respektiert sie zu sehr meine Privatsphäre. Aber sie hatte diesen Ausdruck in ihrem Gesicht, den ich schon öfter im Seniorenwohnheim beobachtet habe.

Es ist der Ausdruck der Erinnerung. Des Wunsches, eine Sache noch einmal erleben zu können.

Da hab ich mich wieder an das erinnert, was mir Oma Luise damals erzählt hatte, als sie mir mein Buch geschenkt hätte.

Es ist zwar ein hoffnungsloses Unterfangen, aber ich möchte ihr Buch finden. Jenes Notizbuch, welches Arthur ihr geschenkt hatte.

Ich habe mich heute Nachmittag mit Tante Daggi und Onkel Thomas getroffen. Sie finden meine Idee auch gut und wollen mir helfen. Gemeinsam haben wir einen Artikel verfasst, den wir mit Hilfe der sozialen Netzwerke verbreiten.

Wir haben zwar nicht viel Hoffnung, aber der Versuch alleine ist es schon wert.

Drück uns die Daumen, kleine Kaulquappe!

01. Juni 2016

Du siehst gar nicht mehr aus wie eine Kaulquappe, falls es dich interessiert. Du bist schon ein richtiger, kleiner Mensch!

Ich kann es kaum erwarten, dich endlich in meinen Armen halten zu können und dich kennenzulernen. Wie wirst du wohl sein? Wirst du musikalisch oder vielleicht zeichnerisch begabt? Magst du Sprachen oder jonglierst du lieber mit Zahlen?

Ich bin unglaublich aufgeregt ...

Und wie wirst du wohl aussehen?

Ach, ich kann es kaum erwarten!

P.S. Kleine Kaulquappe ... Du bist übrigens ein Mädchen

09. Juni 2016

Wir mussten Oma Luise heute ins Krankenhaus bringen. Sie hatte eine leichte Herzattacke. Der Arzt sagt, dass es ihr bald wieder besser gehen wird, aber er hat uns auch an ihr hohes Alter erinnert. Wir sollten nicht allzu sehr überrascht sein, wenn ihre Gesundheit allmählich nachlassen würde.

Ich hätte ihm am liebsten ins Gesicht gespuckt.

Wir waren heute alle bei ihr. Oma Edith hat sogar einen selbst gebackenen Erdbeerkuchen mitgebracht.

Heute habe ich zum ersten Mal seit dem Rauswurf meinen Vater wiedergesehen (er kam natürlich ohne meine Mutter). Er fragte mich, wie es mir geht und ob ich schon eine Familie ausgesucht hätte.

Daraufhin sagte ich ihm, dass ich dich behalten würde. Er nickte bloß und wünschte mir alles Gute.

Wahnsinn. Diese Liebe ist wirklich überdurchschnittlich spürbar!

13. Juni 2016

Max war zu Besuch gekommen. Die letzten Tage waren wunderschön mit ihm. Pam kam auch vorbei und irgendetwas muss zwischen ihnen an Silvester passiert sein, dass sie mir nicht sagen wollen. Aber ich muss zugeben, dass ich auch nicht näher nachfragte. Ihre Geheimnisse sollten ihre bleiben.

Max hatte seine Gitarre dabei. Er gab ein kleines, spontanes Konzert im Gemeinschaftsraum gestern, als Oma Luise aus dem Krankenhaus kam. Sie hatte sich sichtlich gefreut, war aber sehr erschöpft. Sie schläft viel. Ich mache mir Sorgen.

Max hat dir ein kleines Geschenk mitgebracht. Es ist ein kleiner Elefant, den er selbst aus Stoffresten zusammengenäht hat.

Er erwartet dich genauso aufgeregt wie ich es tue.

Du hast hier eine Familie, kleine Kaulquappe. Eine Familie, die dich immer lieben wird, ganz egal, was auch geschieht. Das verspreche ich dir.

28. Juni 2016

Es hat sich jemand auf unser Gesuch gemeldet! Onkel Thomas und ich treffen uns nachher mit ihm. Ich bin total aufgeregt; so sehr, dass ich kaum den Stift halten kann! Ich werde dir berichten.

Später am 28. Juni 2016 …

Es war eine Finte. Der Kerl, ein alter Sack mit Bierbauch und Salami-Mundgeruch, wollte bloß ein kostenloses Essen für sich herausschlagen. Er wollte uns ernsthaft verklickern, dass ein ordentliches, unbeschriebenes Notizbuch jenes wäre, welches meine Uroma damals vollgeschrieben hatte.

Wir haben ihn natürlich sofort durchschaut. Mein Onkel hat sich auch geweigert, sein Essen zu bezahlen. Guter Mann.

Jetzt liege ich enttäuscht auf dem Sofa und versuche zu schlafen. Ich hätte wissen müssen, dass diese ganze Aktion nichts bringt. Aber ich möchte Oma Luise unbedingt etwas zurückgeben … In den letzten Monaten hat sie mir so sehr geholfen und mich unterstützt. Ich bin mir sicher, dass ich ohne sie längst zusammengebrochen wäre.

Das weißt du zwar nicht, aber oft, wenn ich nachts nicht schlafen konnte, kam sie zu mir und wir tranken einen Tee zusammen. Und seit sie weiß, dass ich dich behalten werde, summt sie immerzu die Melodien von Kinderliedern vor sich her.

Ich muss dieses Buch finden. Für sie.

05. Juli 2016

Oma Luise musste wieder ins Krankenhaus gebracht werden. In der Nacht bekam sie ganz schlecht Luft. Ich hatte wirklich schon Panik, dass sie erstickt.

Der Arzt sagt, sie hätte eine Lungenentzündung und müsste ein paar Tage hierbleiben. Woher sie diese Lungenentzündung hat, weiß ich nicht. Es ist Hochsommer und die Wohnung ist immer der Jahreszeit entsprechend temperiert.

„Frau Silberstein ist alt, so etwas kann durchaus passieren", hat der dämliche Arzt nur gesagt. Es war wohl ein Versuch, mir meine Schuldgefühle zu nehmen – ein ziemlich schlechter Versuch, nebenbei bemerkt.

07. Juli 2016

Ich bin jeden Tag bei Oma Luise im Krankenhaus und passe auf sie auf. Die meiste Zeit schläft sie. In ihren seltenen, wachen Momenten lächelt sie mich an und fragt nach dir. Manchmal greife ich nach ihrer Hand und lege sie an meinen Bauch, und jedes Mal trittst du ein wenig stärker als wüsstest du, wie wichtig es in diesen Momenten ist, ein Lebenszeichen von dir zu geben.

Einmal hat sie mehr im Halbschlaf vor sich hin gemurmelt, dass sie ihn bald kennenlernen wird.

Ich brauchte einen Moment bis ich begriff, dass sie nicht von dir, sondern von ihrem Vater sprach.

Ich mache mir große Sorgen um sie. Sicher, der Arzt hat durchaus Recht; Oma Luise ist schon sehr alt. Und ich weiß auch, wie glücklich wir uns schätzen können, sie so lange bei uns gehabt zu haben.

Aber ich bin noch nicht bereit sie loszulassen, verstehst du? Ich habe sie doch erst gefühlt gestern richtig kennengelernt …

Ich bin noch nicht bereit dafür.

10. Juli 2016

Es ist ein kleines Wunder geschehen!

Oma Luise hat die Lungenentzündung ins Nirvana geschickt. Der Arzt kann es sich nicht erklären, aber ich weiß, dass meine Urgroßmutter viel zu taff ist, um sich von einer lachhaften Lungenentzündung unterkriegen zu lassen. Es geht ihr schon viel besser. Heute saß sie sogar schon aufrecht in ihrem Bett und schlürfte Früchtetee, als ich sie im Krankenhaus besuchte.

Wenn es so weiter geht, kann ich sie in zwei Tagen wieder mit nach Hause nehmen.

Nach Hause ... Wenn mir jemand vor einem Jahr gesagt hätte, ich würde ein Seniorenheim als mein Zuhause betrachten, hätte ich ihn für verrückt erklärt.

Tja, und nun ist es genau so gekommen. Das geht uns wohl allen so.

Als Onkel Thomas mich heute Abend nach Hause brachte, sagte er etwas, über das ich immer noch nachdenke.

„Du kannst nicht ewig im Seniorenheim bleiben. Spätestens wenn das Baby da ist, brauchst du etwas Anderes."

Ich sagte, dass ich nicht wüsste, wo ich sonst hin soll. Und das ich kein Geld hatte, um mir eine eigene Wohnung zu suchen.

„Das soll nicht dein Problem sein", hatte er gesagt. Und dann hat er mir offenbart, dass Tante Daggi und er eine kleine 3-Zimmer-Wohnung in Linden gefunden hatten, in der Nähe von Tante Daggi selbst. Er hat sie gekauft, kleine Kaulquappe. Für dich und mich.

Ich kann es nicht fassen … Ich bin überwältigt und noch immer sprachlos und ich kann einfach nicht fassen, womit ich diese Menschen verdient habe. Irgendetwas in meinem Leben muss ich richtig gemacht haben – oder es ist lediglich ein Zeichen dafür, etwas zu tun. Inspiriert zu werden, um etwas Gutes zurückzugeben … Gottes Wege sind ja bekanntlich unergründlich.

23. Juli 2016

Die Wohnung ist wunderschön. Ich bin noch nicht umgezogen, aber Tante Daggi hilft mir beim Einrichten. Wir haben bei Fairkauf ein ganz tolles Sofa gefunden und vor meinem inneren Auge sehe ich mich schon mit dir auf dem Arm dort sitzen und *Desperate Housewives* schauen. Ich freue mich schon darauf.

Heute haben wir die Möbel für dein Kinderzimmer aufgebaut. Ich liebe sie. Sie sind aus weißem Holz und wirken vor der taubenblauen Wand ganz besonders edel. Ich kann es kaum erwarten, dich hier zu haben, mein Schatz.

Allmählich kommt mir der Gedanke, dass du das Beste bist, was mir hätte passieren können. Ohne dich wäre ich niemals ein richtiger Teil der Familie Silberstein geworden.

Dieses Glück habe ich dir zu verdanken, kleine Kaulquappe.

31. Juli 2016

Viele fremde Menschen haben unseren Beitrag geteilt und uns viel Glück für die Suche gewünscht. Es ist absurd, wie viele Menschen, die noch nie zuvor von mir gehört hatten, bei der Suche helfen wollen.

Heute hat uns eine Frau aus Niederbayern auf einen Post aufmerksam gemacht, den ein junger

Mann aus Hamburg mit dem ungewöhnlichen Namen *Spencer* verfasst hatte.

Ich wäre fast vom Glauben abgefallen.

Sein Großvater ist vor einer Weile verstorben. Er war ein SS-Offizier in Bergen-Belsen, der sich um die ankommenden Juden im KZ gekümmert hatte. Dabei musste er wohl Arthur begegnet sein. Als Arthur all seine Habseligkeiten abgeben sollte, das Notizbuch aber nicht weggeben wollte, nahm ausgerechnet besagter Offizier es ihm ab.

Statt es wegzuschmeißen, behielt er es allerdings. Er las die Geschichten, die *Abenteuer von Lu und Art*, und hob es all die Jahre über auf.

Spencer fand es auf dem Dachboden. Er hätte es selbst beinahe weggeschmissen, stand in seinem Post, aber als ihm klar wurde, dass es gar nicht seiner Familie gehörte fand er es wichtig, das Notizbuch seinem rechtmäßigen Besitzer zurückzugeben.

Kleine Kaulquappe, wir haben das Notizbuch gefunden!

Email vom 31.07.16 um 22:39

An: doubleface_spencer@fgh.de
Von: franziska.silberstein@master.com
Betreff: Die Abenteuer von Lu und Art

Sehr geehrter Herr Mühlheim,

Sie suchen den rechtmäßigen Besitzer eines schwarzen Notizbuches. Die Geschichten darin wurden von einer gewissen Luise Silberstein geschrieben. Sie fing damit 1930 an. Die Geschichten verfasste sie für ihren besten Freund Arthur Müller. Er war es auch, der ihr das Notizbuch zu ihrem 13. Geburtstag schenkte, zusammen mit seiner älteren Schwester Anna. Vielleicht freut es Sie zu hören, dass sich Luise und Arthur am selben Tag in einem Schrank versteckten und sich zum ersten Mal küssten.

Sie schrieb die Geschichten für ihn und schenkte ihm das Notizbuch 1933 zu seinem 16. Geburtstag zurück. Er behielt es immer bei sich, auch als er 1935 mit seiner jüdischen Familie nach Norwegen floh.

Woher ich das weiß?

Luise hat es mir selbst bei einer Tasse Tee verraten.

Sie ist meine Urgroßmutter. Und sie würde sich wahnsinnig freuen, das Notizbuch wiederzubekommen.

Bitte melden Sie sich diesbezüglich bei mir.

Mit freundlichen Grüßen,

Franziska Silberstein

Email vom 01.08.16 um 02:56

An: franziska.silberstein@master.com
Von: doubleface_spencer@fgh.de
Betreff: Re: Die Abenteuer von Lu und Art

Hallo Franzi! Ich darf doch Franzi sagen? Ach, das wird schon kein Problem sein, immerhin habe ich etwas, dass du haben willst ;)
Nein, Spaß beiseite.
Saucool, dass das echt funktioniert hat! Ich hatte anfangs Zweifel, ob ich wirklich jemanden finde, dem das Notizbuch gehört hat – oder eben einen Nachfahren. Ich habe zwar mal nach Luise Silberstein gegoogelt, immerhin ist sie die Autorin dieser durchaus recht spannenden Geschichten – Ja, Schande über mein Haupt, ich hab sie alle gelesen – aber ich fand nur eine Organisation für Frauen.

Ich wollte Anfang September meine Schwester in Hildesheim besuchen. Wenn du magst, können wir uns gern treffen und ich gebe dir das Notizbuch. Oder eilt es?

Liebe Grüße,

Spencer

Email vom 01.08.16 um 13:03

An: doubleface_spencer@fgh.de
Von: franziska.silberstein@master.com
Betreff: Re: Re: Die Abenteuer von Lu und Art

Hallo Spencer.

Duzen ist vollkommen okay. Ich hätte mich wohl doch auch sehr alt gefühlt, wenn du mich gesiezt hättest.

Anfang September klingt gut. Es kann nur sein, dass kurzfristig eine Geburt dazwischen kommt. Mein errechneter Termin ist zwar der 20. September, aber man weiß ja nie.

P.S. Mit der „Frauenhilfe" hättest du sehr richtig gelegen. Die Organisation hilft alleinstehenden Frauen (und inzwischen auch Männern) und wurde von meiner Uroma nach dem Krieg gegründet.

Liebe Grüße,

Franzi

Email vom 03.08.16 um 12:56

An: franziska.silberstein@master.com
Von: doubleface_spencer@fgh.de
Betreff: Re: Re: Re: Die Abenteuer von Lu und Art

Ist nicht wahr? Deine Uroma hat eine Organisation gegründet? Wie krass! Wenn du mir jetzt auch noch sagen würdest, dass der Silberstein-Verlag auch mit deiner Familie zu tun hat, muss ich Wohl oder Übel vor dir auf die Knie fallen. Dann kann ich einfach nicht mit dir mithalten als Sohn einer Putzfrau und eines englischen Ministers, der nichts von mir wissen will!
Hahaha!
Ich hoffe, mein Witz kommt rüber ;)
Aber ehrlich, ich finde das total bewundernswert. Ich würde dich gern auf einen Kaffee einladen, wenn ich Anfang September das Buch vorbeibringe. Okay?

Liebe Grüße aus dem verregneten Hamburg,

Spencer

P.S. Sorry wegen der späten Antwort. Ich bin ein viel beschäftigter Mann

(In Wahrheit bin ich Student, war Feiern und hab schlicht die Tage verpennt)

Email vom 03.08.16 um 17:34

An: doubleface_spencer@fgh.de
Von: franziska.silberstein@master.com
Betreff: Re: Re: Re: Re: Die Abenteuer von Lu und Art

:D
Mehr kann ich eigentlich nicht sagen. Deine Nachricht bringt mich auch nach dem dritten Mal lesen zum lachen.

Ich muss dich allerdings enttäuschen: Der Silberstein-Verlag gehört tatsächlich meinem Onkel. Meine Tante hat dort sogar ein Buch veröffentlicht.

Allerdings tausche ich den Kaffee gegen einen milden Kräutertee in meiner Wohnung. Nächstes Wochenende ziehe ich dort ein und es wäre sicher nett, ein wenig Gesellschaft zu haben.

Liebe Grüße aus dem nicht verregneten Hannover,

Franzi

Email vom 03.08.16 um 21:09

An: franziska.silberstein@master.com
Von: doubleface_spencer@fgh.de
Betreff: Re: Re: Re: Re: Re: Die Abenteuer von Lu und Art

Ist gebongt! Dann freue ich mich jetzt auf unseren milden Tee – ich hätte nie gedacht, dass ich das einmal zu einem Mädchen sagen werde.
Frau. Zu einer Frau. Zu einer jungen (?) Frau.
Okay, ich bin ein Trottel.

Liebe Grüße vom Trottel

Email vom 06.08.16 um 09:29

An: franziska.silberstein@master.com
Von: doubleface_spencer@fgh.de
Betreff: Re: Re: Re: Re: Re: Re: Die Abenteuer von Lu und Art

Hier ist noch einmal der Trottel.
Ich bin ein wenig verwirrt, in den letzten drei Tagen nichts von dir gehört zu haben. Ist es wegen der Frage nach dem Alter? Das sollte witzig sein … Ich weiß, meine Witze sind meistens nicht lustig, dass sagen meine Freunde auch immer, aber eine Antwort wäre trotzdem nett. Nur damit ich weiß,

dass unserem Treffen nichts entgegen spricht und ich dann im September nicht umsonst nach Hannover gurke.

Liebe Grüße,

Spencer

Email vom 13.08.16 um 16:18

An: franziska.silberstein@master.com
Von: doubleface_spencer@fgh.de
Betreff: Re: Re: Re: Re: Re: Re: Re: Die Abenteuer von Lu und Art

Franzi?
Alles okay?
Wir müssen noch ein genaues Datum ausmachen.

Liebe Grüße,

Spencer

Email vom 15.08.16 um 23:45

An: franziska.silberstein@master.com
Von: doubleface_spencer@fgh.de
Betreff: Re: Re: Re: Re: Re: Re: Re: Re: Die

Abenteuer von Lu und Art

Ich hätte nie gedacht, dass ich das zu einer Fremden sage, aber: Ich mache mir Sorgen.

Spencer

19. August 2016

Es kommt immer anders, als man denkt.
Jeder von uns hat einen ganz bestimmten Lebensplan. Unsere Eltern sagen uns, das es von großer Wichtigkeit ist, diesen Plan einzuhalten. Die Schule lehrt uns, das wir uns Ziele vornehmen sollen, die wir ansteuern können. Und im besten Fall sind es unsere Freunde, die uns manchmal daran erinnern, ein neues Ziel ins Auge fassen zu müssen.
Aber keiner sagt uns, dass unsere Pläne eben nicht so geradlinig verlaufen, wie wir uns das vorgestellt haben.
Am ersten Augustwochenende wollten wir den Umzug vollziehen. Oma Luise war zwar traurig, weil ich sie wieder alleine ließ, aber sie freute sich auch wieder ihr eigenes Reich zu haben.

Ich war gerade dabei, in der neuen Küche ein paar Becher einzuräumen, als ich von dem kleinen Hocker fiel, auf dem ich gestanden hatte.

Onkel Thomas brachte mich sofort ins Krankenhaus.

Mir wurde strenge Bettruhe verordnet. Es ging dir zwar so weit gut, aber die Plazenta war dabei sich abzulösen, oder so etwas in der Art. Ich sollte das Krankenhaus auch nicht mehr verlassen.

Eine Woche ging es gut, bis am 14. die Wehen einsetzten.

Du wolltest wohl unbedingt diese Welt mit eigenen Augen sehen, kleine Kaulquappe.

Du liegst nun in einem Brutkasten. So oft ich kann komme ich dich besuchen. Jetzt gerade sitze ich bei dir und beobachte dich dabei wie du schläfst und deine kleine Hand dabei bewegst.

Du bist wunderschön.

Und ich habe deinen Namen gefunden, kleine Kaulquappe: Louisa Silberstein.

Email vom 19.08.16 um 14:36

An: doubleface_spencer@fgh.de
Von: franziska.silberstein@master.com
Betreff: Sorry …

Hallo Spencer!

Es tut mir Leid, dass ich mich so lange nicht gemeldet habe. Leider ist mir etwas dazwischen gekommen: Meine kleine Tochter Louisa. Sie ist am 15. August nach 26 Stunden Wehen um 19:12 zur Welt gekommen. Sie ist 5 Wochen zu früh, aber sie nimmt gut zu und der Arzt ist guter Dinge. Sie schlägt sich ganz tapfer. Ich durfte sie heute sogar auf den Arm nehmen!

Sie ist so winzig und so wunderschön ... Aber das willst du gar nicht hören, tut mir Leid. Ich benehme mich jetzt schon wie eine dieser Mütter, deren Leben sich nur noch um das Kind dreht (lach).

Um deine Frage zu beantworten: ich bin 23 Jahre alt. Und ich halte dich nicht für einen Trottel.

Wie wäre es mit dem 03. September? Anbei schicke ich dir meine Adresse und ein Foto von meiner kleinen Kaulquappe (einfach weil ich es kann).

Liebe Grüße,

Franzi

Email vom 19.08.16 um 15:06

An: franziska.silberstein@master.com
Von: doubleface_spencer@fgh.de

Betreff: HALLELUJA!

Hey Franzi!
Endlich! Ich bin wirklich froh, dass es dir gut geht – besser gesagt euch.

Ich muss zugeben, dass Neugeborene meiner Meinung nach immer aussehen wie Marzipankartoffeln. Aber ich schwöre, die kleine Lou ist absolut die süßeste Marzipankartoffel, die ich jemals gesehen habe! Meine Schwester hat letztes Jahr ihr erstes Kind bekommen. Einen kleinen Jungen. Wenn du magst kann ich dir gern ihre Nummer geben, dann könnt ihr euch austauschen. Ich hab mir sagen lassen, dass junge Mütter gerne MITEINANDER über ihre Kinder sprechen ;)

Ich trage mir den 03. September in meinen Kalender ein. Um 12 Uhr werde ich an deiner Tür klingeln (okay, rechne mal lieber eine halbe Stunde drauf, ich komme nämlich immer zu spät).

Liebe Grüße und eine dicke fette Umarmung an dich und einen feuchten Schmatzer an Lou,

Spencer

Email vom 20.08.16 um 07:23

An: doubleface_spencer@fgh.de

Von: franziska.silberstein@master.com
Betreff: Re: HALLELUJA!

Oh Spencer, es ist etwas Schreckliches passiert …
Oma Luise hatte in der Nacht einen Herzinfarkt. Es war sehr schlimm. Sie wurde ins Krankenhaus eingeliefert, aber der Arzt gibt ihr nicht mehr lange. Sie wacht zwischendurch immer mal wieder auf, aber die meiste Zeit vegetiert sie nur vor sich hin.

Wäre es nicht wirklich wichtig, würde ich dich nicht darum bitten, aber kannst du bitte bitte BITTE alles stehen und liegen lassen und herkommen?

Es ist mir wirklich sehr wichtig, dass sie dieses Buch noch rechtzeitig bekommt.

Inständig bittend,

Franzi

Auf den Krankenhausfluren kannte man mich bereits. Ich war die junge Mutter mit den schwarzen Haaren, die zwischen der Intensivstation und der Frauenklinik hin und her rannte. Dabei trug ich meinen eigenen, von zu Hause mitgebrachten Schlafanzug, weil ich es nicht geschafft hatte, mich umzuziehen.

Louisa ging es prächtig. Sie schien nichts von der Tragödie mitzubekommen, die sich nur ein paar Stockwerke unter ihr ereignete.

Oma Luise hingehen ging es von Stunde zu Stunde schlechter. Mittlerweile brauchte sie schon Hilfe beim Atmen.

Als ich das nächste Mal in ihr Zimmer huschte, saß Tante Daggi an ihrem Bett und hielt ihre Hand. Onkel Thomas hatte sich am Fenster auf einen Stuhl gesetzt, neben Oma Edith, die kreidebleich im Gesicht war.

Und zu meiner größten Überraschung waren meine Eltern auch da.

Als meine Mutter mich entdeckte, kam sie mit ausgestreckten Armen auf mich zu. „Oh Schätzchen", seufzte sie und drückte mich an sich.

Ich ließ sie gewähren. Um sie konnte ich mich später noch kümmern.

„Max ist schon unterwegs", teilte mir mein Vater mit.

Ich nickte bloß, setzte mich meiner Tante gegenüber auf die Bettkante und nahm Oma Luises andere Hand.

„Sie ist schon ganz kalt", stellte ich betrübt fest.

„Ihre Durchblutung ist nicht mehr gut", erklärte Tante Daggi traurig.

Stundenlang saßen wir da. Die meiste Zeit

schweigend. Schwestern kamen herein, schauten nach dem Zustand meiner Oma.

„Lange wird es nicht mehr dauern", sagte eine von ihnen behutsam.

Ich nickte. Es war wohl an der Zeit.

„Süße", flüsterte Tante Daggi leise. „Sie hatte ein wunderbares Leben."

Ich nickte wissend. „Ich wünschte nur ..." Meine Augen füllten sich prompt mit Tränen, als mir klar wurde, dass Oma Luise ihr Buch nicht mehr in ihren Händen halten würde.

Plötzlich flatterten ihre Lider auf und sie sah mich an. Mit ihren zittrigen Fingern umschloss sie meine Hand und ihre Lippen zogen sich zu einem Lächeln hoch.

In diesem Moment klopfte jemand an die Tür.

„Das wird Max sein", sagte meine Mutter. „Du kannst reinkommen!"

Doch als die Tür geöffnet wurde, war es nicht Max, der eintrat, sondern ein junger Mann, den ich noch nie gesehen hatte. Er hatte braunes Haar und einen Hipsterbart und er trug ein rot-schwarz kariertes Holzfällerhemd über einer dunklen Röhrenjeans.

Meine Mutter starrte ihn angewidert an. „Darf ich fragen wer Sie sind?"

„Ich heiße Spencer", antwortete er und blickte an ihr vorbei, für den Bruchteil einer Sekunde zu mir, und dann zu Oma Luise, die ihn neugierig beäugte.

Als er nähertrat, hob er eine Hand.

Und in jener Hand hielt er das alte, schwarze Notizbuch.

„Ich habe da etwas, dass Ihnen gehört, Frau Silberstein."

Hier endet fürs Erste die Ära der Familie Silberstein. Sollte dir das Buch gefallen haben, würde sich die Autorin sehr darüber freuen, wenn du eine Rezension schreiben könntest.

Danksagung

Während ich von der Familie Silberstein Willkommen geheißen wurde, habe ich sehr viel über meine eigenen Wurzeln nachgedacht.

Was definiert uns mehr – die Familie, aus der wir hervorgegangen sind, unser Umfeld oder etwas tief in uns, mit dem wir dank einer Laune der Natur geboren wurden?

Keine Ahnung. Am Ende muss diese Frage jeder für sich selbst beantworten.

Ich habe das unverschämte Glück in eine Familie hineingeboren zu sein, in der Kreativität immer groß geschrieben wurde. Ich wusste, dass ich jede wahnwitzige Idee ausleben durfte, jeden neuen Versuch einer Zukunftsplanung starten konnte.

Es war nicht immer einfach. Jede Familie hat ihre Schattenseiten, und das ist okay.

Ich möchte jedem Mitglied meiner Familie von Herzen danken. Ihr seid der Ort, von wo ich herkomme, und ihr habt die Geschichte der Silbersteins maßgeblich geprägt.

An dieser Stelle ein großes Dankeschön und eine dicke Umarmung an all jene, die zu meiner Familie gehören, auch ohne meine DNA zu teilen.

Und wo wir schon einmal dabei sind: Ein Dankeschön gebührt auch meinen Freunden, die meine Eigenarten und Macken akzeptieren, mich lieb-haben wenn ich es vergessen habe und hoffentlich irgendwann meine Bücher lesen ;)

Ihr wisst hoffentlich allesamt, wer gemeint ist.

Ein ganz besonderer Dank gebührt an dieser Stelle Sabrina Lange, Nadine „Sunniy" Bombeck und Steffi Mascholik (gut, dass du geheiratet hast, deinen Mächennamen kenne ich irgendwie gar nicht) – ihr habt mich dazu gebracht, dieses neue Genre auszuprobieren, und mir geholfen, es zu lieben.

Ich danke auch meinen Testlesern, die sich den Silbersteins angenommen haben und sich der Gefahr aussetzten, sich zu verlieben: Melanie Reßin, Michèle Linzel, Ines Blümel, Linda Keitel, Nathalie Becker, Madita Koch, Tobias Höltke, Clau Di und Tamara Hilse.

Und selbstverständlich danke ich dir, Vanessa Streng, für ein wieder einmal wundervolles Cover! Fühl dich umarmt, geküsst, und alles, was du dir von mir wünschst, zu tun :D

Außerdem geht auch ein großes Dankeschön an jeden, den ich lieben durfte, oder der mich geliebt hat. Ihr habt mir die Möglichkeit gegeben, über die Liebe schreiben zu können, und das ist wohl eines der größten Geschenke.

Weitere Werke der Autorin:

Goldkinder (Band 1) – Ein Herz aus Chrom
Goldkinder (Band 2) – Geisterstunde
Goldkinder (Band 3) – Ratten

Aufbruch nach Sempera